酔芙蓉《すいふよう》

篠 綾子

講談社

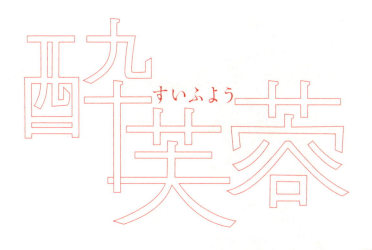

目次

第一部

第二部

装幀　丸尾靖子
装画　水沢そら

酔《すい》芙《ふ》蓉《よう》

序の章

午《ひる》過ぎになると、薄墨色に垂れこめていた冬の空から、ぱらぱらと冷たい雨が落ち始めた。

治承《じしょう》三（一一七九）年十一月十四日、豊明節会《とよのあかりのせちえ》当日。宮中では、白酒《しろき》、黒酒《くろき》が振る舞われ、うら若い五節舞姫《ごせちのまいひめ》による舞が献上される。

ところが、この日、京の町は異様な緊張に包まれていた。小雨のそぼ降る中、黒鎧の軍兵《ぐんぴょう》たちが粛々と都に押し寄せ、大路《おおじ》、小路《こうじ》を埋め尽くさんとしていたのである。

その数、ゆうに一千超。

軍を率《ひき》いているのは、福原に隠居したはずの入道相国《しょうこく》であった。俗名を平清盛《たいらのきよもり》という。

後白河《ごしらかわ》法皇との確執が、ついに武力行使にまで行き着いた結果であった。

雨中、清盛は自らの邸《やしき》である西八条邸《にしはちじょうてい》へ入った。雨はなかなか降りやまない。

夜が更けた頃、風も出てきた。いっとき、それは嵐のように激しく荒れ狂って、横殴りの雨を豪壮な邸や、美しく手入れされた庭木などに叩きつけた。

京の人々は冬の嵐に、眠れぬ一夜を過ごすこととなった。

翌十一月十五日、反平家勢力の先鋒となっていた関白藤原基房《ふじわらのもとふさ》が罷免された。十七日には、後白河法皇寄りの公卿《くぎょう》、殿上人《てんじょうびと》三十九名が職を解《と》かれ、十八日には前《さきの》関白基房が大宰権帥《だざいのごんのそち》に任命される。時の関白に対し「大宰府へ行け」という命令が下ったわけであり、これは事実上の流刑であった。

さらに、その翌日、大宰府の長官たる大宰帥《だざいのそち》に、清盛の盟友藤原隆季《たかすえ》が任官した。

「馬鹿な！　大宰帥には代々、親王さまが就《つ》くものと決まっておる」

人々はこの人事に度肝を抜かれた。

大宰帥は親王が任官する名誉職。当然、親王は都から動かず、九州くんだりまで赴《おもむ》いたりしない。

そのような皇族のための名誉職に、さほど高貴でもない男が任命されたのだ。これは清盛のごり押しに決まっていた。

「隆季は一体、いつから親王になったのだ！」

「諸大夫《しょだいぶ》（中流貴族）の隆季ごときが、前関白の上位に立つなど言語道断」

それまで清盛の武力を恐れて、ひたすら口をつぐんでいた人々はここに至っていっせいに隆季を非難し始めた。

「あれは、恐ろしき男よ。力のある者に取り入っては、相手が危うくなるや、さっさと切り捨て、己一人生き延びてきた」

「悪左府頼長卿《あくさふよりながきょう》といい、悪右衛門督信頼《あくうえもんのかみのぶより》といい……」

その言葉に人々は訳知り顔でうなずき交わす。

左大臣藤原頼長は「保元《ほうげん》の乱」に敗れて死んだ。

それから三年後の「平治《へいじ》の乱」では、敗者となった藤原信頼が斬首に処された。

この二人と隆季の間に深い結びつきがあったのは、周知のことである。

頼長は隆季を男色の相手として寵愛しており、信頼は隆季の妻の弟。二人が大乱で散ったにもかかわらず、隆季一人は生き延びたばかりか、平清盛と結んで世間をあっと言わせる出世を遂げた。

「今度は、法皇さま（後白河院）をお見捨てするのか」

「隆季卿はやはり、入道相国とも……」

人びとは声を潜めつつも、隆季を悪《あ》しざまにののしった。

だが、そんなことを言っていられるのは、解官を免《まぬが》れた人々であり、官職を解かれた者の身内はそれどころではなかったのである。


解官者三十九名の中に、清盛の娘婿である花山院兼雅《かざんいんかねまさ》という男がいた。

この時、春宮大夫《とうぐうのたいふ》（皇太子の家政機関の長官）を停《と》められている。

花山院家は摂関家にも連なる上流の家柄であり、父親の忠雅《ただまさ》は太政大臣《だじょうだいじん》にまで昇り、位人臣を極めた。

（兼雅は入道相国の婿ではないか。多少、法皇さまに迎合するところがあったにせよ、入道相国は婿を庇《かば》ってくれてもよいはずだ！）

順風満帆と信じていた息子の突然のつまずきに、忠雅は仰天した。

(誰か、入道相国に執り成《とな》しをしてくれる者はおらぬか)

忠雅の脳裡に、一人の男の顔が浮かび上がってくる。完璧なまでに整った容貌を持つ、ある男の顔。

十九日の昼過ぎ、忠雅は慌ただしく邸を出た。

十四日の嵐の夜以来、ここ数日は好天が続いている。が、この日の未《ひつじ》の刻(午後二時頃)頃から、空はにわかに曇り始めてきた。再び嵐でもきそうな天候をもかまわず、忠雅は藤原隆季の邸に牛車《ぎっしゃ》を走らせた。

隆季は忠雅の義弟である。忠雅は隆季の姉を娶《めと》り、兼雅が生まれた。だから、隆季は兼雅の叔父に当たるわけで、執り成し役としてもふさわしい。

だが、姻戚関係にあるとはいえ、隆季の一族「末茂流《すえしげりゅう》」と花山院家は、家格の釣り合いが取れているわけではなかった。

末茂流は、花山院家のような上流貴族から「諸大夫」と侮られる中流貴族。だから、忠雅はこの義弟を常に下に見ていたし、隆季の前で頭を下げたことなどない。しかし、

「頼む、隆季殿!」

この日、忠雅は義弟の前で頭を下げた。

「どうか、入道相国に口利きしてくだされ。我が子兼雅の解官をお取り消しくださるよう、お口添え願いたい」

隆季は端整な顔を少しも崩さぬまま無言でいる。焦《じ》れて、忠雅は言葉を継いだ。

「兼雅の母は、そなたの姉。兼雅とそなたの息子隆房《たかふさ》は兄弟のごとく育った。今でも、そろって入道相国の婿という間柄ではないか」

本来ならば、隠居の自分が出てくるまでもなく、隆季が自ら口添えしてくれていいはずだ——と言いたくなるのを、忠雅は必死にこらえた。

相手は、位人臣を極めた忠雅からすれば、家格といい身分といい一段低い男である。

それでも、この度、親王任官の大宰帥に任命されたことが、忠雅の心に何とはない遠慮を生じさせた。

一体、清盛の力を背景にしたこの男は、どこまで昇りつめ、何を得ようというのだろうか。

その時、隆季の重い口がようやく開きかけたので、忠雅は息を呑んで、その形のよい唇を見つめた。

「兼雅殿は少し思い上がっていたのではありませんか。北の方《きたのかた》（正妻）の妹に手をつけ、入道相国を怒らせたのはついこの間のことでしょう。それなのに身を律することもせず、法皇さまの近臣たちと付き合うなど……」

「それは……」

忠雅は口をつぐんだ。

清盛の娘は大勢いたが、その中に評判の美女常盤《ときわ》御前を母とする娘がいる。「廊《ろう》の御方《おんかた》」と呼ばれ、異母姉である兼雅の妻のもとに身を寄せていたのだが、兼雅はその義妹と割りない仲になってしまったのだ。

清盛が怒るのも無理はない話なのだが、色恋沙汰は当人同士の問題だ——と、忠雅は内心では息子を庇っていた。それに——と、さらに思いをめぐらせる。

(息子のことでは、隆季殿とて大口を叩ける立場ではあるまい)

隆季の息子隆房は、清盛の正妻時子《ときこ》を母とする娘を妻にしていた。時子の娘は二人しかおらず、もう一人は高倉天皇の中宮徳子《ちゅうぐうのりこ》なのだから、これは破格の扱いだった。むしろ、どうして名門出身の我が息子が正妻腹の娘をもらえないのか、と忠雅は不満に思ったくらいである。それでいながら、隆房は宮中一の美女と言われた小督《こごう》に手をつけ、清盛夫妻を怒らせたのだ。

あの時、兼雅は清盛をなだめるため、口利きをしてやったではないか。その恩を今こそ思い出させてやろうと、忠雅が口を開きかけた時であった。

「口利きをするのはやぶさかではありませぬが、今の入道相国は誰の言葉にも耳を傾けますまい」

と、隆季が先に口を開いた。

「明日の朝には、法皇さまを鳥羽殿に押しこめ申そうというのですからな」

「何と!」

一瞬、忠雅は絶句した。さすがに、そこまでの横暴を清盛が働くとは、予想だにしていなかったのだ。だが、驚きから覚めると、なおも執拗に忠雅は続けた。

「さような大事を打ち明けられておるとは、大したものだ。そなたの言葉ならば、入道相国も聞き入れてくださろう。どうか、兼雅がお許しいただけるよう、口添えを頼む」

「ですから、私が申し上げたところで無駄だと言っているのです。それに、私は今、入道相国をさ さいなことでわずらわせたくない」

「ささいなことだと！　兼雅はそなたの甥ではないか」

「兼雅殿の解官は花山院家のみの問題。これがささいでなくて何なのです。入道相国はこの国の行《ゆく》末《すえ》について、頭をめぐらさねばならぬお人なのですぞ」

「やけに、入道相国の味方をするものだな。やはり、世間が申すように、そなたと入道相国は……」

忠雅は唇の端を皮肉っぽくゆがめてみせた。その忠雅の言葉を遮って、

「私は、入道相国に計り知れぬ御恩があります」

隆季は平然と言い返した。

「入道相国は、私が闇の中をさすらっている時、道を照らす明かりとなってくださった。闇の世を生きていく強さを、教えてくださったお人です」

「つまり、この私はそなたの道を照らしてやれなかったというわけだ」

忠雅は自嘲ぎみの口ぶりで低く呟《つぶや》いた。だが、すぐに気を取り直すと、再び隆季に取りすがるような目を向けて言葉を継いだ。

「だとしても、こうして頭を下げて頼む私の願いを、手ひどくはねつけなくともよいではないか。それとも、そうするだけの理由があるのか。この私に恨みがある、とでも――？」

「あえて申すならば――」

隆季は淡々と言い返し、暗い目で忠雅を見据《みす》えた。

「私を人並みに扱ってくださらなかった、ということですよ」

棘《とげ》のある返事に対し、忠雅は返す言葉を失っていた。

「上流のあなた方は、下の者をいつでも軽んじておられた。私なぞは、あなた方の欲を満たす玩具《がんぐ》に過ぎなかったのでしょう」

あなたご自身も、悪左府も、法皇さまも――と、隆季は上流の人々の名を挙げた後、

「されど、入道相国は私を人として扱ってくだされた。ただ、それだけのことです」

と、話を打ち切るように、静かな声で告げた。

隆季がこれまで忠雅の前で、忠雅を含む上流の者たちへの非難を口にしたことなど、一度もない。

なぜ、今になって――忠雅は愕然とした。隆季の言葉に思い当たることはないわけではない。だが、隆季を玩具などと思ったことは一度もなかった。むしろ――。

それでも、忠雅が本心を口にすることはなかった。それこそ、今さらのことでしかない。

「だから、今になって報復しようというのか。法皇さまやこの私に――」

きれぎれにかすれた声で、忠雅はようやくそれだけを口にした。

「忠雅殿、私にはもう、怖いものなどないのですよ」

先ほどまでの暗い声とは違い、奇妙な明るさを帯びた声であった。忠雅は目を瞠《みは》って隆季を見つめた。

その瞬間、己の目を疑った。忠雅の目に映ったのは、五十を過ぎた男の顔ではなく、かつて見惚れた、若く美しい儚《はかな》げな男の顔であったのだ。

その時、遠くの方から雷鳴が聞こえた。

はっと見つめ直すとそこには、自分と同じ初老の男の顔があった。整ってはいても、若い頃の艶《つや》

やかさはない。それでいながら、若い頃にはなかった自信と自負が確かにある。

「そなたは……変わったな」

声の終わりに涙が混じった。だが、それすらも隆季の心を引くことはなかったようだ。

先ほど耳にした雷の音が、少し大きくなって再び聞こえた。

その音が去った後、「あの一夜……」と、疲れたような声で忠雅は呟いた。

「あの一夜のことで、まだ私を恨んでいるのか」

隆季は顔色一つ変えず、「あの一夜とは……？」と、落ち着いた声で訊き返した。

「酔芙蓉《すいふよう》の色づいた花弁が一枚、床に舞っていたあの……」

「おやめください！」

隆季の顔色が変わっていた。自信と自負は消え失せ、根の深い虚しさが暗い翳《かげ》を落としている。

忠雅が絶句すると、

「あなたを……疎《うと》ましく思いたくはない」

と、隆季は低い声で言った。

酔芙蓉と口にした途端、顔色を変えた相手の、今なお癒えぬ心の傷を、忠雅は察した。

これ以上、言葉を重ねれば、さまざまなことをこじらせるだけだ。

「今日はこれで失礼する」

忠雅は辞去の挨拶を口にして立ち上がった。隆季は蒼ざめた顔をしたまま、言葉を返すこともしない。

その顔に、混じりけのない真っ白な花の姿がふっと重なった。思い出に浮かぶ花は少しずつ薄紅《うすべに》色《いろ》に染まっていく。その色がさらに濃い紅色になる前に、忠雅は振り切るように目をそらした。

（遠い昔のことだ……）

胸に呟きながら、忠雅は衣擦《きぬず》れの音を立てて歩き出した。

車寄せに到着した時、ぽつりぽつりと雨が降り出した。あっという間に雨脚は強まり、一気に横殴りの雨が濡れ縁に吹き込んでくる。急いで牛車に乗り込んだ忠雅は、車を出すよう従者に命じた。

雨の降りしきる中、牛車がゆっくりと動き出す。

その時、雷鳴が耳をつんざくように響いた。思わず目を閉じた瞬間、忠雅の目の奥には先ほど振り切ったはずの花の面影がなぜか浮かび上がっていた。

第一部

一の章

酔客

一

花山院忠雅《ただまさ》が隆季《たかすえ》の父である藤原家成《いえなり》の中御門邸《なかみかどてい》へ初めて赴いたのは、長承《ちょうしょう》三（一一三四）年、十一歳の初秋の日のことである。

睡眠病という原因不明の病で、忠雅の父忠宗《ただむね》が亡くなって一年足らず――。父の喪が明ければ、忠雅は母方の叔父である家成の婿となる。

この時、忠雅は一株の白い花を携えていた。それまで暮らしていた邸から、忠雅が手放さずに持ってきたものは、この花だけだ。

――名は酔芙蓉《すいふよう》。

明け方には真っ白な五枚の花弁《はなびら》を開いているが、午《ひる》過ぎには恥じらいを帯びた薄紅色《うすべにいろ》に染まり始め、夕方にかけて次第に濃さを増していく。

「この花は酒に酔ったようだ」

一体、誰が言い出したことなのか、聞いたことはない。しかし、それが名の由来であることは分かる。

牛車が車寄せに着くと、庭から一人の少年が駆《か》けてきた。真っ白な水干《すいかん》をまとったその姿は、公家に生まれた少年のごくふつうの格好だった。

だが、少年を目にした瞬間、忠雅の心に浮かび上がったのは、

——明け方の真っ白な酔芙蓉の花。

であった。

かつて一度だけ見たことがある。曙《あけぼの》の淡い光に白く浮かび上がる酔芙蓉の五弁の花びらが、まるで内側から純白の光を放《はな》つように輝いているのを——。

少年はまさに、あの時の酔芙蓉の花そのものだった。

「忠雅殿と申される」

家成の声に、忠雅ははっと我に返った。忠雅を少年に引き合わせるところだった。

少年はただこくりと首だけ下げた。

「義兄君《あにぎみ》となるお人に、きちんとご挨拶せぬか」

家成がもどかしそうに少年を叱る。それでも、少年の口は動かなかった。忠雅の目の端で、酔芙蓉の花弁がかすかに揺れた。

「忠雅です」

どうやら少年は人見知りの質《たち》らしいと気づき、忠雅は自分から先に口を開いた。親しみのこもった笑顔を向けると、

「隆季と……申します」

少年ははにかむように、顔を伏せたまま挨拶した。つややかな肌がほんのりと上気し、首筋までかすかに色づいて見える。

「きれいな子だなあ」

忠雅の口は自然と動いていた。

他に言葉を知らなかったが、隆季はただ顔立ちが整っているというだけではない。内側から白光を放つ、あの明け方の酔芙蓉の花のような美しさは、他に類を見ないものであった。

——この花はまろのものだ。

白く輝く酔芙蓉の花を見た時から、忠雅は誰彼《だれかれ》となくそう告げた。それを聞いた亡き父は笑いながら「分かった、分かった。我が家の酔芙蓉はぜんぶそなたのものだよ」と認めてくれたのだ。

あの時と同じような昂奮が忠雅の心をつかんでいた。

だが、だからといって、「この子は私のものだ」と言うわけにはいかない。酔芙蓉の花のように、自分だけの庭に移し植えて、自分一人で愛《め》でるわけにもいかない。

そう思った時、不思議なことに、携《たずさ》えてきた酔芙蓉への執心が消えた。いや、消えたというより形を変えたという方が正しい。

この花を手放し、目の前の美しい少年に託してしまおうと思ったのだ。

酔芙蓉は隆季と共にあるべき花だという気がしたためか。あるいは、いったん手放した後、この花を再び迎えに行こうという心づもりがあったためか。自分でも明確な理由は分からなかったが、とにかくそうしなければ気が済まない心境に、忠雅はなっていた。

「これをあげよう」

忠雅は躊躇《ためら》うことなく、手にしてきた酔芙蓉の株を差し出した。

「前栽《せんざい》（庭）に植えるといい」

と、言い添える。

「花山院家の前栽に植えられていたものですな。後ほど、忠雅殿の居室の前に植えさせましょう」

無言のままの隆季に代わって、家成が告げた。

「いえ、この花は隆季殿に差し上げたのです。隆季殿の曹司《ぞうし》（部屋）の前栽に植えさせてください」

「ですが、それでは忠雅殿がこの花を見られなくなりますぞ」

「見たくなったら、隆季殿の曹司を訪ねていく」

忠雅はかたくなに言い張った。この時にはもう、見たいのは花だけではなくなっていた。

「この花は隆季殿を思わせる」

続けて呟いた忠雅の言葉を、家成は「さようですか」と受け流した後、「されど、その花のどこが隆季に似ておりますか。無口で不愛想な子でございましょう」と訊いた。

「無口なのははにかみ屋だからでしょう。この花もはにかみ屋です」

「なるほど。さようでござりましたな。その花の名は酔芙蓉――」

家成がいささか大袈裟な物言いで応じる。忠雅の意を迎えようとしているのが分かりすぎて、むしろ興ざめだった。もちろん忠雅はそんな思いはおくびにも出さない。

「午《うま》の刻（正午頃）を過ぎたら、もう一度よくこの花を見て御覧。きっと私の言ったことの意味が分かる」

忠雅は隆季にそう教えた。そして、いつまでも手を出しかねている隆季の手を取ると、強引に酔芙蓉の株を持たせた。

「さ、それでは忠雅殿の居室にご案内しましょう」

家成に促され、忠雅はその後について歩き出す。

ちらと振り返ると、酔芙蓉は隆季の眼差しを受け、花弁をわずかに震わせていた。


忠雅が娶《めあわ》せられる家成の娘は、名を保子《やすこ》という。忠雅より一つ年下で、この年十歳だった。

まだ幼い二人の縁談をまとめた家成の思惑は、忠雅なりに理解していた。もちろん、父を亡くした忠雅の後ろ盾になろうという意図もあるのだろうが、それ以上に大事だったのは、名門花山院家の当主を婿にするという点であろう。

家成の家系は末茂《すえしげ》流といい、諸大夫（中流貴族）の家柄。

家成は鳥羽院の寵臣《ちょうしん》として力をふるい、昇進を重ねていたが、摂関家傍流の花山院家とは比べものにならない。

忠雅の父忠宗は権中納言《ごんのちゅうなごん》を極官として早逝したが、生きていれば大臣まで昇進したのは間違いなかった。

そんな名門の忠雅を、家成は余所《よそ》の家に奪われたくなかったのだろう。

少し早いとはいえ、この年頃の婚礼は例《ためし》がないわけでもなく、従兄妹同士で結ばれるのもよくある話だ。しかし、父の喪が明けたばかりの幼い忠雅を婿取りしたやり口は、世間でも強引に過ぎると陰口を叩かれていた。

そういう話は黙っていても耳に入ってくる。

（まるで、首に紐でもつけられて、叔父上の飼い猫にされた気分だ）

そう感じていた忠雅にとって、中御門邸へ連れてこられるのは、まったく気乗りのしないことであった。だが、隆季に出会った後、その浮かない気分がすっかり消え去ってしまったのは、我ながら不思議に感じられた。

その日、夕暮れ時になると、忠雅は早くも酔芙蓉の花が恋しくなった。

あの真っ白だった花弁はおそらく今頃、隆季の前でほのかな薄紅色を帯びていることだろう。その恥じらうような花の色を見たい。

これまでは明け方の純白な花が好きだったのだが、隆季のはにかむ姿を見た時から、薄紅色に酔った夕暮れの酔芙蓉が慕わしく思われてならなかった。

その夕べ、忠雅は家成に引き留められ、宴席についていた。本物の酒も出され、生まれて初めて酒を口にした。隙《すき》を見て宴席を抜け出したのは、もう黄昏時《たそがれどき》。

外は光を含んだ薄紫色に染まっていた。光の色合いは刻一刻と変化し、すぐに青から藍色へ沈み込んでいってしまう。

忠雅がやっと隆季の曹司に着くと、隆季は庭に面した簀子《すのこ》（縁側）に座り込んでいた。

その目の先には、柔らかな風情の紅色に染め上げられた酔芙蓉の花があった。残照の中でほのかに輝くその花は、まるで隆季からじっと見つめられるのを恥じらうかのごとく、頬を染めている。

隆季と酔芙蓉の花を同時に見るという、いとも美しいめぐり合わせ。それに、忠雅は酔った。

やはり、酔芙蓉の花を隆季に譲ったのは正しかったのだ。

「この花も……酔ったようだな」

忠雅が声をかけると、隆季が驚いたように顔を振り向けた。

「あ、あに上……」

困惑した様子で、隆季が口を開いた。

「そなたから兄上と呼ばれるのは、まだ照れくさい。忠雅でよい」

忠雅は笑いながら答えた。自分でも声の調子がいつもより高くなっているのが分かった。

自分も酒に酔ったのか――と思いながら、忠雅は酔芙蓉の花をじっと見つめた。

残照が弱まっていき、辺りは薄墨色に染まり始めていた。それでもなお、酔芙蓉の花だけは、その内側に淡い光を隠し持っているかのごとく、紅色に浮かび上がっている。その傍らには、困惑顔の少年がいて忠雅を見つめている。すべてが薄闇に沈み込もうとするこの情景の中、少年の双眸《そうぼう》だけは濡れたように光って見えた。

美しい。

何と美しいのだろう。花も少年も――。

家成が宴席を催している方角から、管絃の音色が風に乗って届けられた。催馬楽《さいばら》を歌う家成の声まで聞こえてくる。

だが、それらの音色はどこか虚《うつ》ろに感じられた。確かなのは今、目の前に在《あ》る二つの美しきものだけであった。

「……初めての酒に、酔ったのかもしれない」

忠雅はつと簀子まで近付くと、隆季の頰に手を触れた。

ずっと庭の花を見つめていたせいか、その頰は冷たかった。

隆季は驚きさえ顔に出すこともできぬ様子で、じっと動かなかった。忠雅は隆季の頰に指を這《は》わせた。

その手を首筋まで持っていくと、隆季が初めてびくっと動いた。くすぐったさと恐怖の入り混じったような目をして、わずかに身を後ろへ退く。忠雅は追いかけるように、少し身を乗り出した。

再び相手の首筋に手をやろうとした瞬間、少し乱れた衿元《えりもと》から、鎖骨の付け根にある小さな黒子《ほくろ》が見えた。思わずそれに触れようとした時にはもう、隆季の体は忠雅の手の届かぬ後方へ退いていた。

それ以上は追わず、忠雅はその場に座って、庭の酔芙蓉に目をやった。

「知っていたか。芙蓉の花を酔客《すいきゃく》とも呼ぶことを――」

思い出したように、忠雅は呟く。

凍りついたように動かぬ隆季からは、何の返事もなかった。

二

忠雅が初めて隆季の酔客となった夕べから、八年の歳月が流れた。

十九歳になった忠雅は亡き父の跡を継ぎ、花山院家の当主として順調な出世を重ねている。

天皇側近の蔵人頭《くろうどのとう》を経て、康治《こうじ》元（一一四二）年のこの年、従三位《じゅさんみ》に昇り公卿の列に連なっていた。

この出世には、花山院家という血筋のよさばかりでなく、鳥羽院の近臣として権勢を誇る藤原家成の婿になったことも関わっている。

一方、隆季は十六歳。婿入りするのにふさわしい年頃だが、まだ正式な相手はいない。官位官職は正四位下《しょうしいのげ》讃岐守《さぬきのかみ》――忠雅には及ばないが、中流の出としては悪くない昇進ぶりであった。


この頃、忠雅は家成の中御門邸へ婿として通い続ける一方、亡き父から譲られた花山院邸をも自分の邸として使っていた。妻や義父の目が届かない自分の邸では、好き勝手なことができる。十一歳で婿取りされ、家成から大事にされる反面、監視の目を鬱陶《うっとう》しく感じていた忠雅にとって、花山院邸で過ごす夜は羽を伸ばせるひと時であった。

この年の秋、忠雅は花山院邸へ、時の内大臣である藤原頼長《よりなが》を招いた。

頼長は忠雅より四つ年上の又従兄だが、摂関家嫡流に生まれ、次期当主と見なされている。わずか二十三歳で内大臣という重職を担っているのも、その家柄のせいであった。いずれ藤原氏の頂《いただき》に立つ者の使命として、数代前の藤原道長《みちなが》を理想と仰ぎ、摂関家に昔の威勢を取り戻さんと野望を抱いていた。

もっとも、頼長は家柄を誇るだけの凡人ではない。

幼い頃から学問に励み、その博識ぶりには誰もが舌を巻く秀才であった。顔立ちも峻厳《しゅんげん》で凛々《りり》しく、聡明さが常ににじみ出ているような男でもある。

（あんな方が兄上であったなら、父上が亡くなった後も、私は心細くなかっただろうに……）

頼長を見る度に、忠雅はそう思った。父亡き後、すぐに婿取りされたものの、その家の男子は皆、年下ばかり。

そんな忠雅にとって、「兄」という存在にはそこはかとない憧れがある。弟や義弟たちから頼られる兄になりたい、などと思ったことは一度もないが、頼長のような男を兄として頼りたい、とは思った。

──我が家の酔芙蓉が見事に咲きましたので、それをお見せいたしたく。

という口上を添えて誘ったところ、頼長は花山院邸へ夕刻にやってきた。

その晩、薄紅色の花弁がしだいに濃さを増していく花を肴《さかな》に、二人は酒を酌み交わした。

「これは、私の最も好きな花なのです」

酔芙蓉を見るのが初めてだという頼長に、忠雅はそう語った。

「酒に酔うた貴殿のようだな」

忠雅の顔をじっと見つめながら、頼長は呟いた。

「私以上に、この花に似合いの男がおりますよ」

忠雅は乾いた笑い声を立てた。

「ほう……」

頼長は手にしていた杯を干して、それを膳の上に置いた。

「貴殿はたった今、この花が最も好き、と申した。ということは、この花に似合いの男が、最も好きな男というわけか」

忠雅は微笑むだけで何とも答えなかった。酔芙蓉に似合いの男は、確かに存在する。婿入り先の邸へ行けば、時に見かけるその男の顔を、ありありと思い浮かべることもできる。その美貌を愛《め》でたいという気持ちも確かにある。だが、それでは、その男が最も好きかと言われると、よく分からなかった。

忠雅はそれゆえ答えなかった、いや、答えられなかったのだが、頼長は忠雅の微笑を「応諾」の意味で受け取ったようであった。

「妬《や》けることよな」

頼長は低く笑った。不快そうな様子には見えなかったので、

「ご興味がおありでしたら、いずれお引き合わせいたしましょう」

忠雅は気軽に応じた。

「ああ、そうしてもらおうか」

頼長はそう答えたが、その男について詮索することはいっさいなく、

「とはいえ、今は目の前の酔芙蓉に魅せられていたいものよな」

と、続けた。頼長の目からすでに笑いは消えていた。

忠雅は手にしていた杯を膳の上へ戻した。頼長も同じようにする。次いで腰を浮かした頼長は、ゆるりと忠雅の傍らへ寄った。衣擦《きぬず》れの音が妙に大きく聞こえた。

初秋の夕風が火照りを覚える頬に吹きつけ、心地よい涼しさを運んでくれる。と、同時に、頼長の手が忠雅の頬に触れた。その眼差しが一度忠雅から離れ、庭先の酔芙蓉の花へと注がれる。

それから、頼長は再び忠雅に目を戻すと、

「今宵、余が手折ってよい酔芙蓉は、これか」

と、問うた。

頼長の掌が頬から肩に移動するのを、忠雅は感じていた。その後、肩を引き寄せられた時、忠雅は逆らわなかった。

頼長の腕の力が強くなり、徐々に荒々しさを加えてくる。

息苦しさを覚え、かすかに喘《あえ》いだ直後、有無を言わせぬ力で唇を吸われていた。

酒に酔って熱いと感じていたはずなのに、唇も舌も頼長の方が熱かった。

これが、藤原一族の頂点——氏長者《うじのちょうじゃ》となるべき男の力強さであり雄々しさなのか。その時、忠雅は頭の片隅でそんなことを考えていた。


忠雅が頼長に、義弟隆季を紹介したのはそれから間もなくのことであった。

わざわざその場を設けたのではなく、たまたま殿上《てんじょう》の間《ま》に隆季が来合わせた時、そういう流れになったのである。忠雅は頼長の座る席まで、隆季を連れていった。

さすがに、少年の頃のような人見知りはしなかったが、隆季の愛想のなさは相変わらずである。

「私の義弟に当たる讃岐守ですよ」

忠雅の紹介に続いて、「隆季と申します」と名乗って頭を下げはしたものの、それ以上、自分を売り込むわけでもない。本来、内大臣のような高官と引き合わせられた時には、その機を逃さず阿《おもね》るのが当たり前であるというのに……。

しかし、媚《こ》びを売られることに馴れきっている頼長には、新鮮に映ったようであった。

「なるほど、あれが貴殿の最も好きな花か」

隆季が去り、忠雅と二人だけになると、頼長は呟いた。酔芙蓉の似合う男が隆季だと告げたことはなかったが、頼長は一目で分かったらしい。

「私は……」

しゃべり出した忠雅の口は、頼長の扇によってふさがれた。そうして忠雅を黙らせると、扇は滑るように下へ落ちていった。

「余の酔芙蓉は貴殿だ」

頼長は扇で忠雅の肩を軽く押さえながら、その目をじっと見据えて告げた。扇で触れたものは自分の所有物だ、と宣告しているようにも聞こえた。悪い気はしなかった。すると、その直後――。

「そして、あの男も」

と、頼長は扇を隆季の去った方へ差し向けて続けた。

「余の酔芙蓉だ」

有無を言わさぬ物言いだった。

――この花はまろのものだ。

――この子は私のものだ。

幼い自分の声が折り重なって聞こえてきた。

一つは、誰彼となく言い散らした言葉。一つは、胸の中に飲み込んだ言葉。

どちらにしても、幼い我欲の思い出として、忠雅の心に刻まれたものだ。それを、二十歳を過ぎた大人になっても堂々と口にして、似合ってしまう男――それが頼長だった。

だが、決して不愉快ではなかった。

かつて自分のものだと言った花にたとえられ、頼長から摘み取られるのはむしろ心地よい。また、隆季までも自分の酔芙蓉だと言う頼長の言葉は、かつての自分の胸にあった高揚感をよみがえらせた。

その高揚感が、頼長と関わりを持った夜の昂奮と相俟《あいま》って、さらに忠雅を高ぶらせる。

「文《ふみ》をお遣《つか》わしになるのであれば、私がお届けいたしますよ」

そう言った時、忠雅の声はかすれていた。

「無論、そうしてくれ」

頼長は口もとに冷たい微笑を漂わせて言うと、忠雅の肩からようやく扇を離した。

三

それから、数日後。

「内府《だいふ》（内大臣頼長）からそなたへのお文をお預かりしてきた」

忠雅は中御門邸へ妻を訪ねた際、隆季に文を手渡した。

隆季は黙って文を受け取ると、その場で開き、中に目を通し始める。うつむき加減のその顔を、忠雅は何ものにも邪魔されず、じっくりと眺めることができた。

昔、一目見て酔芙蓉を連想させた美貌は、十六歳を迎えた今、花の盛りと見えた。目立って色白というわけではないが、上気すると艶《つや》やかさの際立つ肌は夕暮れの酔芙蓉の花弁のようで、つと触れてみたい心地に忠雅を誘ってくる。文に目を落とした横顔は、長い睫毛《まつげ》が翳《かげ》を作っていて、それがどことなく艶《なま》めかしく見えた。

この美貌は宮中でもひときわ目につくものだ。おそらく、帝の後宮を探したところで、これほど美しい后妃《こうひ》も女官もいないのではないか。

頼長が一目見て、自分のものにすると宣告したのも不思議ではなく、頼長以外にも隆季を望む高官はいるかもしれない。

（実のところ、本院がそうではないかという噂がある）

本院とは、皇位を退いた後「治天《ちてん》の君《きみ》」として院政《いんせい》を行う鳥羽院のことで、気に入りの近臣を閨《ねや》に侍らせることで知られていた。中でも有名なのが隆季の父である藤原家成だ。

家成も息子と同じく、美貌の持ち主である。

ただ、忠雅の目には隆季の方が際立って美しく見える。老いと若さの差というのではなく、またどちらがより整った顔立ちをしているかということでもなく、隆季の方が惹《ひ》きつけられるのだ。

どうしてだろうと考えてみると、隆季には父親にはない危うさがあるからではないかと、ある時、忠雅は思った。隆季はあえてたとえるなら、青竹の美しさである。

風の吹く方に靡《なび》くなよ竹が、かぐや姫のようにたおやかな美女であるなら、隆季はすっと天まで伸びるまっすぐな青竹なのだ。風が吹いても、どちらへも靡かない。だが、いつかはあまりに強い風に吹かれて、根本から倒れてしまうかもしれない。鋭い刃物ですぱっと切り取られるかもしれない。何かの拍子で、ぽきりと折れてしまうかもしれない。

なよ竹にはない危うさを備えた美しい男、決して嫋々《じょうじょう》と媚びへつらうことのない美しい男――それが隆季だった。

そんな隆季を、もしも本当に鳥羽院が欲しいと思っているのであれば、頼長との激しい争奪戦となることだろう。一方は天皇の父である治天の君、もう一方は次期摂関家当主。

院政を牽引する勢力と、摂関政治の全盛期を取り戻そうとする勢力――それは、時に手を携えることはあっても、互いに牽制し合いながら現在に至っている。

二つの政治勢力の、それぞれの頂点に立つ男たちによる隆季の争奪戦を思い描き、忠雅はごくりと唾を飲んだ。

次の瞬間、隆季が顔を上げたので、忠雅は慌てて幾度も瞬《まばた》きした。

「……忠雅殿」

隆季は困惑ぎみの表情を浮かべ、頼長の文を差し出してきた。

「読んでよいのか」

と、忠雅が問うと、「はい」とうなずく。

忠雅は開かれたままの文を受け取って目を通した。

為楽当及時　何能待来茲

――楽しみを為《な》すは当《まさ》に時に及ぶべし。何ぞ能《よ》く来茲《らいじ》を待たん。

ただ一行、漢詩の一節が書かれていただけだった。墨痕は雄々しさと鋭さをにじませて、いかにも頼長らしいと、忠雅は思った。

これは、漢代、無名の作者の手に成る『生年不満百《ひゃくにみたず》』という詩の一節である。題の意味するところは「人は百年は生きられない」。

引用された箇所は「楽しみごとを為すのは今まさにこの時であり、どうして次の機会を待つことができようか」という意味である。要するに、頼長は「今こそ共に楽しもうではないか」と隆季を誘っているのだ。

何を楽しむのか。

言わずと知れたこと。閨《ねや》で楽しみごとを為そうというのである。

そのあたりのことは、隆季にも伝わったようであった。だが、この文にどう応じればよいか戸惑っている。

「まあ、お会いするのに気乗りがしないのなら……」

忠雅は、その意味するところをあいまいにぼかして続けた。

「失礼にならぬよう、当たり障りのないご返事をしておけばよいだろう」

出世したいのならば、次期摂関家当主のご機嫌を取っておくに越したことはない。頼長の気に入りになっておけば、今すぐは無理でも、いずれ昇進という形で跳ね返ってくるはずだ。だが、隆季がそのあたりをどう考えているのか、忠雅には今一つはっきりとしなかった。

(ならば、私はどうなのか)

隆季の内心に思いを馳せた時、初めて忠雅は我が身を振り返った。自分もまた、次期摂関家当主の意を迎えたくて、頼長に抱かれるのをよしとしたのだろうか、と――。

(いや、そうではない)

頼長の地位を意識しなかったとは言わないが、それだけではなかった。第一、自分は官位官職などの見返りを望んだことは一度もない。頼長が忠雅に、忠義や屈服を求めたこともない。

父親を早くに亡くし、父方である摂関家の庇護を失った忠雅のことを、頼長はしばしば「哀れだ」と口にしていた。忠雅も頼り甲斐のある兄のような頼長からいたわられるのが心地よかった。

(そうか。私が内府と関わりを持つのと、隆季殿が内府と関わるのは、意味がまるで違うのだな)

漠然としていたことが、この時、明確に理解できた。

頼長は隆季を屈服させようとし、その上で、官位官職等の見返りを差し出そうとしている。自分が頼長に隆季を紹介したのも、そうすることが隆季の出世に役立つと思えばこそであった。隆季とて出世が叶えば、そのきっかけを作った自分に感謝してくれるだろう。

一方、自分と頼長の間には、そうしたものが介在しない。むしろ純然たる互いと互いの結びつきによるものだった。

それは、どことなく忠雅の心を落ち着かせてくれた。

頼長が忠誠を求める相手を、どれだけその閨に招き入れようと、自分には何でもないことだと思えたからであった。自分はその男たちとは違う。頼長が哀れに思い、慰めたいと願う相手なのだ、と――。

その後も、忠雅と頼長の関わりは、同じ情緒の色合いを保ちながら続いた。

一方、頼長が隆季に文を送り、隆季が当たり障りのない返事をすることも続けられていた。

だが、これも幾度となくくり返されるうちに、頼長の苛立ちを招くことになった。

「まさか、すでに本院（鳥羽院）のお手付きというのではあるまいな」

ある時、頼長は忠雅の前で、疑惑に満ちた呟きを漏らした。

鳥羽院の寵愛を受けているとなれば、いかな頼長でも手を出せなくなる。それは、摂関家の全盛期を取り戻さんとする頼長が、院政の頂点に立つ鳥羽院に屈することを意味していた。頼長にとって、それは己の野望を踏みつけにされたも同然の、耐えがたいことであった。

「さあ、本院がお望みだという噂はありましたが、隆季殿が応じたとは聞きませぬ……」

忠雅はそう答えた。

「それに、父君の家成卿を寵愛しながら、その子息も――というのは、いくら本院でもなかなか言い出しにくいのではないか、と――」

忠雅の推測に対し、頼長はこれという意見は述べなかった。ただ、

「陰陽師《おんみょうじ》に如意輪供《にょいりんく》を行わせるか」

と、ふと思いついたという様子で呟いた。密教の祈禱《きとう》によって、隆季の心変わりを願おうというのである。

（これ以上、内府を追い詰めない方がいい）

結果として頼長の意向に沿わないのだとしても、相手に恨みの念を残すべきではない。隆季のために、忠雅はそう思った。それに何より、焦り、苛立つ頼長の姿を見たくない。

（内府が哀れだ……）

頼長から哀れに思ってもらうことだけを望んでいた忠雅にとって、その気持ちは初めて抱くものであった。自分が隆季の立場であれば、頼長をこんなに悩ませはしないものを――。

その思いが忠雅を突き動かした。

天養元《てんよう》（一一四四）年の夏の初め、

「内府と一度、ゆっくりお話をしてみてはどうか」

と、忠雅は隆季に勧めたのである。

隆季は無言だった。

口数も少ない上に、この美しい顔には表情が表れにくい。そのため、隆季が何を考えているのか、忠雅には分からなかった。

「気が進まないなら、当たり障りのない返事をすればいいと言ったのは私だ。だが、たまにお会いするくらいはかまわないだろう。何も閨を共にするというわけではない」

無言の隆季を前にして、忠雅はつい饒舌になる。

「その日は私も内府とご一緒する。そなたはあまり親しくない方と話をするのが苦手かもしれぬが、そこは私に任せてくれればいい。決して内府にもそなたにも気まずい思いをさせはせぬ」

懸命に言い募ると、その思いが通じたのか、

「忠雅殿がご一緒してくださるのなら――」

と、隆季がようやく言い出した。

「そうか。そなたがそう言ってくれて、私も安堵した」

忠雅が肩の荷を下ろした思いで、息を吐《つ》いた時、

「忠雅殿」

と、何やら含みのある声で、隆季から呼ばれた。

「忠雅殿は私が内府のお心に従うべきだと、思っておられるのですか」

真っ向からの問いかけだった。

急のことに、忠雅は慌てた。そうだ——と言ってしまうことは容易《たやす》かった。実際、今の今まで、頼長を哀れに思っていた忠雅は、隆季は頼長に従うべきだという気持ちを抱いていた。

だが、隆季を前にし、改めてどう思うのかと問われると、そうだと言うことができなくなった。

そもそも、本当に自分は、隆季と頼長がそうなることを望んでいるのか。頼長がそれで満足しても、隆季はどうなのか。いや、それ以前に自分はどうなのか。

——この子は私のものだ。

初めて見た時から、我欲を抱いた美しい少年。その少年はさらに危うい魅惑を備えた美しい若者となって、今、忠雅の目の前にいる。

その男を頼長から「余の酔芙蓉だ」と言われた時、どうして自分は妬ましいと思わなかったのだろう。どうしてその言葉をそのまま聞いてしまったのだろう。

(私は……)

自分の気持ちが分からなくなる。今は、確かに妬ましく思う気持ちがあった。だが、誰に対して妬ましいのか。頼長が妬ましいのか。隆季が妬ましいのか。それすら分からない。

だが、はっきりと分かることが一つだけあった。

(私は隆季を哀れに思っている)

頼長をそう思うのとはまったく別の形で——。初めて見た時、内側から白く輝く酔芙蓉を連想させたこの男が、荒々しく摘み取られるさまは想像したくなかった。

その日、忠雅は隆季の問いに、返事をすることはできなかった。

四

自分は一体、誰にどうなってほしいのか——その答えが見つからぬまま、忠雅は隆季を頼長に会わせる段取りを進めた。

数日後の夜、隆季が自分の邸として使っている五条邸へ、忠雅と頼長は牛車で向かった。

「ようこそ、おいでくださいました」

出迎えた隆季は、いささか堅苦しい態度で挨拶した。

「うむ。今宵は世話をかける」

頼長は落ち着いた声で応じた。あからさまに満足げな様子を見せるわけではないが、ここ数日来見られた焦りや苛立ちは、この夜はうかがえなかった。

酒が用意され、初め酌をしていた女房が下がっていくと、

「どうぞ」

と、忠雅は自ら立って、頼長に酒を注《つ》いだ。

「かたじけない」

頼長は鷹揚に言って、杯を干す。

「隆季殿も内府にお注ぎするとよい」

忠雅は隆季に勧めた。隆季は少し硬い口ぶりではあったが「はい」と応じ、素直に酌をした。頼

長の機嫌も悪くないようである。

さまざまの楽器も用意されていたので、忠雅は横笛を吹いた。

「内府は笙がお得意と聞きますから、一曲なりといかがですか」

忠雅が勧めると、頼長はいつになくしり込みした。

「いや、余は学問以外のことは不調法でな。楽器の一つもできずば宮中での人交わりができぬと思い、笙だけは師を招いて習ったのだが、進んで人に聞かせられるものではない」

頼長が謙遜することはないので、おそらく事実なのだろう。そういえば、これまで頼長が楽器を奏でるのを聞いたことはなかった。

ならば、これ以上、強いるべきではないと判断し、忠雅が話を変えようとした時だった。

「だが、今宵は気分がよい。一曲すべては無理だが、少し吹いてみようか」

と、頼長が突然言い出した。

忠雅は急いで隆季に目配せし、笙を頼長に手渡させた。

隆季から笙を受け取った頼長は、少し試すように音を出した後、何の曲とも言わず、いきなり吹き始めた。自分が奏でたことのある曲ならばともかく、そうでなければ、笙の音色だけで曲名が分かるかどうか。

二人とも分からなければ、頼長に恥をかかせることになりかねない。どうしたものかと思いながら、忠雅は頼長の吹く音色に耳を澄ませた。確かに心を揺り動かされるような技量ではなかったが、師についたというだけあって危なげなく吹いている。

その勇壮な雰囲気の曲をしばらく聞くうち、忠雅は安心した。忠雅が奏でたこともある有名な曲だったからだ。

心に余裕のできた忠雅は、ちらと隆季の方をうかがった。火影《ほかげ》に浮かび上がった端整な横顔は、まだ少し緊張しているように見える。

名筆家の手ですっと横に引いたような切れ長の目、紅を差《さ》しているわけでもないのに明度の高い唇、筋の通った鼻の高さといい容《かたち》といい、一つを取っても、全体を見ても美しい。

表が白、裏が青の柳襲《やなぎがさね》はこの初夏の夜に似つかわしく、すっきりとしたこの色合いが隆季によく似合っていた。

ややあって、頼長は吹奏を止めた。忠雅は頼長に目を戻し、

「この曲は……」

と言いかけたが、そこで口を閉ざした。

(隆季殿から言わせた方がよい)

と思い直したのである。仮に答えられなければ、その時は自分が正解を言えばよい。

「隆季殿から申してみよ」

忠雅はそう勧めた。隆季はややあってから、

「舞楽の『蘭陵王《らんりょうおう》』でしょうか」

と、答えた。

「その通りだ」

頼長が笙を手にしたまま、満足そうに言った。隆季が頼長から笙を受け取り、それを元の場所へ戻すのを待ち、

「蘭陵王は『音容兼美』と言われたそうですね」

と、忠雅は切り出した。

蘭陵王は中国の南北朝時代、北斉《ほくせい》の武将で、名を高長恭《こうちょうきょう》という。その類まれな美貌ゆえ、戦中に味方の兵士が見惚れてしまうのを恐れ、あえて仮面をつけて戦いに臨んだという故事はあまりに有名だった。

「ああ。正しくは『貌柔心壮音容兼美』だな。『北斉書』にある」

頼長が応じた。

顔は柔和で心は勇壮、声も顔も共に美しい――と言われた蘭陵王の故事に基づいて作られた舞楽の曲を、今夜、頼長が吹奏した意味は口に出せば興ざめである。

(まこと、この顔は蘭陵王に匹敵するのだろう)

心の中だけで、忠雅は呟いた。

頼長が『蘭陵王』を吹奏したことをどう思うのか、隆季の顔は蘭陵王ではないが仮面をかぶったような無表情で、その胸の内はつかみにくい。

その後も、忠雅はあれやこれやと、思いつくままに話題を持ちかけた。頼長は気の向いた時だけ、隆季は話をふられた時だけしか口を利かないので、しゃべっているのは主に忠雅一人である。

その中に、ただ一つだけ、隆季と頼長の二人がそろって顔色を変えた話題があった。

「そういえば、隆季殿の弟の家明《いえあき》殿が先頃、近衛少将《このえのしょうしょう》に任官しましたが、内府はご存じでしたか」

「……うむ。本院(鳥羽院)からのご推挙でな」

頼長は途端に渋い表情になって言った。どうやら、あまりよくない話題だったようだと忠雅は思ったが、今さら取り下げるわけにもいかない。

その上、隆季も頼長の「本院からの推挙」という言葉に、顔色を変えた。

近衛府の官職とは本来、名家の子弟に与えられるものである。頼長も忠雅も近衛中将の職を経て今に至っていた。

一方、隆季の家――末茂流藤原氏のような中流の出身者は、中将より下の少将でも近衛府に任官することは難しい。それだけに憧れの的でもある近衛府の官職に、弟の家明が兄の自分を飛び越えて任命されたとなれば、隆季も心穏やかでいられなかっただろう。だが、任官それ自体は知っていたはずだ。衝撃を受けたのは、それが鳥羽院の推挙だったことの方らしい。

「家明殿は本院のお気に入りだそうですからね」

忠雅はさりげなく頼長の言葉に相槌を打った。

家明は鳥羽院の閨に侍っているらしい、という噂も耳にしている。少将推挙のことから考えて、どうやらただの噂ではなかったようだ。

「過《す》ぐる二月《きさらぎ》、家明殿の従者が清水橋の下で武士と乱闘になり、殺されたこともありましたな。あれも、家明殿の昇進に対するやっかみかもしれませんね」

口を開くのは相変わらず忠雅一人である。

(内府は本院から人事に横槍を入れられたのが不快で、隆季殿は弟に家督を奪われるのではないかと恐れている)

忠雅は二人の顔色をそっと盗み見た。

頼長の怜悧《れいり》な顔には、冷たい怒りが浮かんでいる。

一方、蘭陵王の眉は、ひそめられてなお美しかった。

両者を目にした瞬間、かつて感じたことのない確かな直感が忠雅の全身を走り抜けていった。

(この二人は遅かれ早かれ、互いの意思で結びつく)

頼長は、鳥羽院への対抗心と、その後ろ盾を得た末茂流の勢いを止めるために——。

隆季は、鳥羽院を後ろ盾にした弟家明に対抗するために——。

忠雅にはそのことが、はっきりと分かった。

そして、つい先ほどまで分からなかった問いへの答えも、今ならば分かっていた。

——忠雅殿は私が内府のお心に従うべきだと、思っておられるのですか。

(思ってなどいるものか!)

忠雅は心の中で叫び返した。

隆季は自分のものだ。頼長から哀れに思われるのは自分一人だけだ。

どちらの思いから出発しても、たどり着く答えは一つ。

自分は、頼長と隆季が結び付かなければいいと思っている。

(だが、それを止めることは私にはできない……)

そのこともまた、どうしようもない確かさで、忠雅には理解されていた。

二の章　青嵐

一

三人が隆季の邸に会したその後、同じような夜を過ごすことは二度となかった。忠雅が頼長や隆季から取り持ちを依頼されることもなかったし、忠雅自身、そんな働きをする気持ちにはなれないでいる。

隆季と頼長の関わりが始まることはなく、一方で忠雅と頼長の関わりは変わらぬまま、天養元年も終わりに近付いてきた。

夜空が凍《い》てついたかと思うほど寒いある冬の一夜、頼長と同車して、いつものように花山院邸へ入った忠雅は、初めて頼長の手を拒んだ。そして、頼長が驚きの表情を浮かべるのも待たぬすばやさで、自ら相手の体をねじ伏せにいった。

「……待て」

という頼長の声も無視した。

常であれば、忠雅が頼長に対し、そんな無礼を働くことは決してない。が、この時は何かに憑《つ》かれていたのだろう。これまで場を掌《つかさど》るのは頼長と決まっていた二人の交わりは、その夜、逆転した。

「何かあったのか」

事果ててから、尋ねた頼長の声に怒りは混じっていなかった。

「こうしたことも、たまにはよいのではありませんか」

常にない疲労を覚えつつも、忠雅はかすかに笑いながら答えた。

頼長は天井板を眺めながら無言でいる。ややあってから、

「内府と……一度、こうしてみたかったのです」

忠雅は我知らず呟いていた。

「内府が、隆季殿を我がものとなさるより先に――」

どうしてか、声が涙ぐんでしまった。

悲しく寂しく妬《ねた》ましい。己の胸の内をのぞいてみれば、そんなものが渦巻いている。

幼い頃、父を亡くし、隆季に出会った。自分のものにしたいと思ったが、その願いは端《はな》から無謀なものだった。

父の死後、父方の血を引く頼長を見て、彼のような兄が欲しいと思った。頼長は自分を哀れみ慰め、時に強引に奪い、時に執心をあらわにして、確かに忠雅の心の隙間を埋めてくれた。が、実の兄弟のように切れない絆で結ばれているわけではない。

どちらの男も、自分のものにすることは叶わない。

そう思うと、我が身の哀れさが極まって、情けないことに泣けてきた。

「隆季殿のことはご安心ください。来年のうちにはお望みが叶うよう取り計らいます」

傍らの相手に背を向け、涙をこらえてそれだけ言う。頼長は何も言わず、その後、忠雅をいつになく優しく抱いた。

「直衣《のうし》（上衣）を取り替えるか」

悲しい声で頼長が言い出したのは、年が変わった正月六日、頼長の大炊御門高倉《おおいみかどたかくら》邸で夜を共にした後のこと。互いの形見《かたみ》にしようという意味だと、忠雅にはすぐに分かった。初めて別れの言葉を口にした頼長に、忠雅は黙ってうなずき返した。


覚悟を決めた別れから三月《みつき》の後、忠雅は病に倒れた。

高熱を発した忠雅は、花山院邸で養生していた。中御門邸ならば義父母や妻もいて心強いのだが、家成や保子が大騒ぎすると思えばわずらわしい。

それに、保子はこの頃、子をみごもっていた。

病がよくないものであったら大変なことになるので、忠雅は保子には花山院邸へ来るなと厳命していた。

そうして、使用人以外には人のいない邸でただ苦痛に耐えていると、一人の見舞客がやって来た。病臥して二日目、四月五日のことであった。

「誰だ」

わずらわしい思いで、忠雅が女房に尋ねると、

「内府さまでいらっしゃいます」という。

「何だと――」忠雅は跳ね起きるような勢いで訊き返していた。

「いかがいたしましょう。お帰りいただくわけにはまいりませんし、こちらへお通ししてもよろしいでしょうか」

女房は困ったような顔で、忠雅に問うた。

「いや、かようなところへ内府をお招きするわけにはいかぬ」

「でも、ふだんは……」と、女房は言葉を濁《にご》した。

忠雅と頼長が閨を共にしていることを、もちろん、この邸の女房たちは知っていた。が、二人が覚悟の別れをしたことまでは知る由もない。

「寝殿の客間の方へお通しいたせ。私も参る」

忠雅は決然とした口調で告げた。

「ですが、殿は熱もまだ下がっておられませんのに」

女房は驚いた顔で反対したが、忠雅は大事ないと言って押し通した。

「内府は客人として、丁重にお迎えいたせ」

いつもと違って他人行儀な応対を命じる忠雅に、女房は目を見開いたが、もう何も言わなかった。

それから、忠雅は身支度を整えた。

烏帽子《えぼし》を着《つ》け、着崩れたところのない直衣をまとう。顔の窶《やつ》ればかりはどうしようもなかったが、能《あた》う限り失礼のない装いを凝らすことに努めた。

忠雅が女房たちに体を支えられるようにしながら、客間へ姿を見せると、

「そんな体で起き上がるなど、何たることか！」

頼長は腰を浮かせながら、見舞いの言葉よりも先に、叱責の言葉を口にした。

「内府に見苦しい姿なぞ、見せられませぬゆえ」

忠雅は力なく笑い返しながら、褥《しとね》（布団）の上に倒れ込むようにして座った。

「余を相手に、気兼ねなどすることはあるまいに……」

頼長は痛ましげに呟いたが、忠雅は首を横に振った。

我々はもう気の置けぬ間柄ではない。互いのすべてを知り尽くし、恥も遠慮もなく馴れ合えるような仲ではないのです——そう言ったつもりであった。そこの境をあいまいにしてしまえば、自分たちはどこへ行き着くこともない交わりをいつまでも続けてしまうことになる。

頼長がはっと胸を衝《つ》かれたような顔をした。それから、

「……そうであったな」

と、思い出したように、力のない声で呟いた。

「体だけはいたわってくれ」

頼長はそれだけ告げると、忠雅を早く休ませようという気遣いもあってか、そのまますぐに辞去した。

忠雅は再び女房たちに支えられながら、病牀《びょうしょう》へと戻った。

途中、渡殿《わたどの》を通ってゆく時、夕方の空が見えた。

忠雅の体調の悪さなど、気にも留めぬといった風情《ふぜい》の茜空《あかねぞら》は美しい。

それを目にした瞬間、

――寂しい。

痛切にそう思った。こんな時、自分を哀れんでくれる人をたった今、本当に失ってしまったのだ。剝《む》き出しの心が嵐に吹きつけられたように、忠雅はそう思った。


忠雅の容態はそれからさらにひどくなった。

自分はこのまま死ぬのだろうか。この時は本当にそう思った。

忠雅の父は早死にした。もともと花山院の家系は早死になのかもしれぬ。生まれてくる子が男子であればよいが……。そんなことを思いながら、生と死の境を、夢と現《うつつ》の境を、忠雅は行きつ戻りつした。

頼長が再び忠雅のもとへやって来たのは、三日後の灌仏会《かんぶつえ》の日であった。

「どうなさいますか」

女房から事を知らされ、判断を迫られた時、忠雅はもうまともに口を利くこともできなかった。ただ、この話を聞いた時だけは、不思議と、もう死ぬのかもしれぬと思うような弱気の虫がすっかり消えていた。

「お通しいたしますか」

通すとすれば、今日はこの病牀へということになろうが、忠雅はきっぱりと首を横に振った。

「では、お帰りいただくよう願って、よろしゅうございますね」

念を押して尋ねる女房の言葉に、忠雅はしっかりとうなずいた。

「内府さまのご機嫌を、損じることになるやもしれませぬが……」

それでよい——というように、忠雅は幾度も首を縦に動かした。

「では、主人の病篤く、十分なおもてなしが叶いませぬゆえお引き取りを、とお伝えいたします」

女房の言葉に安心すると、忠雅はそのまま意識を失ってしまった。

目覚めたのは、どれくらい時が経ってからなのか分からない。

ただ、女房は忠雅が意識を取り戻したのを知るや、頼長に帰ってもらったことを報告した。

頼長は牛車を邸内に入れることもなく、門前で引き返して行ったという。

ありきたりの見舞いの言葉より他、特に言伝《ことづて》はなかった。

(本当に終わったのだ……)

と、忠雅は思った。

この時、ふと耳に外の轟音が聞こえてきた。

何の物音か——というような目を女房に向けると、それで意は通じたらしく、

「外は激しい風が吹き荒れておりまして。嵐でございましょうか」

と、女房は答えた。

青嵐《せいらん》か。

ごうっ、ごごうっと激しい音を立てて、強風が吹き抜けていく。

牛車の簾《すだれ》が吹き飛びそうなこの嵐の中、頼長はわざわざ甲斐のない訪問をしてくれたのか。

申し訳ないことをしたと思うそばから、青葉の清冽な精気を含んだその風は、頼長そのもののようだとも思った。気のせいに違いないのだが、青葉の薫《かお》りを嗅《か》いだような心地を覚えた。

忠雅は激しい風の音を聞きながら、これまでになく安らかな心地で眠りに就いた。

二

数日後、忠雅の病は癒えた。まるで、あの晩の青嵐が病の気を吹き飛ばしてくれたかのようであった。

完治するのを待ち、お祓《はら》いもしてもらってから、忠雅は梅雨の晴れ間を縫って、久しぶりに中御門邸へ行き、家成や保子と対面を果たした。

「本当にようございました。何度も花山院邸へ伺おうと思いましたのに、来るなとおっしゃるのですもの」

保子からは恨めしい言葉もかけられたが、とにかく病が癒えてよかったと喜ばれた。

「私も、花山院邸で暮らしとうございますわ」

今回のような思いをさせられるのは嫌だと言う。

少し困ったが、この妻は本気で自分のことを案じてくれていたのだと実感した。

忠雅は身を寄せてくる保子の肩をそっと抱いた。温かな気持ちが胸の底の方から湧き上がってくる。

自分の身を本気で心配してくれた人は頼長だけではない。それなのに、頼長との別離を決意した時、どうしてあれほど寂しいと思いつめてしまったのだろう。どうして、ただ一つの拠《よ》り所《どころ》を失《な》くしたかのような心細さを覚えてしまったのだろう。

ここにも、同じくらい心配してくれる人がいるというのに――。

従妹であり幼なじみのようなものでもあった妻を、そばにいるのが当たり前の女だと、自分はいささか軽んじていたようだ。大事にしなければならないと、この時初めて、忠雅は思った。

だが、妻を花山院邸へ引き取るのは反対した。

「少なくとも、子が生まれるまでは親もとにいた方がいい。病が癒えた後、お祓いもしてもらったが、あちらにはまだよからぬものが憑《つ》いているかもしれないからな」

そう言って保子を納得させたが、それからは忠雅も遊びをやめ、なるべく中御門邸へ足を向けるように努めた。

中御門邸に出入りしていれば、隆季とも顔を合わせる機会は多かった。

――隆季殿のことはご安心ください。来年のうちにはお望みが叶うよう取り計らいます。

頼長に誓ったこともある。忠雅は隆季の身辺について、それとなく妻に尋ねてみた。

「隆季殿は五条に邸があったはずだが、今もよくこちらに来るのだな」

これまで忠雅がそのような問いを向けたことはなかったため、保子は驚いたようだが、

「そうですわね。五条のお邸に世話をしてくれる女人でもいるなら、そちらへ行くのでしょうけれど、生憎《あいにく》、そういう人もいないみたいですし」と、答えた。

「しかし、隆季殿とてもうすぐ二十歳だろう。婿入りには遅いくらいだ。あの美貌で女が寄ってこないことはないと思うが……」

「それは、そうなのかもしれませんけれど……」

保子はうなずきかけたものの、

「弟は、そういう誘いに軽々しく乗るような男ではありませんわ。あなたと違って」

と、続けて言い、忠雅にきつい眼差しを向けた。切れ長の目がこれまで見たこともないくらい鋭く、同時に濡れたような光を湛《たた》えて美しい。よく見れば、その目は隆季のそれとも似ているのだが、これまでそう思って見たことのないのがむしろ不思議であった。

初対面の時に驚かされた隆季の美貌に比すれば、保子の容姿は整っていても凡庸に過ぎる――これまで忠雅はそう思い込んでいた。だから不満だというのではなく、妻の容貌をどうこう言う気持ちそのものを持たなかった。

だが、思いがけず美しくもあり、怖くもある妻の眼差しを向けられて、覚えずどぎまぎしてしまう。

「おかしなことを申すな。私とて軽々しい男ではない」

忠雅は慌てて言い返した。が、保子はそっぽを向いて聞いていないふりをする。どこかに幼さを残したような妻のそんなしぐさを愛《いと》おしく感じつつ、「いずれにしても」と、忠雅は咳払いして話を元へ戻した。

「隆季殿にも心を寄せる女人くらいはいるだろう。そなたに心当たりはないのか」

いつになく熱心に尋ねると、

「もしかして、父上から何か頼まれたのですか」

保子は忠雅に目を戻して訊いた。父の家成が忠雅に、隆季の婿入りの件を頼んだのか、と当て推量したようだ。

そんな事実はなかったが、忠雅は妻を誤解させたままにしておくことにした。

「まあ、そのようなものだ。だから、知っていることはすべて話しなさい」

「そう言われましても、昔から無口な子でしたから。仮にそういう人がいたとしても、私に話してくれるとも思えないのですけれど……」

保子は首をかしげながらしゃべっていたが、途中で何かを思い出したような表情を浮かべると、ぽつりぽつりと語り出した。

「そういえば、いつの頃か忘れてしまいましたけれど、権中納言伊通卿《ごんのちゅうなごんこれみち》のお邸へ二人で伺ったことがあったのです。伊通卿は父上の従兄なのですが……」

そこに箏《そう》の得意な呈子《しめこ》姫という娘がいたのだが、その姫の箏の腕前を保子が褒めると、めずらしく隆季も口を開いて賛辞を述べたという。

「それに帰ってからのことでしたが、呈子姫の目は大きくて輝いて見えると言っておりました。めずらしいことだったので、記憶に残っております」

「その姫は美しいのか」

と、忠雅は少なからぬ関心を寄せて、保子に尋ねた。

「美しいというか……」

保子は困惑したような表情を浮かべたが、言葉を選ぶようにしながら先を続けた。

「その、お目の大きすぎるのを難点と見る方もいるかもしれません。でも、隆季殿は好もしいと思ったように見えましたわ」

私も、淑《しと》やかですてきな姫君だとお見上げしました――と、保子は続けた。

相手が親戚とはいえ、中納言家の姫であることに遠慮したのだろう。迷うことなく「美しい」と言い切れぬところに、呈子の容貌の程度が透けて見える。

世間では、隆季や保子のような切れ長の目をこそ美しいと言うのであって、その基準では呈子は美人の枠には入るまい。だが、隆季の好みが世間の枠と同じとも限らないのである。

（隆季殿がその姫に心を寄せているなら、それが内府との関わりを敬遠する要因なのだろうか）

男色の交わりを結んだからといって、妻や女の想い人に対し、裏切りを働いたことにはならないはずだ。ただ、忠雅の場合、一抹の気まずさやきまり悪さを覚えることはあった。少なくとも妻の前であけっぴろげに語れるようなことではない。

もし自分よりずっと堅い男であれば――そして、隆季がそうであることは妻に言われるまでもなく分かっているのだが、男色の交わりとて、相手の女人にすまないという気持ちになるのかもしれない。

その恋心が純真であればあるほど、おそらくは――。

（隆季殿の身辺に探りを入れた方がよさそうだ）

忠雅はさっそく、中御門邸で隆季に仕える女房を手なずけると、

「権中納言伊通卿の姫のことを、特にしかと探ってくれ」

と、抜かりなく命じた。


忠雅は隆季付きの女房に、身辺を探らせると同時に、自分でも呈子について調べてみた。宮中で人に聞いて回ると、

「おや、中納言の姫にご執心ですか。確か、北の方（正妻）はご懐妊と聞きましたが……」

あらぬ誤解を受けたが、真実を告げるよりはましなので訂正しないでおく。

「まだお若いですよ。確か、今年で十五におなりのはず」

「聡明で慎ましく、箏がお上手と聞いたことがあります」

「お顔立ちは……はて、聞いたことがありませんな」

入ってきた情報は、保子から聞いていたのと大差ないものばかりであった。やはり「美しい」という、若い娘につきものの評判が――さほど美しくなくともそう言われることは多いというのに――入ってこないのは、実際に大した容貌ではないのだろう。こうした話を教えてくれた中の一人からは、

「あまり大っぴらになさると、家成卿のお耳に入りますよ」

余計な忠告までされてしまった。おそらく、自分が聞いて回ったうちの何人かは、さっそく家成へ注進に及んでいるはずだ。家成から誤解を受けるのは望ましいことではないが、今の自分には腹を探られてまずいことなど何一つないのだからかまうものかと、忠雅は思った。

そうするうち、隆季付きの女房からも知らせが来た。隆季の想い人が呈子であるのは、ほぼ間違いないという。

「でも、隆季さまときたら、あの通り、口がお達者ではない上に晩熟《おくて》でいらっしゃるから」

なかなか強引に迫ることもできないらしいのだと、女房はもどかしそうに言った。

忠雅は引き続き探りを入れるよう、女房には頼んだが、ほどなくして、妻の保子から驚く話を聞かされた。

「呈子姫が皇后さまのおそばへ参られるそうですわ」

「何、それは隆季殿が好もしいと言っていた例の姫のことか」

忠雅が訊き返すと、保子はそうだとうなずいた。父の家成から聞いた話なのだという。

「おそばへ行くとはどういう意味だ。まさか、女房として参るわけではあるまい」

「伊通卿は皇后さまとお従兄妹同士でございますので、どうやら姫君は皇后さまのご養女になられるのではないかというお話ですわ」

皇后とは近衛天皇の生母得子《なりこ》のことである。

得子は伊通の従妹でもあるが、家成の従妹でもあり、この一門末茂流の出世頭であった。発言力もある。得子が呈子を養女にすると言えば、それが通らぬ道理はない。

だが、皇后の養女ともなれば、並の男が手の届く女人ではなくなるわけだった。

(この急な動きは、まさか私が宮中で姫について聞き回ったからではないだろうな)

婚姻前の姫におかしな噂が立つ前に、急ぎ皇后の御所へ上げてしまえ、という話になったとも限らない。

そうなったら、隆季はどうするのだろう。そう思うと、忠雅の心は我知らずざわめいた。

落ち着かない日々を、忠雅は過ごすことになった。何かあれば、隆季付きの女房から知らせが来ることになっている。それを待っていると、

「隆季さまがあちらの姫さまに、相聞《そうもん》(恋)の歌をお贈りになられました」

という知らせがもたらされた。忠雅が保子の話を聞いてから、五日も経たぬうちのことである。

下書きを手に入れたという女房から、忠雅はそれを受け取った。折り畳まれた紙を開く指が思うように動かず、忠雅は苛立ちを募らせた。中身を見るのも何となく嫌な気がしたが、見ないでいるのはもっと落ち着かない気がして、結局、忠雅は乱暴に紙を開いた。

宵にては紅《くれない》染むる酔芙蓉　覚むれば白き朝ぼらけかな

――宵時には、紅色に染まって見える酔芙蓉は、目覚めて見る明け方には、真っ白な花を咲かせているのです。

「ともに見ばや」――共に見たい――と、最後に書き添えた文を、白い酔芙蓉の花につけて贈ったという。

どくん――と胸の高鳴る音を、忠雅は聞いた。

嫌な気がした。自分が贈った酔芙蓉の花を、隆季が恋しい女に贈り、あの花を翌朝、一緒に見ようとしている――それが不快だった。

この気持ちは何なのだろう。まるで妬ましさを覚えているかのような――。

（おかしい。これまで、内府に対して妬ましさを覚えたことは確かにある。隆季殿を我がものにすると言えるあの方に対し――）

そこまでは、忠雅にも自覚があった。

だが、男色と女への恋は別のものだ。隆季がどの女を好きになろうと、どの女を妻にしようと、自分とは関わりないことだと思っていた。実際、そうだった。

酔芙蓉さえ介在しなければ――。

（どうして、酔芙蓉の花を女に贈ったりしたのだ！）

そんな真似をした隆季を恨めしく思う。

（あれは、私の花だ！）

忠雅は内心で叫んだ。そう叫んだはずであった。だが、胸の中で反響する声は別の言葉に代わっている。

——隆季殿は私のものだ。

（どうして……）

ようやく頼長と別れた寂しさから脱し得た今になって、別の苦痛と孤独に向き合わねばならないのか。

忠雅はもだえ苦しんだ。

ややあって、折り返し呈子から届けられたという返事の文を、忠実な窺見《うかみ》（隠密）の女房は折を見て盗み読みし、写しを忠雅に届けてきた。


あけぼのに匂へる白き酔芙蓉　宵にや染むる君がかんばせ

——明け方、輝くばかりに美しい白き酔芙蓉の花は、宵時には紅色に染まって、頬を染めているあなたのお顔のように見えます。

『『待宵《まつよい》の』と走り書きされておりましたわ。慎ましいお人柄と聞いておりましたが、意外に大胆なところがおありの姫さまでいらっしゃいますわね」

女房は意味ありげな薄ら笑いを浮かべて告げた。

確かに、今宵待っているとは大胆な返事だ。

だが、これ以上時を延ばせば、皇后さまのもとへ引き取られる日が迫り、どうにもならなくなるため、二人とも焦っていたのだろう。一夜を共にし、契《ちぎ》りを交わしたとなれば、少なくとも皇后の養女となる話は立ち消えになるかもしれない。

「文の中には、隆季さまの贈られた酔芙蓉の花弁が一枚だけ、入っておりましたわ。昼を過ぎておりましたので、花弁は薄紅色に染まっておりました」

それを見た隆季の頬も、うっすらと染まっているように見えたと告げられて、忠雅の不快な気分はさらに募った。自分に仕える女房を呼び出すと、「酒を持ってまいれ」と命じた。

「まだ宵には早うございますが……」と言う女房を叱りつけ、酒を運ばせると、忠雅は手酌で飲み始めた。

「保子にも義父上《ちちうえ》にも言うな」

そう念を押しておいたのだが、いくら飲んでもよい気分にはなれぬ酒を呷《あお》っているうち、「殿がお呼びでございます」という遠慮がちな声がかかった。

一体、誰が義父に知らせたのだ、と腹立たしく思ったが、いや酒のことではないのかもしれぬ、と思い直した。宮中で呈子について聞き回っていたことの方かもしれない。

(まったく、家でも宮中でも、私の周りには義父上の目が光っている)

一体いつまで、自分は義父の傀儡《くぐつ》なのか。腹立たしい思いが湧いた。

これまで、多少鬱陶しいと思うことはあっても、叔父であり義父である家成を疎ましく思ったことなど一度もない。だが、この日ばかりは、自分にまとわりつく何もかもがわずらわしく感じられた。それでも、幼い頃より躾《しつ》けられた習慣には逆らえない。義父の言葉を無視する、という真似が、忠雅にはできなかった。

　ふて腐れた表情を隠しきれないまま、

「何でございますか、義父上」

　忠雅は家成の居室へ出向き、その前に座って尋ねた。

「頼みがある」

　家成はいつになく難しい顔をして、そう切り出した。

　酒のことでも呈子のことでもないらしい。忠雅が酒を含んでいることは一目で見抜かれたに違いないのだが、それについて家成は何も言わなかった。

「今宵、隆季がどこへも行かぬよう、見張っていていただきたい」

「えっ……？」

　忠雅は酔いが一気に醒めた。

「いかなる手段を用いていただいてもかまわぬ」

　さらに揺るぎのない口ぶりで、家成は言う。そのまま引き受けることは納得できず、

「そのわけは何ですか」と、忠雅は尋ねた。

「それは……」

　家成の口から出た答えをすべて聞き、忠雅は合点がいった。

　家成も、隆季が呈子のもとへ行こうとしていることを知っていた。隆季の身辺を探らせていたのは、忠雅だけではなかったのである。当然、呈子の側にも、同じことをする者はいたに違いない。

　呈子を他所へ移すことも考えたのだろうが、事が今宵とあっては間に合わなかったのだろう。

——何としても二人を逢わせてはならぬ。

それが家成や皇后を含む末茂流の出した結論。その背景には、一族が呈子にかける大きな野望と期待がある。

おそらく一部の者しか知らず、隆季さえ知らされていないその計画を、今、ここで義父から打ち明けられたことに忠雅は胸を震わせた。義父への小さな不満など吹き飛んでしまった。

もちろん、隆季の足止めに自分が利用されるということに、不満のあろうはずがない。

「分かりました」

忠雅は家成の頼みを承諾した。そして、その足で隆季の曹司へ向かった。


「少しよいか」

案内も乞わずに、忠雅は隆季の曹司に踏み込んだ。

酉《とり》の刻（午後五時～七時）を半ばも過ぎた頃だったろう。隆季は明らかに外へ出る支度をしているところだった。

「何かよいことでもあったと見えるな」

いつになく柔らかだった隆季の表情は、忠雅のとげとげしい一言で、強張《こわば》ってしまった。

「そなたのさような笑顔は、初めて見た」

忠雅はかまわずに続けた。

「何用ですか」

堅い口ぶりで訊《き》く隆季に、忠雅は酔芙蓉の花を見せてもらいに来たと答えた。

「酔芙蓉の花ならば、いつもお勧めしておりますように、御前にお持ちください。花を見る度に、こちらへお渡りでは、面倒でございましょう」

暗に「ここへは来るな」とでもいうような物言いに、忠雅はふっと笑い返した。

「よいのだ。ここへ来るのは面倒ではない」

と言って、忠雅が簀子に座り込むと、隆季は明らかに困惑した顔を浮かべた。

とはいえ、無視するわけにもいかないのだろう、円座《わらうだ》を取り出して忠雅に勧めた。

「なぜ面倒でない――とは、問わぬのか」

すっかり紅色に染まった庭先の花に目を向けたまま、忠雅は隆季の方は見ないで訊いた。

「まことは分かっているであろうに、そなたはそうして黙っている。貝のように口を閉ざしていれば、やがて私があきらめてここを立ち去るとでも思っているのか」

そう言って、忠雅は不意に振り返った。

その時、風が庭から吹きつけてきた。そして、それまでどこに置かれていたのか、酔芙蓉の花弁が一枚、ふわりと舞い上がった。

その色は外に咲く花の色より、はるかに薄い。つまり、色づきが濃くなる前に、千切られたものである。

呈子が一枚だけ送り返してきたという花弁に違いないと、すぐに忠雅は直感した。

「今宵は、ここを動かぬ」

言うなり、忠雅は腰を上げ、隆季の方に身を乗り出した。

「それで、よいな」

口も体も勝手に動いているという感じだった。

「酔っておられますね」

顔を背けるようにしながら、隆季は言った。

「酔ってはいるが、意識はしかとしている」

それは嘘ではなく、頭の中はかつてないくらいすっきりと明瞭だった。自分が義父から頼まれたことの意味も、自分がこれから何をしようとしているのかも、忠雅はよく分かっていた。

「伊通卿の姫だけはやめておけ」

忠雅は強い口調で告げた。

「そなたの父や皇后の築き上げてきたものを、すべて台無しにしてまで恋を貫く気概は、そなたにも姫にもあるまい」

「そ、それはどういう……」

動揺する隆季の顔をじっと見つめながら、忠雅はその袖をしかとつかんだ。

「今宵はどこへも行かせぬ」

隆季の顔色が蒼ざめた。

「父上から、そうせよと頼まれたのですか。それとも、皇后さまから――?」

さすがに隆季は勘を働かせたが、正直に答えなければならぬ義理などない。

忠雅は隆季の問いには答えず、唇でその美しい唇をふさいだ。

抗おうとする相手の力をねじ伏せることができたのは、酔った勢いだったかもしれない。

「姫のためだ」

ようやく口を離した後、息を切らせながら忠雅はそう告げた。

その言葉が呪縛となって、隆季を縛ることは百も承知している。

忠雅の目の下にある美しい顔から、すっと表情が消えていった。切れ長の目を覆う睫毛がかすかに震え、目の下に翳を落としている。

「姫のためを思うのならば、そなたは今宵、ここから出てはならぬ」

もはや抗う気配は伝わってこなかった。

隆季の直衣の衿元が乱れ、そこからかつて一度だけ目にしたことのある小さな黒子が見えた。あの日の夕べ、ついぞ触れることのできなかったそこへ、忠雅は指を這わせた。隆季がかすかに身じろぎしたことによる衣擦れの音が、やけに大きく聞こえてくる。

だが、かつての夕べのように、隆季は逃げなかった。忠雅に押さえられているというより、「姫のため」という言葉に捕らわれているせいであろう。

「ひ……め……」

苦しげな呟きが風のように、忠雅の耳もとを通り過ぎていった。

(それほどまでに姫が恋しいか)

隆季の苦悶する姿は忠雅の心をもかき乱した。

「姫はそなたのものにはならぬ。いや——」

忠雅は自身の今の気持ちを正確に言い直した。

「姫にそなたはやらぬ」

——そなたは私のものだ。

その言葉は胸の中だけで呟き、忠雅は今まで指を這わせていた黒子に、ゆっくりと舌を這わせていった。

ややあって……。

床を滑る忠雅の眼差しが、先ほど舞い落ちた一枚の花弁をとらえた。

白と紅のちょうど狭間のような淡い色合いの花弁。

中途半端で、完成されておらず、どっちつかずの……だが、美しい。

それは、進むべき道を閉ざされ、傷ついた男そのもののようだった。

忠雅の眼差しは床の花弁から、ゆっくりとその男のもとへ戻っていった。

三

花弁は四枚しかない。呈子は瓶《かめ》に挿した酔芙蓉の花にじっと見入っている。

昨夜、逢うことを約束した男は訪ねてこなかった。

その人に対して、迸《ほとばし》るような熱情を、呈子が見せたことはない。それでも、胸の内にはいつも愛おしいお方——という想いを抱き続けてきた。奥ゆかしく慎ましい姫君——誰もが呈子のことをそのように言う。

だが、呈子の胸の内に宿る想いは、決して慎ましいものではなかった。自分でもどうしてなのかと不思議に思うくらい、その人のことが愛おしくて愛おしくてたまらない。今すぐにでも邸を脱け出し、その人のもとへ走りたい。その人の胸の中に身を任せ——いや、その人を我が袖の中に包んで差し上げたい。

呈子にとって、藤原隆季とはそういう男であった。

初めて会った時は二人とも幼かったが、子供心にも隆季が大変な美少年であることは分かった。きれいな方とは思ったが、だからといって心が動いたわけではない。

(お面でもかぶっておられるみたい)

あまりの整い方もそうだが、気持ちを顔にあまり出さない様子も、そのように見えた。

隆季が呈子にとって心に刻まれたのは、呈子の箏の演奏を聞いた後、

「本当にお上手です」

と、言った時であった。言葉は少なかった。むしろ、

「姫さまはまだ幼くていらっしゃるのに、何と見事なお腕前なのでしょう。いずれは都で評判の箏の弾き手とおなりでございますわ」

傍らにいた姉の保子の方が大袈裟な賛辞を寄せてくれたのだが、その言葉は呈子の耳にほとんど届いていなかった。

隆季がその時に見せたはにかむような笑顔に、心惹かれていたからである。

(こんなふうに、お笑いになるのだわ)

これほど純真なものは、かつて見たことがなかった——。

それから、隆季は呈子の邸へやって来るようになったが、ある時、本音を吐露したことがある。

「人からよく言われるのです。お前は何を考えているのか、よく分からないって。父上からも姉上

からも」

「まあ」

と、呈子が呟いたのは驚いたからではなく、さもあろうと思ったからだが、どうやら隆季がそのことを気に病んでいるようなので、それ以上の言葉は控えておいた。

「私は他の人とどこが違うのでしょう」

ひどく真剣な口ぶりで、隆季は言う。おそらく深く悩んでいるのだろうが、そういう時でも顔色に出ないので、見る人はあまり深刻に受け止めないのだろう。

だが、呈子は四歳も年下の自分を相手に、大真面目に告げる隆季の話をしっかりと受け止めた。

「隆季さまがお気持ちをあまりお顔に出されないのは、きっと皆さまから『きれいだ』と言われ続けて、どういう時にどんなお顔をすればいいのか、分からなくなってしまったからですわ」

と、呈子は告げた。

「そうでしょうか」

「はい。ふつうの子は笑っていれば『楽しそうだね』と声をかけられるし、怒っていれば『どうして機嫌が悪いのだ』って訊いてもらえますもの。でも、隆季さまを前にすると、そういう言葉をかける前に『きれいだ』って言いたくなってしまうのですわ」

そうしたことが重なるうちに、楽しい顔や怒った顔のつくり方が分からなくなってしまったのだろうと、呈子は言った。

「でも、前に隆季さまが私の箏を褒めてくださった時のお顔、私、一生忘れませんわ。あの時、見せてくださった笑顔が、私にはとても嬉しかったのですもの」

きれいだった――ではなく、自分にとって嬉しかった――という呈子の言葉に、隆季は大きく心を動かされたようであった。その証拠に、いつも面に出ることのないあふれんばかりの喜色を顔に浮かべ、隆季は晴れやかに微笑んだのだ。

二度目に見たこの笑顔には、完全に心をつかまれてしまった。恋に落ちるとはどういうことか、はっきりと実感した。そして、同時に悟っていた。

隆季の目の中に浮かぶ想いも、自分と変わらぬものであるということを――。

（あの方のおそばにいて差し上げたい。あの方が私に見せてくださるあの笑顔を、一生、おそばでお守りして差し上げたい）

呈子はずっと、その想いを抱き続けてきた。

隆季のように不器用で純朴な男には、自分のように幼い頃から近くにいて、彼をよく知る女がそばにいてあげるべきだとも思っていた。

隆季は確かに美しい。おそらく、あの美貌で人の心を操れるほどに――。だが、そんなことを隆季は一度として考えたことはないだろう。

その純真さこそが、呈子の心を惹きつけてやまない隆季の魅力であった。それに比すれば、彼の美貌は呈子にとって意味を持たないものであったが、年を重ねていくにつれ、

（あの方は光源氏のようにお美しいのに、私は――）

自分と引き比べ、呈子を臆病にする種《たね》となり始めてはいた。

隆季が幼い頃から寄せてくれる真情を疑ったことはない。だが、自分が年頃の娘になったよう

に、隆季も大人になった。その彼が他の多くの美しい女人を見て、心を動かされないでいられるだろうか。

幼い頃は気にならなかったことが気にかかるようになり、恋に落ちて以来、心に降り積もり、今やあふれんばかりになった慕情を、ありのままに伝えることもできなくなった。そうするうち、呈子に仕える女房がある話を呈子に伝えてくれた。

「姫さまを皇后さまのご養女になさる、というお話が持ち上がっているようですわ」

皇后――近衛天皇の生母である藤原得子は、呈子の父伊通の従妹である。

「まあまあ、そうなったら、姫さまはどんなご身分のお方を夫になさるのでございましょう。親王さまか摂関家の公達《きんだち》くらいでなければ、釣り合いが取れぬというものですわ」

女房は浮かれていたが、呈子の心は逆に沈み込んだ。

皇后の養女になれば、隆季のそばで生きていく夢は叶わなくなる。

(私は、皇后さまの御もとへ参るより、隆季さまの妻になりたい)

はっきりとそう思った。想いだけは深くとも夢の中をさすらうようだった恋心が、この時、はっきりと現実味を伴う形となった。隆季の妻になる以外の人生を歩む自分は想像もできなかった。

呈子の心が決まったのをまるで見透かしたかのように、隆季から想いをこめた歌と時刻によって色が変わるという不思議な花が届けられた。

(あの方に、私の想いが通じたのだわ)

そう思った時、隆季と結ばれることが自分の運命だったのだと、呈子は悟った。

返事は決まっている。

（早く、私のもとへいらして——）

まっすぐなその想いしかなかった。

それなのに——。

（どうして、隆季さまは昨夜、来てくださらなかったの？）

裏門の閂《かんぬき》も外させておいた。女房たちも居室から遠ざけておいた。

奥ゆかしい白檀《びゃくだん》の香《こう》を薫《た》き、酒の支度を調え、箏《そう》の琴《こと》の調律も済ませておいた。

昨夜はその箏に隆季が笛を合わせてくれるのではないかと、秋の夜長を一晩中、まんじりともせず待っていたというのに……。

酔芙蓉の花は一日で萎んでしまう一日花だが、切花にされたせいか、それとも、呈子が一晩中、目を放さなかったせいか、翌朝になっても開いたままであった。五枚あるはずの花びらは四枚しかないが、今もなお花の形を保ってはいる。色は酔ったような紅色のまま。

萎む時機を逸してしまったその花は、お世辞にも美しいとは見えなかった。

（今朝の私も、きっとこんな顔をしている）

呈子ははればったい目を、なおもぼんやりと酔芙蓉に向け続けていた。

明け方になって、何か言い訳の文でも届くかと待ちわびていたが、何の音沙汰もない。そうしているうちに、陽も高く昇ってしまった。

こめかみの辺りがじんわりと痛む。

まぶしい秋の陽に目を射されるのが嫌で、呈子は蔀《しとみ》を開けないよう、女房たちに命じていた。

「お疲れのご様子。少しお寝《やす》みになられては——」

女房たちからもそう勧められたが、横になったところで、眠れるとはとうてい思えなかった。

そのうち、邸の中がにわかに騒々しくなった。

渡殿を行き来する人々の気配が、居室の奥深くにこもった呈子の耳にも届く。

「姫よ」

ややあって、母が呈子のもとへやってきた。母のもとへ呼ばれることはあっても、母が来ることは滅多にない。

「まあ、こんなに真っ暗にして、どういうこと？」

蔀を閉め切った様子に、母は不可解そうな声を上げたが、すぐに呈子の近くまでやってくると、

「すぐにお仕度をなさい。皇后さまが姫をお呼びなのです」

と、いささか昂奮した口ぶりで告げた。母のにぎやかな物言いが、呈子をいっそう気鬱《きうつ》にした。

「頭《つむり》が痛むのです。今日はご遠慮したいのですが……」

慎ましやかな態度で丁寧に断ると、

「まあ」

それはよくありませぬ――と、母は顔をしかめたものの、ならば取り止めにしようとは言わなかった。

近衛天皇の生母である皇后の機嫌を損じるわけにはいかないのである。

ましてや、得子が呈子を養女に迎える話が進んでいるところ。その話とて、得子の機嫌を損じてしまえば、まとまらずに流れてしまう。

「今宵は、仙洞《せんとう》御所（院御所）で月の宴が催されるゆえ、特別に姫をお招きくださったのです。寝

込んでいるほどではないのですから、ここは多少の無理をしてでも、参らなければなりませぬぞ」

母は熱心に勧めた。

呈子が皇后の養女になれば、それは父伊通の立身につながる。母もそれを望んでいる。

そうした母の心が分かるだけに、押して行かぬと言い張ることが、呈子にはできなかった。

「宴が終われば、すぐに帰ってきてよろしいのですか」

「おお、無論ですとも。公《おおやけ》の院参ではないのですから……」

「それなら……」

こうしたやり取りの末、呈子は小さくうなずいた。

今は、隆季の面影から離れられない自分の心を、何か別の力でもって切り離したかった。

呈子は女房たちの手で美々しく飾り立てられた。やや衣装負けしそうな華やかな紅の袿《うちぎ》をまとった自分の姿を、呈子は惨めな思いで眺めた。

(どんなに美しい装束を着ても、隠し切れない。私が想い人に見捨てられた、哀れな女であることは――)

人々の手に導かれるまま牛車《ぎっしゃ》に乗り、呈子は六条にある仙洞御所へと運ばれていった。牛車が進むにつれ、頭の鈍い痛みは増していったが、呈子は周囲の女房たちに打ち明けはしなかった。

仙洞御所へ着いたのは申《さる》の刻(午後四時頃)過ぎで、宴が始まるまでの休息に――と、宛がわれた客間へ通された。が、ただちに皇后のもとより人が参るや、目通りせよとの命を伝えた。

その頃には、頭痛がひどくなっていた。それでも、呈子は何かから逃れるように、皇后の御前へ参上した。

呈子が得子に会うのは、この時が初めてである。

親族とはいえ、皇后のような身分の人と親しく交わることはできなかった。

得子が呈子を月の宴に誘ったのも、養女として見所があるかどうか、私的に確かめたいという理由もあったのだろう。

皇后得子は呈子が予想していたのと、かなり異なる印象の女人であった。大した身分も持たずに鳥羽院のおそばへ上がり、瞬く間に寵愛第一の妃となり、果ては皇子を産んで国母《こくも》にまでなった。

美貌の人として名高い待賢門院璋子《たいけんもんいんたまこ》から、鳥羽院の寵を奪ったということもあって、得子の美貌たるやいかばかりかと、世間ではさまざまに取り沙汰されていた。九尾《きゅうび》の狐《きつね》が化けた魔性だという話さえある。

その評判の女が、今、呈子の目の前にいた。だが、その人は——。

（この方が、皇后さま……？）

としか言いようのないほど、平凡な顔立ちをしていた。

いや、十人並みの容貌より、やや劣るかもしれない。

細い目の奥は底光りしていて、気性の鋭さをいやが上にも強調していた。顔の輪郭も男のように角ばっていて、女人らしい柔らかさが少しも感じられないし、肌もきめ細かくはあるのだが色白ではない。

お世辞にも美人とは言いがたいこの女人が、治天の君の寵愛を一身に集め、楊貴妃《ようきひ》のごとく振舞っているとは意外なようにも思われた。

「この度は、月の宴にお招きくださり、皇后さまに厚く御礼申し上げます」

頭痛に加え、あまりの驚きに遭ったせいで、呈子の挨拶はやや出遅れた。

得子は己の容貌の程度をよく分かっているのか、決して派手ではない白と青を重ねた「菊の襲《かさね》」を召している。秋に好まれる紅や黄を取り入れていないところが、かえって新鮮なふうに映った。

「私は、そなたが気に入りました」

開口一番、強い語調で、得子はそう切り出した。

その声はやや低めで、少し掠れた感じがした。と言って、聞き取りにくいわけではなく、不思議な艶《つや》っぽさも感じられる。

得子の目はじっと見据えるように、呈子に注がれていた。それに耐え切れず、呈子はいつしかうつむいてしまった。

「そなたは、私の目に止まったことを嬉しくお思いか」

得子はどうやら、形式だけの会話をやり取りする気はないらしい。だが、得子に合わせる術を持たぬ呈子には、「それは、もう……」とだけ、うつむいたまま答えるのが精一杯であった。

「まことにそうお思いならば、讃岐守（隆季）との縁は終わったものと思いなされ」

突然、頭ごなしに言われた言葉に、呈子は驚いて顔を上げた。

いつしか頭痛が消えてなくなっていることも、皇后のような身分の高い人を真正面から見据えてしまう無礼を働いていることにも気づかなかった。

「それは……」

「そなたの心に宿るものが、周りの誰にも気づかれていなかったとお思いか。あの美しい公達《きんだち》に、そなたが惹かれる心持ちは私にも分かる」

「私は……あの方が美しいから、心惹かれているのではありませぬ」

「それも存じておる。だが、事実としてあの若者は美しい」

なぜ呈子の気持ちが分かるのかは言わず、断ずるように得子は言った。

呈子は返事に詰まった。

「あの美しさは世間が放っておかぬ。あれの父親の美貌を、世間が放っておかなかったようにな」

「中御門中納言《なかみかどちゅうなごん》さま（家成）の……」

呈子はかつて見たことのある家成の顔を思い浮かべた。

確かに、隆季の父というだけあって、整った顔立ちの男であった。もっとも、呈子が見た時には、家成も若くはなかったが、「若い頃は、讃岐守のごとく美しい公達であった」と、得子は言う。

その声の調子に、微妙な変化があった。近くの呈子に向かって口にしたというよりは、遠くにいる見えない誰かに向かって語りかけているような趣《おもむき》であった。

「今のそなたの心持ちがよう分かる、この私には——」

そこで、得子はいったん口を閉ざした。

今の言葉は、得子自身が美しい男への恋を、かつてあきらめたということか。ならば、その相手の男とは家成なのか。先に呈子の気持ちが分かると言ったのも、それゆえなのか。

「恋しい男が、その外見しか見ない世間に翻弄される姿など、そなたも見たくはなかろう」

呈子の内心を慮《おもんぱか》ったように、得子は言った。

「されど、その外見ゆえに、中御門中納言は院のお目にとまり、その寵臣となれたのじゃ」

家成が鳥羽院の思い者となって昇進したことは、呈子も聞いたことがある。

「私は院の後宮に入り、あの方が院のおそばで出世するのを見てまいった。手助けもいたした。それしか、諸大夫の家に生まれた我らが、宮中で生き残る術《すべ》はなかったのじゃ」

「わ、私は……」

そんなふうには生きられない――そう言いたかった。

そういう生き方が皇后の養女になるということならば、自分にはとうていその役目は務まらない。はっきりとそう言いたかった。だが、得子の前では、呈子は気圧《けお》されて声も出せない。

「何も、そなたに私のようになれと申すのではない。されど、そなたの想う男の道は、平坦なものではないはずじゃ」

「それは……」

「院は、讃岐守を望んでおられる」

鳥羽院が隆季を求めている――その言葉は、得子からあきらめよと命じられてもなお、あきらめ切れなかった隆季への呈子の想いを、完全に打ち砕いた。

「ああ……」

呈子は低くうめいて、袖を顔に当てた。涙を皇后に見られたくなかった。

「院がお口に出されなくとも、私には分かる。おそらく中御門中納言も分かっておろう。ただ、我が子を己と同じ道に引き入れるか否か、中御門中納言も迷っておられるのじゃ」

「お守り……くださいませ、あの方を」

恐ろしさも忘れて、呈子は口走っていた。

「あきらめよと仰せならば、あきらめます。あの方をお慕いする心は今日限り捨てまする。ですから、あの方が望まぬことを強《し》いられぬよう、皇后さまのお力で」

涙に濡れた顔を上げ、すがり付くように得子を見た。この方は頼むに足るお人だ。そう思う瞳は真剣そのものであった。だが、得子は一つ大きな溜息を漏らした後で、

「私には……叶わぬことじゃ」

と、この日初めて力を失った声で言った。

「私に、男の身は守ってやれぬ」

「皇后さま！」

大きな目から、涙が再びあふれ出したが、呈子はもうそれを隠そうともしなかった。

「讃岐守を守りたいと思うなら、そなた自身がその力をお付けなされ」

それが、皇后の返事であった。

(皇后さまは……中御門中納言さまを守らんとして、強くおなりになったのですか。それで、中御門中納言さまを守ることはできたのですか)

呈子の問いは言葉にはならなかった。

呈子が隆季を鳥羽院の思い者にしたくないと思うように、得子が家成を思っていたのならば、その願いは叶わなかったことになる。

それでも、得子は皇后に、家成は院の寵臣に成り上がった。

それを、よしとするのか。それで、よしとするのか。

（私は厭《いや》！　そんなのは、絶対に……）

だが、二十歳前の中流貴族である隆季に、その触手から逃れる術があろうとは思えなかった。隆季の歩んでいく道とは、権力者の男たちに翻弄されるか、あるいはその中から一人の有力な後ろ盾を見つけ、父家成のように出世していくか、そのいずれかより他にあるまい。

（それで、あの方が幸《さいわ》いになれるとは、私には思えない……）

呈子の心は、隆季を待ちわびて迎えた今朝よりもずっと、重く暗く沈んでしまった。


やがて、日暮れと共に月が差し昇ってくると、月の宴の席が設けられた。

（私が想いを寄せるお方は……あの月よりも遠い――）

晴れた夜空に中秋の名月を眺めながら、呈子は生まれて初めて、隆季との間にある深い断絶を見た。

誰より近しいと思っていた幼なじみの男は、今や誰よりも呈子から遠い場所に往《い》ってしまったように思われる。

「姫や」

はっと我に返ると、隣席の得子が呈子の方を見ていた。

「何でございましょう、皇后さま」

呈子はじっと見られる気詰まりから、うつむき加減になって応じた。

「姫は箏の名手と聞いておる。今宵は月の宴、興を添えるべく、箏を弾いてくださらぬか」

と、得子は依頼した。おそらく、父母のいずれかが呈子を売り込むべく、得子の耳に入れたに違いなかった。

（でも、私はもう、箏などを弾きたくない）

昨夜、恋しい男のために、いそいそと箏の用意をしていたことが思い出され、惨めでならなかった。今、箏などを弾き出せば、きっと絃を断ち切りたくなるであろう。

「今宵はどういうわけか、頭が痛みまする。皇后さまの御前にて、乱れた音色をお聞かせするのも心苦しく……」

すでに頭痛は治っていたが、目を伏せてそう答えると、

「さようか」

とだけ言って、得子はそれ以上強いることはなかった。

だが、体調を案じるような言葉が続かないのは、

（皇后さまは、私の言葉が言い逃れに過ぎぬと、気づいておられるのでは……）

とも考えられ、呈子は得子を恐ろしい人だと思った。

（それでも――）

呈子は震えそうになる唇を、ぎゅっと噛み締めた。

今宵は、とても箏を弾く気にはなれない。

呈子には、今宵の月が美しいことさえ、忌まわしく感じられてならなかった。

三の章　形見

一

あの一夜は、本当に現実に起こったことだったのか。

隆季と共に過ごした一夜から数日の間、忠雅は夢うつつの中にいる心地であった。そして、時が経つにつれ、あの一夜は遠のいていくように感じられた。

今ではもう、あの夜のことが現実だったか、夢だったのか、判然としなくなっている。

だが、目を閉じるといつでも――。

眼裏《まなうら》には、あの晩、床に散り落ちていた酔芙蓉の一枚の花弁が浮かんでくるのだった。この光景だけは、やけに鮮明に生々しく脳裡に焼き付いていた。

そう、あの一夜は確かに存在したのだと、花弁の記憶と共に忠雅は思う。だが、あんな一夜はもう二度と訪れない。そのことは、忠雅もよく分かっていた。

ただ、その揺るぎようのない事実を受け容れるのに、少しばかりの時は必要だった。

夢うつつをさすらっていた忠雅の足を、否応なく現実の地面に括りつけたのは、その年の冬、保子が産んだ娘の存在であった。

病で死にかけていた時は、花山院家を継ぐ息子が欲しいと思ったが、病が癒えれば、娘であったことを残念に思う気持ちなど微塵《みじん》も湧かなかった。

(息子は私と同じ程度にしか出世できないが、娘なら后にも国母にもなれる)

望まずともそれなりに昇進できる名家出身の忠雅は、これまで出世にさほどの執心を抱いてこなかった。

傍流の出では、摂政や関白になれないことは分かっていたし、大臣の席は待っていればいずれ空く。そう思っていたからだが、娘を持った時初めて、

(私も、帝の外祖父になれるかもしれない)

という野望が湧いたのである。

それは、摂関家の常識として、帝の外祖父の座を狙っているあの頼長と、将来的に対立する可能性もあるということだったが、かまうものではないという気持ちも起こっていた。

あの頼長と政《まつりごと》の場において、対等の競争相手になるという想像は、かつて閨の中で情を交わした時とは違う、しかし同じ程度の熱さを伴う昂奮を、忠雅に感じさせてくれたのである。

「我が家の后がね(后候補)として、大切にお育てしよう」

と、忠雅は早くも娘に敬語を用いて、保子に語った。

保子は目を潤ませ、しっかりとうなずき返す。

保子のような中流の女は、正式に入内して後宮の局《つぼね》(部屋)を賜《たまわ》ることは叶わない。女房とし

て御所へ上がり、お手付きになるのを待ち、運よく皇子を授かってたまたまその皇子が天皇になれば、ようやく后となれるのである。

今の皇后得子はそうして、その座を射止めたのであった。

だが、忠雅の娘であれば、正式な入内が叶うし、万一皇子を授かることがなくとも、その地位が揺らぐことはない。保子が自分の娘に、そうした晴れがましい行末を望むのは当たり前だった。

そして、おそらく自分がこの末茂流に婿取られた理由の一つに、そうした未来も織り込まれていたのだろうと、今さらながら忠雅は気づいた。

昔なら種馬として利用されたと不快に思ったかもしれないが、今は違う。それどころか、

「姫は、お世話の行き届かぬ花山院邸より、この中御門邸でお育てした方がよいだろう」

と、忠雅は保子に切り出した。かつては花山院邸へ移りたがっていた保子も、娘が生まれてからは、母もいる実家の方が心強いのか、しばらく中御門邸にいたいと言い出していた。

それを受け、忠雅は今まで通り、婿として中御門邸に通い続けることになった。

(しかし、私がいつまでも出入りしていると、隆季殿がこちらに帰りづらいだろうか)

そのことだけが若干、気にかかった。

あの一夜以来、隆季とはほとんど顔を合わせていない。中御門邸にもあまり出入りしなくなったらしく、自分のせいかと思うと、心苦しい気持ちは湧いた。

ただし、娘を得た今、かつての悩ましい苦痛はずいぶん和らいでいる。

(もう、十分と思うべきだろう)

心の中で、もう一人の自分が言う。

(私は内府をお慕いし、隆季殿への身勝手な執心を遂げた)

これからは、夜の閨の中ではなく、政という表の場で顔を合わせればいい。自分は幸い、出世のために閨へ侍らなければならぬ男たちとは違うのだから。

ただ、一つだけやり残したことがある。

隆季を頼長に取り持つこと。

この年のうちには——と約束していたのだが、夏の大病、夢のような秋の一夜、そして、冬の娘誕生——と忙しなく過ごしているうちに、この年も暮れてしまった。

翌久安《きゅうあん》二(一一四六)年が明けた。

忠雅は妻子のいる中御門邸で新春を迎えたが、正月には家成への挨拶のため、大勢の客人が詰めかけて、邸の中はごった返す。忠雅は我関せずと、特に義父の客たちをもてなすこともしなかったし、そうした要求をされることもなかったのだが、一月も七日を迎えた頃、

「あの人が来るといつも賑やかになるわ」

母屋から戻ってきた保子が呟いた言葉に、忠雅は耳を留めた。

「誰のことだ」

「平清盛殿《たいらのきよもり》よ」

「清盛……?」

聞いたことがあるようなないような名前であった。

「忠盛殿《ただもり》なら知っているが……」

鳥羽院の近臣である平忠盛は、忠雅も顔を知っている。鳥羽院のお気に入りでもあったし、家成

とも親しかったはずだ。

「清盛殿はその忠盛殿のご嫡男よ」

と、保子が教えてくれた。

「お聞きになったことはありませんか。清盛殿は白河院さまの落とし胤《だね》ではないかという噂があったのよ」

「ああ、そういえば……」

その噂は耳にしたことがある。

白河院は鳥羽院の祖父で、女人関係も豊富だった。ただ、その件ではいろいろと問題も引き起こした。

手をつけた女人を身近な男たちに下げ渡すのである。そして、そのことがおおっぴらに世間に知られている気の毒な男たちが三人いた。

一人は、かつての関白藤原忠実《ただざね》――あの頼長の父親である。今一人は驚くべきことに鳥羽院であり、残る一人がこの平忠盛であった。

忠実は白河院の寵愛を受けていた源師子《もろこ》を賜り、自らの正妻に据えた。後に、師子は忠通《ただみち》という息子を産んでいるが、この忠通は忠実の子で間違いない。

一方、鳥羽院は祖父である白河院の養女、藤原璋子《たまこ》を中宮として迎えている。この璋子が白河院のお手つきだったのだが、何と入内後も二人は関わりを持ち続けたという。ほどなくして璋子が産んだ第一子の崇徳《すとく》院は、白河院の胤なのだという疑惑がささやかれていた。

いや、疑惑にとどまらず、鳥羽院自身がそう思い込み、崇徳院を「叔父子《おじご》」と口にしているという。祖父の子であるため自分の叔父だが、我が子として遇さなければならないという意味のようだ。白河院の崩御後、鳥羽院の璋子への寵愛は薄れ、代わって寵愛されたのが皇后得子というわけであった。

そして、平忠盛の場合——。

白河院から賜った女が間もなく第一子を産んだのだが、その息子はやはり白河院の胤であろうと噂を立てられていた。それが、今の話に出てきた清盛に違いない。

「清盛殿は人から好奇の目で見られることも多いのだろう。つらい思いもしているのだろうな」

さまざまな感慨をこめて、忠雅は呟いた。が、「そうでしょうか」と保子は首をかしげている。

「あの方、豪放磊落《らいらく》といいますか、そんなこと、少しも気にしないで世の中を闊歩《かっぽ》しているように見えますけれど……」と、言うのであった。

「ほう、そういう男なのか」

清盛と会ったことのない忠雅は、少し興味を惹かれた。

「今日も連れてきた従者の人と、あちらで相撲《すまい》を取っていらしたわよ。ああいうことをなさる方って、あまり出入りしていないから、父上ものめずらしくていらっしゃるみたい」

清盛は鳥羽院の北面の武士を務めているそうで、なかなか勇ましいらしい。

「めずらしいと言えば、あの隆季殿が清盛殿とは親しくしていらっしゃるのですって」

「……そうなのか」

意外な話に忠雅は驚いた。隆季は知り合ったばかりの相手とすぐに親しくなるような質《たち》ではない。

「ええ。何でも、清盛殿の仲立ちで通《かよ》い所《どころ》までできたのですもの」

続けられた保子の話にはもっと驚いた。

「妻を持ったというのか、あの隆季殿が——」

「そんなに驚くことではないでしょう。あの人だって今年で二十歳になったのですし」

保子が怪訝《けげん》な目を向けた。

「いや、それはまあ、そうだが……」

「去年の秋の終わりか、冬の初め頃だったと聞きましたわ。もっとも、正式な婿入りではなくて、通い所の一つという感じみたいですけれど」

ということは、呈子への想いが報われぬと分かってからほどなくして、そういう女を持ったことになる。

相手は、清盛の妻の親戚という。清盛の妻は近衛将監《このえのしょうげん》高階基章《たかしなのもとあき》の娘で、基章は従五位（貴族階級）にも昇らぬ家柄であった。

その程度の家柄では、清盛にしろ隆季にしろ、その正妻にはふさわしくない。正妻はまた別に迎えるつもりなのであろう。だが、

（清盛殿がこうも早く、隆季殿に女を紹介したのは、義父上から頼まれたためかもしれぬな）

と、忠雅は思いめぐらした。呈子との仲を引き裂いたことへの負い目からか、それとも隆季を慰めようという心づもりからか。

いずれにしても、家成ならばありそうな話だと思った。

動揺はしたが、呈子に対して抱いたような妬ましさを、隆季の妻となった女に感じることはなか

った。

隆季がこの先、どんな女を相手にしようとも、呈子をしのぐ情《なさ》けをかけてもらえるはずがないと思えるからか。あるいは、隆季との関わりはもう終わったことだと思えるからか。

そのためか、しばらくして、「隆季殿のご妻女がみごもったそうですよ」と保子から聞かされた時、忠雅はその話を動揺することなく受け止められた。それどころか、隆季もこれでさまざまなことが吹っ切れただろうと、冷静に思いめぐらすことさえした。

呈子との仲は完全に切れた。

決着のつかない弟家明との家督競争には、子が生まれようという今、絶対に勝たねばならないはずだ。

そして、かつてはあったかもしれぬ男色への抵抗も、忠雅との一夜を過ごした今は消えている。

(内府、いよいよあなたとの約束を果たす時がまいりました)

忠雅は頼長に向かって、内心でそう語りかけていた。

そして思う。これをもって、自分もまた、すべての因縁に区切りをつけよう、と――。

二

それから間もない五月の、蒸し暑さを覚える一夜――。

忠雅は自らの花山院邸に隆季を招いた。同じ晩、頼長を招くことはすでに伝え、隆季も了解している。

忠雅自身は牛車で頼長を迎えに行き、同車して花山院邸へ向かった。

「三月《みつき》ほど前のことになるが……」

その車中、頼長が問わず語りに話し始めた。

「小六条院《ころくじょういん》（鳥羽院の御所）で宿直《とのい》したことがあった。折しも、隆季殿も弟の家明殿も参っていた」

「さようでしたか」

「先に余のもとへやってきたのは家明殿だ。隆季殿のことを無口で愛想がないとか、陰口を並べ立ててな。挙句の果てには、自分ではだめか、と言い出した」

頼長は湿っぽさのない声で言って笑った。あっさりとした物言いに、忠雅もつられて笑った。この手の話題で笑い合える二人になったということが、忠雅の心を穏やかにもしたし、わずかな寂しさを覚えさせもした。

「それで、据え膳に手をつけられたというわけですか」

「まあ、据え膳というような淑《しと》やかなものではなかったがな」

頼長は家明を抱いたことを認めた。

「ところが、その後、隆季殿がやってきて、こう言う。弟の家明とは関わらぬ方がよい、弟は野心家で誰にでも調子のよい言葉を並べる男なのだ、と――。余が家明殿を引き立てるのではないかと、気がかりなのだろうな」

「まあ、そうでしょう。家明殿には近衛少将の任官で、先を越されておりますしね。これ以上、差をつけられるわけにはいかぬという気持ちは分かります」

「家明殿をけしかけたのは、貴殿か？」

頼長の目が探るように、忠雅に向けられていた。

「それは、ご想像にお任せいたします」

忠雅は微笑で答えた。

「まあ、いい」

と、頼長もそれ以上は尋ねなかった。

やがて、牛車が花山院邸に到着した。車の中で、頼長から家明との話を聞いても笑っていられたというのに、いざ邸へ到着すると、忠雅の胸は騒いだ。

相手が隆季だからなのか。自分はいまだに隆季に執心を残しているのか。

覚悟の上で臨んだことである。今さら何の躊躇《ちゅうちょ》か、何の未練か——と己を叱咤《しった》し、忠雅は頼長を居室に通してから、隆季の待つ客間へ向かった。

だが、いざ相手を目の前にすると、忠雅は隆季の顔を正面から見ることができなかった。

「内府はもうご到着だから」

忠雅はいつにない早口で、頼長のいる居室までの道順を教えると、

「後のことはすべて女房に聞いてくれ」

と、言葉を投げ出すようにして告げた。

「忠雅殿はご一緒されないのですか」

隆季が尋ねてきた。

「ああ、今宵は遠慮する」

忠雅は隆季の目を見ないで答えた。

「私はこれから中御門邸へ参るゆえ、後は好きにしてくれていい」

姫の顔を見ないと落ち着かないからな――と、言い訳のように付け加える。

「では、これで失礼する」

忠雅はそれだけ言うと、そそくさとその場を去った。

自分の邸だというのに、まるで逃げ出すように立ち去る我が身が、滑稽でもありみじめでもあった。隆季や頼長の目に、どう映っているのか考えるのは、息も詰まるような心地がした。

だが、中御門邸へ到着し、幼い娘の顔を見るなり、それらがまるで嘘のように和《やわ》らいだのも真実であった。


忠雅が花山院邸へ戻ったのは、翌朝まだ早い時刻である。

すでに頼長も隆季も帰ってしまったかと思ったが、それならそれでいい。むしろ、どちらであれ、どんな顔をして会えばいいのか分からなかった。

その一方で、事が成ったかどうか、気にかけずにはいられなかった。無論、成ったに決まっているとは思う。

そして、事がうまく運ばないことを望んでいたわけでもない。

(もう、昔の私とは違うのだ)

そう言い聞かせながら、忠雅は牛車の中で悶々と時をやり過ごした。

到着すると、昨夜、頼長を通した居室へそのまま向かった。朝も早かった上、帰宅も知らせていなかったせいか、女房たちには一人も会わなかった。

居室の周辺はひっそりと静まり返っている。もう二人とも帰ったのかもしれない――と思ったそばから、ひどく気まずい状況を想像してしまった。

二人が同衾《どうきん》しているところを見てしまう――それは最悪だが、さすがに日が昇ってからはあり得まいと思い直す。そもそも、頼長はだらしないことを嫌う潔癖な男であった。

「失礼する」

念には念を入れ、一応、声をかけてから居室の戸を開けた。

その瞬間、目に入ってきたものに、忠雅は息を呑んだ。

部屋の仕切りとして使う几張が、横倒しになっている。見れば、脚の支えが折れているではないか。

一体、どれほど荒々しいことがここでくり広げられたというのか。と思った時、

「ああ、それは……」

不意に、庭の方から声がして、忠雅は息も止まるほど驚いた。そこにいたのは隆季であった。

「昨晩、風が吹きつけて倒れてしまったのです。その時、支えが折れてしまって」

日頃、無口な男が妙にすらすら話すものだと思った。

忠雅は返事をするのも忘れて、隆季をじっと見つめていた。これといって変わったところは見当たらない。整った顔に、内心の読み取りにくい表情――いつもの通りだ。

「酔芙蓉が……もう咲いているのですね」

隆季が不意に背を向けると、呟くように言った。

「ああ、一輪だけ、早咲きの花がな」

ようやく思い出したように、忠雅は応じる。隆季は酔芙蓉の花に近付いていった。

「一輪だけでは……哀れですね」

低い声を聞いた時、忠雅の脳裡にある光景が浮かび上がった。

隆季がいきなり手を振り上げ、手刀を振るって花の首を落とす――。

(何をする！)

と、胸の中で叫んだ瞬間、その不吉な光景も消えた。

よく見れば、隆季は先ほどから少しも動いていない。忠雅が見たのはただの幻であった。

(私は一体、何を恐れているのだ)

忠雅は額に浮かんだ汗を袖で拭い、室内を進んで庭の方へ向かった。建物の端まで行くと、

「内府はそなたのことを、ご自分の酔芙蓉だとおっしゃったか」

そこから隆季の背中に尋ねた。

「はい」

振り返らずに隆季は答えた。

これではっきりした。二人は関わりを持ったのだ。それの何が悪い。これでいいのだ。

何度も何度も胸の中に唱え、気持ちが落ち着くのを待つ。ややあってから、

「どう思った？」と、忠雅は隆季に尋ねた。

「特には……」

短い返事であった。何も思わなかったというのなら、それでいい。それ以上、何も問うべきでは

ない。そう思うのに、なぜか口が勝手に動き出した。

「ならば、何ゆえ酔芙蓉の花をそうも熱心に見つめている？」

「……私にはまぶしすぎて」

隆季はそう答えてから、ゆっくりと振り返った。そして、忠雅に目を合わせると、瞬きもせずに続けた。

「この明け方の白さが、今の私にはそう思えたからです」

非難されたように感じた。昨年の秋、強引に一夜を共にした後、隆季からそれを咎められたことはない。だが、今、ここで初めてそのことで責められている。

私のまぶしいばかりの白さを奪ったのは、あなたと内府だ、と——。

まさか、自分が汚れたかのように思っているのだろうか。忠雅は隆季の内心を訝《いぶか》った。

（そんなことがあるものか）

この男の美しさは少しも損なわれていない。

「私の目には——」

忠雅は口を開いた。

「今のそなたは出会った時と同じく、純白の酔芙蓉そのまま、と見えるが……」

あの時と変わらず、そなたは美しい。

そう思った時、ああ、そうか、と納得することができた。自分はこの言葉を伝えたくて、今朝、ここへ舞い戻ってきたのか、と——。

もはや隆季が関わる誰かに、妬みを覚えることはない。欲望も執心も覚えない。

だが、最後にこの一言だけは、告げておきたかった。

そうしたところで、隆季の胸には刺さらないかもしれない。さらりと聞き流され、頭の片隅にさえ残らないのかもしれない。それでも――。

（私にとっては、私自身の想いの形見だ）

ゆがんでいるようでまっすぐなところもあり、浅いようで深くもあり、醜いようで美しくもあった、隆季への複雑な想い。

その形見の一言に対し、隆季は何とも返事をしなかった。ただ「帰ります」と言い残し、庭伝いに去っていった。その際、ふわりと白檀の香がかおった。

隆季が薫《た》きしめたものなのか、それとも頼長からの移り香なのか、もはや確かめようもない。

隆季はこれを機に、頼長と何度も閨を共にするだろう。いずれ折を見て官職を強請《ねだ》り、頼長もそれに報いてやるはずだ。

だが、それはもう自分とは関わりのないことだと、忠雅は思った。

隆季の昇進を目にしても、その裏にあるものに思いを馳せることはしない。そうしなければならない。

隆季が去った後、忠雅は一人庭へ下りると、酔芙蓉の花に近付いていった。そっと白い花弁に手を触れる。その瞬間、隆季の黒子に指を這わせた時の感触が、つとよみがえった。

思わず目を閉じていた。走り抜けていく感触の記憶と、古傷が疼《うず》くような痛み――それに耐え、記憶を押しやり、呼吸を整えてから、ゆっくりと目を開ける。

忠雅はそっと酔芙蓉の花から手を離した。

(この花も、形見となったか)

酔芙蓉は自分にとって、あの一夜の——隆季への想いの形見。この花が自分を迷わせることも狂わせることも、もはやないだろう。すべてが終わったのだと、忠雅は自分に言い聞かせた。

三

夏が終わり、七夕の夜空を仰ぐ頃、酔芙蓉はいよいよ花の盛りを迎えた。中御門邸の酔芙蓉も見事な花をつけている。

隆季は妻の出産が間近というので、中御門邸へ来ることはまれになっていた。その曹司へ出向いて、酔芙蓉の花を眺めるのは、忠雅ただ一人だけであった。

そして、その酔芙蓉の花も終わりかけた八月のある朝のこと。

忠雅は隆季の曹司へ足を運んだ。

だが、この朝は隆季がいる。忠雅が曹司へ向かったのも、酔芙蓉を見るためではなく、隆季を見るためであった。

(夜を一人にさせてしまったが、大事あるまいな)

忠雅が隆季を案じるのには、理由があった。

この数日前、隆季の妻が産褥《さんじょく》で子もろともに亡くなってしまったのだ。

本来、喪に服さなければならぬところだが、今回は北の方(正妻)でもないので、お祓いを済ませた後、忠雅が強引に隆季を中御門邸へ連れてきた。一人でいるより、まだしも人の多い実家の方がよかろう、と――。

といって、夜までそばについていてやるわけにもいかない。

とにかくゆっくり休むようにと言い、昨晩は隆季の曹司を出た。

そして、今朝――。隆季が曹司の中にいないので、一度は焦りを覚えたものの、よく見れば、庭に人影がある。鈍色《にびいろ》の衣を着た背中を見つけ、忠雅はそちらへ向かった。

隆季は酔芙蓉の花を見つめているらしい。数は少なくなっていたが、純白の花が朝の光を受けて輝いている。

隆季の背は凍りついたように動かない。見えているのは背中だけだというのに、忠雅の目にその姿は鬼気迫って見えた。

忠雅は自分も庭へ出て、隆季に歩み寄ろうとした。が、その一瞬の後、隆季が突然腕を振り上げたのだった。

「はっ！」

手刀が花を横薙《よこな》ぎにした。

小さな白い花は萼《はなぶさ》のところからぽとりと落ちた。

どこかで見たことがある光景――。

いや、実際に目にしたのではない。それは、忠雅が勝手に思い描いた幻の光景であった。

隆季の背中にその幻影が重なって見えたのは、三月《みつき》前、隆季が頼長と初めて夜を共にした翌朝のこと。

もしかしたら、隆季はあの時もこうしたかったのではないか。自分はその姿を幻影として見ていたのではないか。ふと、そんなことを忠雅は思った。

それでも、三月前は踏みとどまれたことが、今の隆季は踏みとどまれなくなっている。

「隆季殿！」

目にした光景のあまりの不吉さに、忠雅は思わず簀子《すのこ》に飛び出していた。

隆季は振り返ると、虚《うつ》ろな目で忠雅を見つめ返してくる。

大事ないか——と尋ねようとした言葉が口から出てこなかった。美しく整った顔から生気が失せると、こうも恐ろしく見えるものか。忠雅は背筋の凍る思いがした。

「今年の秋の除目《じもく》（官職の任官発表）は終わりましたね」

隆季が先に口を開いた。

「何、除目——？」

場違いな言葉を聞かされて、忠雅は目を剝いた。

確かに、出世を望む男にとって、「除目」は何より大切な行事だ。忠雅自身はしたことがないが、除目の前には昇進を望む男たちが伝手《つて》を求めて走り回る。有力者のもとには進物の品があふれ返るという話もめずらしくない。

だが、つい先日、妻子を亡くし、その悲しみに暮れる男の口から漏れる言葉ではないだろう。

「忠雅殿は昇進なさいましたか」

忠雅はこの前年、朝政に参加できる参議《さんぎ》に昇り、いよいよ政《まつりごと》に口を挟める立場になっていた。だから、この年は昇進していない。その旨を告げると、「そうですか」と隆季は歌でも吟ずるような調子で続けた。

「そのお若さで早くも参議ですからね。次はいよいよ、中納言ではありませんか。父上と同じ官職です」

「私が中納言に昇るのは、まだまだ先のことだ」

とは言ったものの、空きさえ出れば、数年の後には中納言になれるだろうと、忠雅は目算していた。一方、家格の低い義父の家成は、おそらく中納言を超える出世は望めまい。忠雅はいずれ義父の地位を追い越す。もちろん、忠雅がそうなることを予想して、家成は保子の夫に迎えたのである。

「私は近衛中将になれるでしょうか」

突然、隆季が言い出した。忠雅は少し前、酔芙蓉の萼《はなぶさ》が落とされた時の不吉な心地を、再び覚えた。

官職がらみということでつながってはいるが、唐突な物言いである。物言いだけでなく内容もそうだった。

隆季は近衛少将にさえなっていない。

近衛中将とは、摂関家やそれに連なる家の若者が就く役職だった。家明が近衛少将に任官した時でさえ、諸大夫の末茂流には僭越《せんえつ》だと世間で言われていたというのに、その上の中将を望むとは土台、無理な話である。

かつて、頼長は十一歳、忠雅は十四歳で近衛中将に就任した。年齢が低ければ低いほど家柄がよいわけで、そもそも武官の役職なのだから、実力などはまったく関わりない。

忠雅自身は、その任官をありがたいなどと思ったことはなかった。

（隆季殿にとって、近衛中将とはそれほどまでに望んでやまぬ官職なのだな）

妻子を喪い、心のよりどころを失くしたこの時、それを口にすることで己を保たなくてはならないほどに――。

そのことに初めて気づいた。忠雅はつと涙ぐみそうになった。

もし自分に力があるのなら、この男を近衛中将の地位に就けてやりたい。この時、忠雅は本気でそう思った。

「内府が……」

隆季の言葉は再び、忠雅の予測のつかないところへ飛んだ。

「来てくださったのです」

「えっ、どこへ――？」

忠雅は思わず訊き返した。

「私の邸へ、です」

忠雅は返答をしかねた。

頼長が隆季の邸へ出向くことなどめずらしい話でもあるまい――と思ったが、隆季の言葉には続きがあった。

「妻が亡くなった晩のことです」

「何と……」

その言葉には、忠雅も本心から驚かされた。隆季の妻の身分を考えれば、内大臣が弔問に訪れるなど通常はあり得ない。だが、あの方ならばそういうこともあるかもしれぬと、忠雅は思い直した。忠雅自身が病に倒れた時、二度も見舞いに訪れてくれた頼長であれば――。

「内府は来年には、私を近衛中将に推挙してくださるのではないかと思います」

隆季がまた唐突に告げた。

「えっ」

いくら頼長でもその人事は難しいのではないか。どこそこの国守というのならまだ分かるが、いきなり名家の子弟にしか許されていない近衛中将とは――。

それが、忠雅の正直な感想だった。

第一、頼長がそれを与えてやろうという気持ちになるかどうかがまず分からない。

頼長は身分や地位の上下に厳格だった。情に篤いところがあるのは間違いないし、一度大切だと思った者に対しては、身分にかかわらず情けを尽くす。もちろん、昇進や出世の口利きをするのも厭《いと》わないが、秩序を乱すことは決してしないはずだ。

頼長のそばにいて、隆季にはそれが分からなかったのだろうか。いや、

（きっと、分からなかったのだ）

と、忠雅は理解した。

忠雅の中に確かにあった頼長への情けが、隆季の中には芽生えようがなかったのだ。あくまで、頼長との関わりは出世への足掛かりでしかなく、それは初めから互いに了解し合ってのことだった。そんな隆季が頼長を心から理解しようと考えなくても、不自然なことではない。

しかし、今、そのことを隆季に説く気持ちにはなれなかった。

「まあ、ご妻女のことも除目のことも、今はあまり思いつめず、少し休んだ方がよい」

忠雅はそう言うに止めた。隆季は存外、素直にその言葉に従って、建物の中へと戻ってきた。

庭先では、酔芙蓉の花が寂しげに揺れていた。

四

忠雅の妻保子が娘と一緒に花山院邸へ移ると言い出したのは、それから間もなくのことであった。

「この邸に、姫を置いておくわけにはまいりません」

突然、実家を恐ろしい邸のように言う妻に、忠雅は驚いた。

「一体、何があったのだ」

「隆季殿が……何だか怖いのです」と、保子は言う。

保子とて姉として、妻子を亡くした弟の身を心配していないわけではなかった。少しでも気晴らしになればと思い、隆季を東の対へ呼んで、幼い娘の顔など見せてやっていたという。すると、

「姉上は幸いですね、と言うんです」

と、保子は忠雅に報告した。

「別に嫌味というわけでもなかろう。隆季殿は子を亡くしたばかりなのだ。娘のいるそなたをうらやんだとしても、不思議ではあるまい」

「でも……何だか姫を見る目が怖いんですもの」

大袈裟なことを言う——と、忠雅は思った。

「まさか、隆季殿が姫を害するとでも思うのか」

軽口のように忠雅は言ったが、保子は笑わなかった。

「それに、こんなことも言うんです。姉上の産んだ子は幸いだ。女の子なら后にもなれるし、男の子なら大臣《おとど》にもなれる。私の子が生まれたところで、公卿（三位以上の貴族）になれるかどうかさえ分からないのに——って」

それは明らかに、忠雅の出自を意識した言葉であった。

確かに、同じ父を持つ姉弟でも、保子の産む忠雅の子は后や大臣になる道が開けているが、隆季の子は母親がどんな身分の女であれ、后や大臣にはなれないだろう。

保子の恐れは幼い子を持つ母親ゆえに増しているだろうが、隆季の目に触れるところに、自分たち一家が暮らしているのは隆季にとってもかえってよくないと、忠雅は思い直した。

（私たちの姿は、おそらく今の隆季殿が欲しいものそのままなのであろうな）

そのことに気づいた忠雅は、分かったと答えた。

「そなたと姫を花山院邸に引き取ろう」

そして、その年のうちに、妻子と共に花山院邸に移った。

忠雅が家成に連れられ、初めて中御門邸を訪れた時から、実に十二年が経っていた。


やがて、年が変わって、久安三（一一四七）年が明けた。

春も終わりかけた三月十五日、藤原氏の氏社である南都奈良の春日神社で祭が行われる。

藤原氏嫡流の頼長がこれに参じるべく、南都へ下ることとなり、忠雅はこれに供をした。

この時、隆季は春日社へは同行せず、京の賀茂神社に参詣していたのだが、忠雅がそれを知ったのは奈良に滞在している時であった。

春日神社の敷地内にある宿舎に、頼長に宛てた隆季の文が届けられた時、忠雅はたまたま頼長のそばにいた。文に目を通した頼長は、それを忠雅に差し出してきた。

「隆季殿からだ」

と、包み隠しもせずに言う。

初めての晩に花山院邸を貸して以来、その後の二人の関わりは、忠雅の与《あずか》り知らぬところである。花山院邸に保子たちを引き取ったこともあり、邸を貸したのもあの一夜限りのことであった。

「私が拝見してよろしいのですか」

念のため尋ねると、頼長は黙ってうなずき返した。

忠雅は恐るおそるといった心持ちで、隆季からの文に目を通していった。

中に書かれてあるのは漢詩一編、和歌一首であった。

上下往来百度功
誓心引歩鴨堤中
苦行日積何攸憶
素願偸祈故栢風

上下《しょうか》往来す百度の功
心に誓い歩を引く鴨堤《おうてい》の中《うち》
苦行日に積むは何の憶《おも》う攸《ところ》
素願偸《ひそか》に祈る故栢《こはく》の風

百度参りの功を願って、身分を問わぬ人々が往来している。

心に満願を願い、鴨川の堤を歩いて行く。

日々の苦行を積むのは思うところがあるゆえのこと。

柏木の風が吹くことを私は祈っております。


　いはばこれ御手洗川《みたらしがわ》の早き瀬に　速く願いを満つの社か

——御手洗川の瀬が早いのは、私の願いが早く叶うということなのでしょうか。


「故栢」とは「柏木」の別名を持つ近衛府のことで、近衛中将の役職を暗示しているに違いない。漢詩は近衛中将への推挙を願うものであり、和歌はその成就を催促するものと読み取れた。

「これはまた、ずいぶんと大胆な……」

なりふりかまわぬといった書きぶりに、忠雅は驚いていた。

そっと様子をうかがうように、頼長を見る。

常識に照らし合わせて、隆季の望みは僭越であった。頼長が「身の程をわきまえよ」と言い出したところで不思議ではない。だが、そうはならなかった。頼長は返事をしたためると、

「こちらも見てくれ」

と言って、忠雅に差し出したのである。まだ墨の乾かぬ紙を受け取って、忠雅は目を通した。

こちらも漢詩であった。ただし、和歌はない。


　吾は南土に如《ゆ》き汝は北に参ず　　吾　如　南　土　汝　参　北

素願共に通ず神意の中《うち》
鴨御祖《かものみおや》の神恵みを垂るること速し
今冬定めて聴かん羽林《うりん》の風

素願共通神意中
鴨御祖神垂恵速
今冬定聴羽林風

私は南都の地へ行き、あなたは北の賀茂へ参詣した。
我々の願いは共に神意の内にある。
賀茂の祭神は速くあなたに恵みを垂れるだろう。
今年の冬、あなたはきっと羽林の風を聴くに違いない。

「羽林」もまた、近衛府の別称である。羽林の風を聴くとは、近衛中将になれることを暗示していると読めた。

「よろしいのですか、こんなご返事を書かれて」

忠雅はつい訊き返してしまった。

「まあ、漢詩はあくまで漢詩であろう」と、頼長は言う。いざという時には、あれは漢詩を作っただけで、中将の地位を確約したことにはならないと言い逃れるつもりなのか。

それを、別段卑怯だと思うわけではないが、頼長は隆季の近衛中将にかける思いの深さを分かっているのか。忠雅はそこを危ぶんでいた。

「まあ、中将は難しいが、少将くらいなら――と思っている」

続けて頼長は言った。

確かに、家明の例《ためし》もあるから、少将就任は可能かもしれない。が、それでは隆季は満足しないだろう。中将を望むのとて、家明の上を行きたいからに決まっている。

「実は……罪滅ぼしでもある」

つと、頼長は打ち明けた。

「罪滅ぼしとは……？」

「昨年の冬、隆季殿から同じことを乞われた際、三条西御所へ伺ってはどうかと突き放したことがある」

「三条西御所……？」

初耳だった。

三条西御所にはこの時、崇徳院《すとく》とその弟の四宮雅仁《しのみやまさひと》親王が一緒に暮らしていた。

二人とも鳥羽院と待賢門院璋子の皇子であるが、ここは皇位に就いた経験のある崇徳院のことを言うのであろう。つまり、自分は隆季を近衛中将にするつもりはないから、崇徳院の引き立てを願ってはどうかと、頼長は隆季を突き放したのだ。

昨年の冬といえば、隆季が妻を亡くし、酔芙蓉を手刀で切った秋の日からさほど月日が経っていない。妻を喪い、頼長に突き放された隆季は、その時、どんな思いを抱いたのだろう。

「それで、隆季殿は三条西御所へ……？」

「伺うには伺ったようだが、新院（崇徳院）と閨を共にしたのかどうかは知らぬ」

頼長は忠雅から目をそらして告げた。

確かに、それを隆季に尋ねることはできないだろう。忠雅にもできない。

だが、こうして頼長に文を送ってきたということは、崇徳院より頼長を当てにする気持ちを、隆季がまだ残しているということであった。

頼長も冷たくしたことへの負い目から、隆季に報いてやろうと考えているようである。

(何とかなればいいが……)

忠雅もそう思った。

一方で、この時の頼長と隆季の姿は、頼長と忠雅自身が交わりを絶つ直前の姿を髣髴《ほうふつ》とさせた。

互いを思いやる気持ちはあるのだが、それがどうにも空回りしているというような――。

心のどこかでは、もう終わりが近いと互いに分かっているかのような――。


それから、夏の三月《みつき》が慌ただしく過ぎ、秋の除目がやってきた。

妻を亡くした隆季が酔芙蓉を横薙ぎにしたあの秋からほぼ一年――。是が非でも近衛中将の地位を得たいと望んでいるはずだ。

しかし――。

任官者を列記した名簿に、隆季の名はなかった。

不安になった忠雅は隆季の五条邸へ回った後、中御門邸へ牛車を向けた。どちらにも隆季はいなかった。

この時、忠雅は中御門邸で平清盛の姿を見かけた。親しく口を利いたことはこれまでなかったが、隆季の行方を知りたかったので、あえて清盛に声をかけた。

「実は、私も捜しているのですが……」

見当たらないのだと、清盛は言う。

おそらく、清盛も隆季が任官に漏れたことで、その身を心配しているものと思われた。

隆季に妻を紹介した仲でもあり、それ以前から二人が親しくしているらしいことは、忠雅も保子から聞かされている。

忠雅は五条邸へ行ってみたが、隆季が不在だったことを清盛に伝えた。

「そうですか。そちらにいないとなると……」

と、清盛は考えをめぐらすような顔で呟いた。

「心当たりがあるなら教えていただけまいか」

忠雅は身を乗り出さんばかりに頼んだが、

「いえ、そちらへは私が参りますから、どうぞ隆季殿のことはもうご心配なく」

と、清盛は押しかぶせるように言った。

自分の頼みを斥けられたのだから、不快になっても不思議はないところである。だが、その時の清盛の態度には、妙に人を安心させる度量の深さのようなものが感じられた。

「それより、北の方のご様子はいかがですか」

清盛は突然話を変えた。

保子はこの頃、二人目の子をみごもっていた。もちろん、中御門邸の者は皆知っていたし、出入りしている清盛も耳に挟んでいたのだろう。

「ああ、無事でおりますよ」

「今度は、男のお子をお望みだとか」

忠雅は家成とそう話していたので、それも清盛の耳に入っていたらしい。

「まあ、跡継ぎは欲しいですから」

「では、男のお子がお生まれになったら、私の婿にくださいませんか」

続けて清盛はいきなりそう持ちかけてきた。

「何……」

それ以上の言葉は出てこなかった。

（摂関家の傍流である私の息子を、武家に婿入りさせるだと！）

論外だと思った。ただ、口に出してそれを言うことは、何となくはばかられた。

清盛の態度があまりに堂々としていたからか。同時に、清盛が決して軽口を叩いているのではないと、分かったからだろうか。

「ご子息が婿入りなさる頃には、私もそれにふさわしくなっております」

忠雅の懸念を察しているかのように、やけに確信に満ちた口ぶりで清盛は言う。

忠雅は何も言い返せなかった。そんな馬鹿な——と思いながらも、心のどこかでは実現してしまうかもしれないという気持ちが、わずかながらあったせいかもしれない。

この男が白河院の落とし胤だというのは真実かもしれぬと、忠雅はふと思っていた。

五

秋の除目が行われたその日は、満月にやや欠けた月明かりがまぶしい夜であった。

鳥羽院が宿所として使っていた鳥羽田中殿《とばたなかどの》は、平安京の南の地にあることから「城南《せいなん》の離宮」と呼ばれている。

ここが仙洞御所として使われていたので、院の近臣たちがこの御所を訪ねてくるのはめずらしいことではなかった。特に、その夜は除目の後であったから、昇進に与《あずか》った人々が鳥羽院のもとを訪ねてくるなどして、御所はにぎわっている。

鳥羽院が寵愛する皇后得子《なりこ》は、この鳥羽田中殿に暮らしていた。得子のもとへ引き取られていた呈子《しめこ》もまた——。

この皇后と呈子の暮らす殿舎に、十歳ばかりの少女が樋洗童《ひすましわらわ》として仕えていた。樋洗童とは貴人が用を足した始末をする係の少女のことである。

その名を常盤《ときわ》といった。


その夜、常盤が仕事を終えて庭へ出ると、若い公達《きんだち》の姿が見えた。

そこは、「皇后の姫」と呼ばれる呈子が暮らす西の対に面した庭である。

「どちらへお出ましでいらっしゃいますか」

常盤は慎重に声をかけた。

公達が顔を常盤の方に向けた。月明かりに照らし出されたその顔は、まだ幼い常盤の目にも、たいそう美しいことが分かるものであった。ただ、その顔には、何やら焦りというか余裕のなさのようなものが漂っていた。

「そなた、ここに仕える者だな」

せかせかした口ぶりで、公達は尋ねた。

「さようにございます」

常盤は少し警戒しながらも、正直に答えた。

「私は法皇さまにお仕えする者だ。それに、皇后さまの一族の者だ」

と、公達はやはり早口に告げた。

「そなたは皇后さまにお仕えしているのか」

「私は、こちらの御所にお仕えする童にございます」

常盤は自分の上に立つ者が誰なのか、そもそもそういう主がいるのか、よく知らなかった。誰からであっても用事を言いつけられれば、それに応じるのが務めであったから。

もちろん、皇后や皇后の姫などという方々は、雲の上の人であり、顔など見たこともない。

「こちらに、姫君がおいでだな」

常盤の返答など聞いてもいない様子で、公達は尋ねた。

「はあ……」

姫がいることくらいは知っていたので、うなずいたものの、常盤は切羽詰まったような公達のことが何となく怖くなってきていた。そんな常盤の気配が伝わったのか、公達は気を静めた様子で、話し方を改めた。

「実は、私は姫さまとは幼なじみでな。昔はたいそう親しくさせていただいた。しばらく無沙汰をしていたのだが、今宵はお伝えしたいことがあって、直《じか》に参ったのだ」

「この夜更けに、でございますか」

と、常盤は疑わしげに訊き返した。

「お会いするのではない。ただ、文を届けてくれればよい」

その返事は常盤を安心させたが、同時に新たな不安を抱かせもした。

「でも、私ごとき者は、姫さまのおそば近くには参れませぬ」

困り顔になって言ったが、公達は常盤の返事に落胆する様子はなかった。

「されど、姫さまの御座所近くに行くことはあろう。簀子の端に置いてくるだけでもよいのだ。さすれば、姫さまのお目に留まることもあろうから――」

決めつけるような口ぶりで言うと、公達は懐紙と携帯用の筆を取り出し、文をしたため始めた。

困った、このままでは文を押し付けられてしまう――と、常盤は焦った。どう考えても、皇后の姫のお目に留まるような場所に、文を置いてくる自信はない。何とかして断らねばと思いながら、

「でも、他の方が見つけてしまったら、どうなさいますの」と、常盤は懸命に尋ねた。

「それでもかまわぬ。読まれて困るようなことが書いてあるわけではない」

公達の心は変わりそうにない。

「それでは、置くだけは置いてみますけれど……」

はなはだ心もとない気持ちではあったが、常盤は最後にはそう言って、結び文を受け取ることに

なってしまった。そして、公達の方へ手を差し伸べた。

その時だった。

「止めておきなされ」

突然、腹にずしりと響くような男の声が聞こえてきたのは――。

その男はいつの間にか、美しい公達の背後に立っていた。常盤は手を差し出したまま、凍りついたように動くこともできなかった。

「清盛殿……」と、美しい公達の口から茫然とした声が漏れた。

「何ゆえ、あなたがここに……」

「隆季殿」

清盛と呼ばれた男は、相手をたしなめるような声で呼んだ。

「皇后の姫君にお文を寄せるなぞ、正気の沙汰ではない」

清盛は厳しい声でそう続けた。

「私が、皇后の姫にはふさわしくない、と――」

隆季という公達の物言いは、幼い常盤の耳にもどこか拗《す》ねているように聞こえた。

「皇后の姫にふさわしい男なぞ、皇族か摂関家の若君より他にはおられますまい」

駄々っ子をなだめるような調子で、清盛が言った。

「あの方が貴殿の親族であることは存じています。ただの藤原氏の姫君であれば、確かに貴殿でも望めたかもしれぬ。されど、姫君が皇后のおそばにおられる今、それはただの無謀。皇后の一族であるという利を、貴殿はむざむざ捨てようというのか」

隆季は清盛にもう言い返そうとはしなかった。

ただ、無言で空を見上げた時の顔は、常盤がそれまで他人の顔の上に見たことのない表情であった。

それまでの隆季の言葉と、清盛との会話から、隆季が皇后の姫に想いを寄せているらしいことは常盤にも分かった。それを清盛が阻み、隆季の過ちを諭していることも――。

皇后の姫が貴い人であることは、常盤も知っている。

(ああ、この人は月に住まうかぐや姫を想う男の人なのだ)

天上の月を仰ぐ隆季の姿に、常盤はそんなことを思った。

「参りましょう」

清盛が隆季の腕を取って言った。隆季は逆らわなかった。

「世話をかけたな」

最後に、清盛がつと常盤に目を向けて言った。

「名は何という」

「常盤と申します」

隆季が一度も尋ねなかったその名を、清盛は尋ねてきた。

「常盤か、覚えておくぞ」

清盛はそう言うと、声を上げて笑った。白い歯が月光の下でもまぶしく見えた。

「五年も過ぎた頃にまた会おうぞ」

声高く、からからと笑う清盛の言葉の意味は、常盤にはまったく分からなかった。

男たちが立ち去って、もうその足音も聞こえなくなってから、建物の方を振り返った常盤は、簀子に人影を認め、ぎょっとして立ち尽くした。

遠目にも若い女人であることは分かった。月明かりだけでは、装束の色も見極められないが、その人は女房たちがいつも身に着けている裳《も》をまとっていない。

裳をつけるのは貴人の御前に出る時の礼儀――そのことを、常盤は御所へ仕えるようになって知った。それを着けていないということは、その人が女房階級に属さぬ――つまり、主人階級に属するという意味であった。

「あの……」

常盤がまごまごしていると、その人はこちらへいらっしゃいというように、常盤を手招いてみせた。常盤は素直に簀子まで近付いた。

「そなた、今まで誰と何を話していたの？」

問う女人の声は優しげで、少しも権高《けんだか》なところがない。それで、常盤は安心した。

「その……最初に来られたお美しい公達は、皇后の姫さまにお文をしたためて、お渡ししてほしいとおっしゃったのですが……」

名は二人の男たちの会話から分かっていたが、念のため伏せておくことにした。

「そう、そのお文はそなたがお預かりしたのね」

それを見せて御覧というように、女人は手を差し出した。白く滑らかな美しい手であった。自分の荒れた手が急に汚れたものであるかのように思われてきて、

「それが……後から来たお方がお渡ししてはならぬとおっしゃって、結局、受け取らなかったのです」

両手を後ろに隠しながら、常盤は答えた。

「そう……」

女人はほっと小さく溜息を吐いた。

「あの、あなたさまは……」

もしや――と、思いながら勇気を出して、常盤は問うた。

「私が、その皇后の姫とやら呼ばれる者だと思いますよ」

控えめだが気品のある女人――呈子の顔には優しげな微笑が浮かんでいた。

「ひ、姫さまっ！」

相手は常盤が仰ぎ見てよい身分の人ではない。常盤は慌てて跪《ひざまず》いて顔を伏せた。

「お立ちなさい。そなたを驚かせるつもりはないのです」

呈子の優しい言葉が常盤の耳に注ぎ込まれる。その言葉に従って、常盤はようやく立ち上がったものの、うつむいたまま顔は上げなかった。

「おや」

その時、呈子の声がして、常盤は思わず顔を上げてしまった。

「それは……」

と呟いた呈子の眼差しは、常盤の足もとに注がれている。つられて、足もとに目を向けた常盤は、何かが落ちていることに気づいた。急いで拾い上げると、それは一枚の花弁であった。

暗がりの中で見た時は白く見えたが、手に取って建物から漏れる明かりで見ると、うっすらと薄紅色に色づいているのが分かる。すぐに、この花だと常盤に分かるものではなかった。

「……どうぞ」

おずおずと常盤は手を差し出した。

呈子の白い手が差し伸べられ、ほっそりとした指が一枚の花弁をつまみ上げる。緊張しつつも、呈子の指先に目を凝《こ》らしていた常盤は、その美しい指がかすかに震えていることに気づいた。

呈子は花弁をじっと見つめていたが、やがて、もう一方の掌にのせ、それから両手で大切そうに包み込むと、それを胸の辺りに持っていき、小さな溜息一つを漏らした。

それから、呈子は常盤に目を戻した。呈子に見とれていた常盤は、慌てて目を伏せる。

「そなた、名は何と申す」

「常盤と申します」

「常盤か、覚えておきましょう。ところで、今宵のことを他言してはならぬ」

「承知つかまつりました」

常盤は顔を伏せたまま、身を強張らせて答えた。

「よい子じゃ」

と、呟いた後、呈子は常盤に顔を上げるように言った。

常盤は恐るおそる顔を上げた。

「そなたは美しい子じゃの」

呈子はそう言ったが、常盤の目には、呈子こそかぐわしい姫君と映った。あたかも、月の国からこの汚れた地上へ降り立った姫君とでもいうような――。

やはり、隆季と呼ばれていたあの美しい公達が恋をしたのは、月の国のかぐや姫だったのだと思った。

「美しさはその持ち主に、災いを招くことがある」

呈子の声は、まるで巫女《みこ》が託宣でもするように、常盤には聞こえた。

「そなたの美しさが、そなたに災いを招かねばよいのじゃが……」

呈子の手が常盤の頬にそっと触れた。

災いを祓《はら》うまじないでも施されたように、常盤は感じた。陶器のように滑らかな感触――その心地よさに酔った時、呈子の手は常盤から離れていた。

気がつくと、呈子はもう建物の奥へと戻っていくところだった。

(姫さま……)

お寂しそうなお方だ――と、常盤は思った。

放っておけば、朝露のように消えてしまうのではないか。

(私はいつか、姫さまのおそばにお仕えしたい)

心に刻み込んだその気持ちがあまりに強かったからか、常盤は知らず知らず拳を強く握り締めていた。

四の章　霖雨

一

秋の除目が終わると、都の内も少し落ち着いた風情に包まれる。

除目の日、いずこかへ姿を消した隆季は、夜には清盛に伴われて中御門邸へ帰ってきた。

その晩、妻子もいないというのに中御門邸に居座っていた忠雅は、女房からそのことを知らされ、思わず居室の外へ飛び出した。自分の目で姿を確かめるまでは安心できない。

渡殿《わたどの》で行き合い、ひとまず無事な姿を見て安心したのだが、その夜の隆季の顔はあまりに暗くやつれていた。改めてじっと見つめてみれば、つらいことが続いたせいか、頬から顎のあたりが鋭く尖り、顔色もよくない。

笑顔など忘れ果てたというような、冷たく凍りついた顔つき。しかし、それを目にした瞬間、忠雅は背筋がぞくっとするのを覚えた。

（やつれてなお——いや、だからこそと言うべきなのか、この男はますます美しい）

まるで酔芙蓉の花を凍らせて、闇の中に閉じ込めたような——。

花が美しく咲くためには、厳しくつらい冬を過ごすことが必要だと聞いたことがあるが、人の美しさも同じなのかもしれない。

我知らず見とれていたが、隆季が頭を下げて歩き出したので、忠雅は我に返った。

（内府との仲はどうなるのか）

隆季の背を見送りながら、忠雅はそのことが気にかかった。

とはいえ、どちらかに面と向かって訊けるようなことではない。

除目が終わって、人々が落ち着きを見せ始めた頃になっても、忠雅はそのことが頭に残っていたのだが、そうこうするうち、

「隆季殿が正式に婿入りすることが決まったのですって」

と、保子の口を通して聞かされた。

「お相手は正四位上内蔵頭《くらのかみ》忠隆《ただたか》殿のご息女だそうです。忠隆殿と父上の間で話が持ち上がるなり、すんなりまとまったのだとか。我が家と家格も釣り合っているし、忠隆殿は本院（鳥羽院）の近臣でもいらっしゃるから、いいご縁だわ」

と、保子はほっと安心したような口ぶりで、弟の慶事を報告した。

聞けば、話は除目の前から起こっていたらしく、この秋のうちに婿入りするのだという。

藤原忠隆は経輔《つねすけ》流と呼ばれる中流の家柄で、すでに権中納言になった家成には及ばないものの、羽振りのいい家として知られていた。悪くない縁だと、忠雅も素直に思った。

「それはよかった」

と、保子の前で言ったものの、こうなると、やはり隆季と頼長の仲が余計に気にかかる。

だが、その忠雅の懸念は間もなく晴れた。ある日、宮中で頼長が独り言のように呟くのを耳にしたのだ。

「余芙蓉巳枯」

——余が芙蓉巳《すで》に枯れたり。

まるで漢詩の一節でも読み上げるような口ぶりだった。あるいは、頼長が自分で五言詩を作り、その一節だけ呟いたのかもしれない。その言葉を耳にした時、

（ああ、そうか）

と、忠雅は理解した。頼長と隆季の関わりが完全に切れたことだけではない。頼長にとって、隆季はすでに枯れた花なのだということも悟った。

（私にとって、隆季殿は今なお美しい花と見えるが……）

頼長が隆季を求めることはもうないだろう。そして、自分もまた、たとえ彼の美貌に今なお惹かれる心が残っていても、そうしなければならない。

自分の心一つの決着ではない、三人の因縁を含むすべてが今こそ完全に終わったのだ——この時、忠雅はそう思った。

隆季が忠隆の家へ婿入りしてからほどなくして、今度は忠隆の息子信頼《のぶより》が家成の婿となった。これも初めから決まっていたことだという。

信頼は十五歳。忠雅が家成の婿となった時よりは年齢も上だが、まだ若い。

（好き勝手をしたい年頃だろうが、これからは義父上の目が光って思うようにいかなくなるぞ）

と、自分のことは棚に上げ、忠雅は他人事のように考えた。

忠雅と信頼は合い婿同士となったわけだが、今の忠雅は特に家成から呼ばれでもしない限り、中御門邸へは足を向けないため、顔を合わせる機会がなかった。

その忠雅が信頼と親しく言葉を交わしたのは、秋の霖雨《りんう》が鬱陶しく感じられるある晩のこと。

忠雅が中御門邸から花山院邸へ帰ろうとしたところへ、逆に、信頼が中御門邸へやってきたのである。

渡殿ですれ違った時、信頼の鮮やかな紅葉襲《もみじがさね》の直衣《のうし》からは、雨が滴っていた。

牛車から降りて屋根のある場所へ移るわずかな間だけでも、そのように濡れてしまったらしい。

「お帰りですか」

と、信頼から声をかけられた忠雅は、

「そう思っていたのだが、雨が降り出したようだな」

と、これから牛車を走らせるのを、少し億劫に思いながら答えた。

懐妊中の保子を気遣う義母につかまり、その相手をしているうちに遅くなってしまったのだ。

「ここへ来るまではもってくれるかと思ったのですが、生憎《あいにく》」

信頼がかすかに笑いながら言う。

誰しも雨が降らぬうちに、その晩の宿所へ行き着こうと思うのは同じで、

「今は降りが強いようですから、少しお待ちになられては――？」

信頼からそう言われると、忠雅はますます帰るのが面倒になった。

「そうだな」

呟きながら、忠雅は改めて信頼に目を向けた。これほど間近に見るのは初めてのことである。信頼の父忠隆は公家にしてはめずらしく、鷹狩りなどを楽しみ、武芸を好むことで知られていた。信頼も多少は武芸をたしなむらしく、そのせいか、がっしりと引き締まった体つきをしている。そのくせ、肌は白粉を塗った女に勝る白さで、女たちが妬みそうなほどきめ細かい。顔立ちは育ち切っていないような童顔で、全体に均衡がとれておらず、どことなく危なっかしさを感じさせる。が、それがこの若者の魅力のようにも見えた。

「北の方もおられず手持ち無沙汰でしょうから、私がお話し相手になりましょう」

と、信頼はその愛想のよい童顔で言った。

「そうか。ならば、そうするかな」

保子がかつて暮らしていた東の対は、今も忠雅一家のために空けられている。時折は姫の顔を見せに来てくれ――と家成夫妻からは言われており、その時に備えて、一家が泊まれるだけの調度もそのまま残されていた。

「少しだけお待ちください。これを着替えてまいりますので」

信頼は雨の滴る直衣の袖を軽く持ち上げて言い、忠雅は東の対にいると答えた。

忠雅は留守居役の女房に酒の支度を言いつけ、雨に濡れた信頼のため、火桶を用意するよう言い添えた。まだ火桶が必要な時節ではないが、どうもこの年の秋は雨のせいで冷え込んでいる。

そうするうち、着替えを終えた信頼がやってきた。

今度はまた表に濃紅《こきくれない》、裏に濃黄《こきき》をかさねた朽葉襲《くちばがさね》の装いで、何とも派手な色目を好む質《たち》らしい。それが不思議とよく似合っている。

女房が酒と肴を運んできたので、忠雅と信頼はそれを口にしながら話し始めた。当たり障りのない話をいくつか交わしてから、

「ところで、隆季殿とはお話ししたか」

忠雅は話を向けた。互いに互いの姉妹を娶《めと》ったのだから、かなり近しい関係となったわけである。

実は、忠雅が本当に信頼と交わしたい話はそれであった。すると、信頼の顔つきが少し変わったように見えた。

「何というか、無口なお方でいらっしゃいますね」

信頼はまずそう告げた。初めて顔を合わせたのは、隆季が忠隆の邸へ婿入りした時なのだが、何やら不愛想に見えたという。

「まあ、隆季殿はそういう質だからな」

と、忠雅は自分たちが初めて顔を合わせた時の話をした。

「貴殿の姉上との仲は睦まじいのか」

「さて。しかし、あれほどの器量よしを嫌う女はいないでしょう」

信頼はそう言って笑った。その笑顔を目にした瞬間、忠雅は直感した。

忠雅がかつて隆季に対して抱いていた執心――それと同じものを、この男もまた隆季に抱いているのではないか、と――。

「隆季殿は、内府と親密な間柄だと伺っていますが……」

不意に、信頼が尋ねてきた。

「そうらしいな」

努めてさりげなく、忠雅は応じる。

「ですから、私はこれを機に、内府に引き合わせていただけませんか、とお頼みしてみたのです」

「ほう」

「しかし、手ひどく撥《は》ねつけられました」

信頼の口吻《こうふん》には、納得がいかないといった調子の憤りが混じっていた。

「それはまた何ゆえ」

忠雅は興味を惹かれて訊き返した。

「さあ」信頼は首をひねる。その後、ふと思い出したという様子で、

「お望みならあなたと同衾《どうきん》してもよいのです、と私が申し上げたら、ひどくご不快になっておられましたね」

と、言った。何でも、「そんなことを口にして恥じるところはないのか」というようなことを叱責の口調で言われたらしく、何とも心外だと信頼は怒っている。

隆季にしてみれば、あの関わりは近衛中将の座と末茂流の家督をかけた一大事であった。その望みが叶えられずに頼長と切れた今、今までしてきたことへの虚しささえ感じているに違いない。

そこへ、信頼のような――忠雅の目にもいささか軽々しく見える若者が現れ、同衾してもよいなどと持ちかけられれば、不快になって当たり前であった。しかし、あまり感情を表に出さない隆季にしては、そうやって怒りをあらわにしたというのはめずらしいことでもあるはずだが……。

「私は代わりに、隆季殿を四宮《しのみや》さまにお引き合わせしてもよいと思っていましたのに」

話をしているうちに、そして酒が入るにつれ、かつての怒りが込み上げてきたのか、いささか荒っぽい口ぶりで、信頼は言い出した。

四宮さまとは、鳥羽院の第四皇子雅仁《まさひと》親王のことである。信頼の叔母がこの雅仁親王の乳母《めのと》を務めていたので、信頼は少し前からその御所へ出入りしていたという。

「でも、隆季殿を四宮さまにお引き合わせするのはやめることにしました」

まだ憤りの収まらぬ口調で、信頼は言った。

「それは、隆季殿が貴殿を内府に引き合わせなかった腹いせからか」

信頼の子供っぽい怒りにあきれる一方で、かわいいところがあると、忠雅は思っていた。頼長への執り成しをそれほど望むのなら、自分が手を貸してやろうかとさえ、考えた。

ところが、忠雅がそれを口にするより早く、

「いいえ」

と、信頼は不意に落ち着いた声になって、忠雅の問いに答えた。

「私が四宮さまのご寵愛を受けることになりましたので」

信頼は憤りなどすっかり忘れたという口ぶりで、平然と告げる。そして、啞然とする忠雅の前で、にっこりと笑ってみせた。何でも、それは隆季から冷たくあしらわれた日の夜のことだという。

雅仁親王は前々から、それとなく閨での奉仕を望むことがあったらしい。が、確かな命令というわけでもなかったし、特に強いられたわけでもなかった。

また、信頼は信頼で、迷いがあったという。

「我が身を託する相手が本当に四宮さまでよいのか、悩んでおりましたし」

というのも、鳥羽院には皇子が大勢いるが、皇位を継承したのは第一皇子の崇徳院。しかし、待賢門院を生母とする崇徳院は、実は白河院の胤ではないかという噂があった。

雅仁親王も待賢門院を生母とするが、父親が鳥羽院であることに疑いは持たれていない。ただし、今様に狂う遊び好きの親王と思われていて、鳥羽院からもあきれられていた。

鳥羽院は当然ながら、崇徳院の血筋に皇位を受け継がせていくつもりはない。間違いなく自身の子であり、かつ寵妃《ちょうひ》である皇后得子が産んだ近衛天皇にすべてを託すつもりと考えられていた。

近衛天皇はまだ幼いが、いずれは后を持ち、皇子を儲けることになるだろう。そうなれば、皇統は近衛天皇の子孫に受け継がれていくことになり、雅仁親王には立つ瀬がない。そう思う気持ちが、信頼にはあったのだろう。

だから、頼長への仲立ちを隆季に求めたのだろうが、

「隆季殿から拒まれたあの日、つい――」

雅仁親王からの求めに応じてしまったのだという。

「つい――？」

思わず忠雅は鸚鵡《おうむ》返しに訊き返していた。

「つい」応じるようなことではあるまい。そのあまりの軽々しさに、忠雅はそれ以上言葉も出てこなかった。

この男が隆季に抱く気持ちは、かつての自分のものとはまるで違う――と、忠雅は結論づけた。この男の胸に宿るのは美しい男への純粋な興味と関心だけだろう。相手が同じものを返してくれ

ば、気軽に同衾もするのだろうが、そうでなければ腹いせに別の男の閨に侍る。かつて自分を苦しめた胸が痛むほどの執心を思い返しながら、自分には信頼のような真似はできないと思う。

臥所《ふしど》の中でのことを語る口ぶりも、信頼はあけっぴろげだった。

何でも、雅仁親王は伽羅《きゃら》の香をお好みで、それを空薫《そらだ》きしておられるのだが、その匂いがきつすぎて閉口したのだとか。その香には宋渡りの秘薬が混ぜてあって、「憂き世を忘れ、天界に行ける宝の薬」だと雅仁親王がおっしゃったとか。

おそらく媚薬《びやく》の類なのであろう。

かなり荒々しい、粗暴さと隣り合わせたような抱擁だったそうだが、痛みをまるで感じなかったのもそのせいではないかという。

「まことに天界を漂う心地でございました」

うっとりした口ぶりで語るのには、さすがの忠雅も閉口した。

しかし、信頼の上機嫌はそこまでで、次の瞬間、その表情は暗く沈み込んでしまった。どうも気分の浮き沈みが激しい質のようだ。

「私は四宮さまに抱かれて、本当によかったのでしょうか」

不意に暗い声でそう言い出すのである。そんなことを訊かれても、忠雅には答えようがなかった。

「何ゆえ、疑いの心を持つようになったのだ」

忠雅が尋ねると、信西《しんぜい》という法師の話を聞いたのがきっかけだと言う。

信西入道――ここ数年来、にわかに鳥羽院近臣としてのし上がってきたこの男のことは、忠雅も知っていた。

出家前は少納言藤原通憲《みちのり》といい、隆季や信頼のような諸大夫（中流貴族）よりも一段低いような家柄の出身であった。

才に恵まれながら、卑賤の出のため出世が叶わず、従五位下《じゅごいのげ》少納言を極官に出家を遂げたと聞いている。

この信西の妻が信頼の叔母と同じく、雅仁親王の乳母であったため、信西も雅仁親王の御所に出入りしており、二人は顔を合わせたというわけだった。

挨拶した後、当たり障りのない話を交わしていたそうだが、そのうち、今様を謡う雅仁親王の声が朗々と響き渡ってきたという。

遊びをせんとや生まれけん　戯《たはぶ》れせんとや生まれけん
遊ぶ子どもの声聞けば　我が身さへこそ揺《ゆる》がるれ

その時、雅仁親王が謡っていたという今様を、信頼はわざわざ忠雅の前で披露してくれた。雅仁親王から手ほどきされているせいか、信頼の声もなかなかのものである。

「これは、四宮さまが最もお好みになる今様なのです」

忠雅にとってはどうでもいいことまで教えてくれた。

この雅仁親王の歌声を聞くなり、信西の顔色が変わったということだった。

『それがしはつくづく、我が運の拙《つたな》きを思うておりまする』などと言い出したのですよ」

と、信西の声色をまねて、信頼は話した。

「何て言うんですかね。まるで物に憑《つ》かれているようなふう、というのでしょうか」

信頼の目には「物の怪《け》憑き」とも見えた信西は、その後、出自の卑しい家に生まれたこと、幼くして父を亡くし、養子に出されて藤原氏を離れねばならなかったこと、苦労して身につけた学才が役に立たず出世できなかったこと――などなど、己の半生についての恨めしさを、情念のこもった様子で訴えたのだという。

「それは、大変な目に遭われたたな」

としか、忠雅には言いようがなかった。

「最後には四宮さまの悪口まで言うのです」

そこは許しがたい――という様子で、信頼は口を尖らせた。

「悪口とは――？」

「主があのありさまでは、漢学を教える意味もないとか」

悪口というほどではないが、まあ、臣下として褒められた物言いではないなと、忠雅も思った。

「さすがに言いすぎたと思ったのか、『いや、それがしは四宮さまをお慕いしておりますが』などと付け加えていましたけれどね」

その信西は最後に諭すような口ぶりで、信頼に告げたという。

「四宮さまの御所におられると、自分同様、拙き運に見舞われるだけだって言うんですよ。若いあなたはできるだけ早く、四宮さまのおそばを離れた方がいいって」

雅仁親王の悪口を言った信西のことを、つい今しがた憤っていたのも忘れたように、信頼は再び不安そうな表情を浮かべる。

「しかし、信西入道が本心を申したとは限るまい」

何とか信頼をなだめようと、忠雅は思いつくままのことを口にした。

「とは、どういう――？」

「信西入道は四宮さまの遊び好きな質《たち》に眉をひそめているのだろう。であれば、今の話を聞く限り、四宮さまのお遊び相手を務めている貴殿を、おそばから遠ざけたいと思っても不思議はない」

「なるほど」

忠雅の言葉に、信頼は思い当たる様子でうなずいた。

「確かに、あの方は四宮さまが男色にふけるのも快く思ってはおられぬご様子。早うお妃を迎えさせようと画策しておられるゆえ、私が目障りなのでございましょうな」

その後、信頼は信西の悪口を言い始めた。

やれ態度が慇懃無礼《いんぎんぶれい》であるだの、足音を立てずに動き回るさまが地を這う蜘蛛《くも》のようだの、管を巻いていたが、忠雅も途中からはまともに聞いていない。

そうするうち、夜は次第に更けていった。

途中、酔いつぶれて寝入ってしまった時もあったかもしれない。が、どちらからともなく起き直るや、再び信頼が話を始め、忠雅は仕方なく聞き役に回って酒を飲み続けた。

忠雅が気づいた時には、外はしらじらと明るくなっており、雨もいつの間にやらやんでいた。

先夜、保子には花山院邸へ帰ると言ってあったから、まずいことになったと忠雅は焦った。酔いと寝不足のせいで頭が痛むが、帰らぬわけにはいかない。

酔いつぶれている信頼の寝顔にちらと目を向け、気楽なものだと忠雅は思った。降季もこの男ほど気ままに生きられれば楽だろうに……と、ふと思う。

しばらく起き上がりそうにない信頼をそのままにして、忠雅は足元をふらつかせながら、牛車に乗り込んだ。

二

それから年が変わった久安四（一一四八）年の春、保子が産んだのは忠雅が待ちかねた跡継ぎの息子だった。

桜の季節だったので、幼名を花若《はなわか》とつけた。花山院家の跡継ぎができたのを、家成夫妻もずいぶんと喜んでくれた。

顔を見に花山院邸へ行くと言うのを、それでは申し訳ないからと言って断り、保子と花若を連れて忠雅が中御門邸へ赴いたのは、その年も初秋の頃になってしまった。

その日は、東の対ではなく母屋へ出向いたのだが、喜んだ義母の章子《あきこ》が花若を皆に見せようと言い出し、たまたまその日、中御門邸にいた信頼夫妻と隆季が呼び出される羽目になった。

信頼夫妻にはまだ子がいないし、隆季は過去に妻子を亡くしている。

忠雅は少し戸惑ったが、章子が勝手に事を運んでしまった。信頼の妻は幼い子を間近に見るのがめずらしいらしく、姉の保子と花若のそばに付ききりで喜んでいる。

「あなたたちも早く」

章子に急かされても、まだ若い信頼と義妹はさほど気にかけているふうもない。

「まあ、それほど急かされずとも。私たちなど、最初の子が生まれたのは婚儀を挙げてから十年の後だったのですから」

と、忠雅は章子に言った。

「忠雅殿たちが婚儀を挙げたのは、二人とも十歳《とお》やそこらの頃ではありませんか」

章子は苦笑しながら言い返し、

「私たちだって、いつまで生きているか分からないのですからね」

と、家成と顔を見合わせている。

「隆季殿のお子も今年のうちには生まれるのですし」

という章子の言葉に、忠雅は初めて隆季の妻――つまり信頼の姉が懐妊していることを知った。

それはめでたい――と言いかけたものの、最初の妻を産褥で亡くした隆季を思って口をつぐむ。

この時、忠雅は改めて隆季をさりげなく見つめた。

一年前、やつれていると見えた隆季の顔は、頼長との関わりもきっぱりと断ち、正式な婿入りも果たして、鋭く尖った感じはすでになくなっていた。

ただし、表情は今もなお冷たく凍っていると、忠雅は感じた。そこから内心が読み取れないのも相変わらずであった。

その後、女たちが花若をあやすことに夢中になり始めたので、忠雅はその場を少し抜けることにした。

今はちょうど酔芙蓉の季節だ。

隆季の顔を見たせいか、この邸の酔芙蓉を無性に見たくなっていた。とはいえ、酔芙蓉は隆季の曹司の庭に植えられていたから、一応は断った方がいいかもしれない。

「酔芙蓉を見せてもらいたいのだが」

そう告げると、隆季は少し微妙な顔をした。が、特別なことは言わず、

「ご一緒しましょう」と、言い出した。

「おや、この邸にも酔芙蓉が咲いているのですか」

明るい声で口を挟んできたのは、信頼であった。この邸の婿でありながら、酔芙蓉の花が植えられていることは知らなかったらしい。

「私の実家にも、隆季殿が新たに持ち運ばれた酔芙蓉が咲いていますが」と、信頼は続けた。

婿入りした邸に酔芙蓉を持っていく――かつて自分のしたことを隆季もしていたのだと、忠雅は初めて知った。

かすかに胸が震えた。すべてが終わったはずなのに、これはどういうことか。自分で自分を訝《いぶか》りつつ、隆季の心のありようも気にかかってならない。が、その思考は突然遮られた。

「何でも、隆季殿はまるであの花に恋でもしているように見えると、姉上が言っていましたっけ」

信頼はさして深い考えも持たずに、余計な口を利く。

忠雅はいつになく腹立たしい思いに駆られた。隆季の妻とて、そんなことを本人に聞かせるつもりはなかっただろうが、ならばこの口の軽い弟の前で言うべきではない。

隆季の凍ったような表情は変わっていない。信頼は何も気づかぬ様子で、さらにしゃべり続け

る。

「隆季殿はいつもじっと、飽きることなく酔芙蓉の花を眺めているのですって？」

「酔芙蓉は時刻によって色が変わるからこそ、趣深いのだ。隆季殿はそれを味わっておられたのだろう」

たまりかねて、隆季の代わりに、忠雅は口を開いた。

「参るぞ」と、これは隆季だけに言ったつもりだったのだが、信頼も勝手についてきた。来るなとも言えないので、放っておく。

やがて、酔芙蓉の花咲く庭へ到着した。時刻はちょうど午過《ひるす》ぎである。

「おお」

全体は白っぽいがわずかに色づき始めた花の美しさに、忠雅は思わず声を漏らしていた。

もちろん花山院邸にも酔芙蓉の花は咲いている。忠雅が手ずから世話をしていたが、何というか、やはり中御門邸の酔芙蓉は格別だった。思い出があまりにも多く詰まっている。

忠雅はしばらくの間、言葉もなく酔芙蓉の花に見入っていた。ずっとそうしていたい気分でもあった。が、静寂はいささか騒がしい陽気な声によって破られた。

「この邸の花は私の実家のものより、見事ですねえ」

信頼を悪い男とは思わない。が、もう少し人の心の機微を読むところが備われば、この男の器も大きく感じられるだろうに――。

「この花はもしかしたら、四宮さまもお好みになられるかもしれませぬなあ」

信頼も酔芙蓉の美しさに魅せられた様子で、そんなことを呟いた。

その直後、信頼がこの邸の酔芙蓉、もしくは実家に隆季が植えたという酔芙蓉の株を分けてほしい、などと言い出すのではないかと、忠雅は焦った。隆季がそれを言下に断り、信頼が憤然としてその理由を尋ねる姿が容易に想像できた。

「それならば――」

信頼が次の言葉を吐く前に、忠雅は先んじて言った。

「花山院邸の酔芙蓉の株を分けて差し上げるゆえ、四宮さまの御所へお持ちになったらいかがであろう」

この邸の親に当たる株なのだと言うと、信頼は嬉しそうに「それはありがたい」と言って笑みを浮かべた。

ちらと隆季の顔色をうかがってみたが、特に何を言うでもなく、じっと酔芙蓉の花を見つめたままである。忠雅はほっとした。

「四宮さまのもとには、間もなくお妃がお越しになるかもしれませんから、ちょうどよかった。女人の好みそうな花ですからなあ」

信頼の言葉に、忠雅は耳を留めた。

「四宮さまがいよいよお妃をお迎えになられるか。それはめでたいお話だな」

あの信西入道が奔走してお妃を探し出してきたのだろうか、と忠雅は何やらおかしくなった。

親王妃が参るとなると、男色相手である信頼など、御所に出入りがしづらくなるのではないかと危ぶまれたが、忠雅の心配をよそに、信頼は何とも思っていないようである。

「して、四宮さまのお妃となるのは、どこの姫君なのだ」

何の気なしに、忠雅は訊いた。親王妃である以上、それなりの家柄から選ばれるはずだが、忠雅には思い当たる姫がいなかった。

「それがですね、まだ正式ではないのですが、伊通卿の姫君で、皇后さまのご養女になられた……名は何といったかな」

信頼は首をかしげている。

「まさか、呈子《しめこ》姫か」

忠雅は一瞬、隆季がその場にいることも忘れて口走っていた。

「ああ、そうそう。そのお方です」

信頼はすっきりした表情になってうなずいている。

「皇后さまのお血筋で……ということは、ああ、この家とも血がつながっておられるのではありませんか」

「ああ。家成卿と伊通卿は従兄弟同士であられたはずだ」

忠雅ははっきりとした自覚もなく、ただ言葉を返していたが、

「そうか。では、私の妻とその呈子姫は又従姉妹になるというわけか」

という信頼の言葉が終わる前に、はっと我に返った。

そして、隆季の横顔を急いで盗み見た。隆季は相変わらず目を酔芙蓉に向けたまま、身じろぎ一つしない。

端整な横顔はいつも通りに違いないが、顔色はすっかり蒼ざめていた。直衣の肩のあたりが小刻みに震えている。隆季はいまだに——二人目の妻が子を産もうという今になっても、呈子を忘れか

ねているのだ。忠雅はそのことをまざまざと思い知らされた。

その時、忠雅の心は知らず知らず、大きく揺り動かされていた。

――この男を抱きたい。抱いて慰めてやりたい。

もうとっくに忘れかけていたはずの執心が、胸の底から湧き上がってきたことに、忠雅自身、激しく動揺せずにいられなかった。

終わったことだと言い聞かせてきた。本当に終わったことのはずであった。

もうこれからは、隆季が関わる誰に対しても妬ましさを覚えることなどない。事実、そうだったではないか。忠雅は、隆季が間違いなく抱いた二人の妻に、何の妬みも覚えなかった。

(それなのに――)

どうしてか、抱いてもいないはずの呈子が関わると、そういうわけにいかなくなる。隆季自身がそうであるように――。

忠雅も同じなのであった。呈子が介在すると、いつも自分は隆季への執心をかき立てられずにいられなくなる。

忠雅は隆季の横顔から、身を切られる思いで目を離し、酔芙蓉の花を見つめた。ほのかに色づいた花は先ほどより色を増している。その時、風もないのに花弁が揺れた。

どういうわけか、この日の酔芙蓉はひどく淫《みだ》らな花に見えた。

三

同じ年の終わり、隆季の妻が産んだのは男子であった。

忠雅と保子の息子花若とは、同い年の従兄弟ということになる。

間もなく年が変わって久安五（一一四九）年となったが、その頃にはもう、呈子が雅仁親王の妃になるという話は立ち消えになっていた。

「呈子姫は一体どなたを夫となさるのかしら」

保子も親戚だけに気にかかるようで、忠雅の前で時折口にすることがある。

「義父上《ちちうえ》から何も聞いていないのか」

「まさか」と、保子は笑った。

「父上は、皇后さま、いえ、今は美福門院《びふくもんいん》さま（得子）となられたのでしたわ――その美福門院さまからご相談を受けているかもしれないけれど、私たち身内に明かすような人ではないもの」

忠雅は黙ってうなずいた。保子は忠雅が打ち明けられているはずがないと思うのか、尋ねてもこなかった。

（だが、私は知っている）

保子も、おそらくは隆季も、いまだに打ち明けられていない、呈子に託した末茂流一門の野望を――。

（義父上と美福門院さまは、呈子姫を帝の后にしようとなさっているのだ）

胸の中だけで、忠雅は呟いた。

これが人々にとって、容易に想像できる縁談でなかったのは、呈子が近衛天皇より八歳も年上だったからだ。

忠雅がこのことを家成から打ち明けられたのは、呈子が十五歳の時、隆季と契りを交わそうとしたあの時である。当時、近衛天皇は七つだったから、さすがに忠雅も驚いた。

だが、帝の生母である得子は、初めから呈子を我が子の后にふさわしいかどうか、という目で見ていたらしい。そして、幼い帝には年上の聡明で慎ましい女人がふさわしいと判断し、さらに早いうちに皇子を儲けさせることも念頭に、呈子を天皇の后候補と定めたのだ。

間違っても他の男の手がつかないよう、得子のもとで厳しく監視されたのもそのためだった。

内密に進められてきたこの計画は、久安六（一一五〇）年、近衛天皇の元服を機に明らかにされた。

近衛天皇の元服後間もない一月、まず一人の姫が入内を果たした。

この時、すでに左大臣となっていた頼長の養女多子《まさるこ》である。美貌の后として名高かった侍賢門璋子《たまこ》の血縁にあたる姫で、すでに美少女との評判が高い。

次いで四月、とうとう呈子が入内を果たした。

「まあ、あの呈子姫が入内なさるなんて」

自分の姉妹や娘でもあるまいに、保子は涙ぐんでいた。

「そうやすやすとお名前を口にするな。今は中宮《ちゅうぐう》さまとお呼びしなければならぬ」

忠雅は妻をたしなめた。

「そうですわね。もはや雲の上のお方ですもの」

呈子は入内に先立ち、得子の養女でありながら、摂関家の当主藤原忠通の養女にもなっていた。これは、摂関家の娘としての入内が望まれたからである。

その結果、呈子を擁する忠通と、多子を擁する頼長――この兄弟の対立が浮き彫りになった。摂関家の兄弟が争うのは今に始まったことではなく、これはどちらの娘が次の天皇を産むかによって、勝敗が決まる。

その点、まだ十一歳という幼い多子に比べ、二十歳を迎えた呈子の方が有利に見えた。とはいえ、肝心の近衛天皇が十二歳であったから、今すぐ皇子誕生を期待するわけにもいかない。

こうして帝の後宮が華やかになったこの年の秋、忠雅はある一人の武士を紹介された。


この頃、忠雅は権中納言に右兵衛督《うひょうえのかみ》を兼ねる高官で、朝廷での重みも増し、中御門邸で隆季や信頼と顔を合わせることはほとんどなかった。宮中の殿上の間で言葉を交わすのも、頻繁というわけではない。

だが、この日は信頼から引き合わせたい男がいるので、中御門邸へ来てほしいと言われ、忠雅は足を運んだのであった。隆季が同様に信頼から呼ばれていたことも、この時初めて知った。

この隆季が呈子の入内、立后《りっこう》をどう思っているのか、そして、どのくらい動揺したのか、忠雅は知らない。身近で確かめたいとも思わなかった。それをすれば、また自分が揺れるかもしれないと思うがゆえに――。

ただ少なくとも、入内から数ヵ月の間、忠雅の目に触れるところで、隆季の動揺や消沈ぶりを見ることはなかった。

そして、この日。

「源氏を背負う男ですよ」

中御門邸の簀子に控えた武士を、信頼はそう紹介した。

名を源《みなもとの》義朝《よしとも》という。

源為義《ためよし》の長男だと聞いて、忠雅はうっかり口を滑らしてしまった。

「為義の長男は義賢《よしかた》ではないのか」

忠雅の言葉を聞くなり、義朝はあからさまに不満そうな表情を浮かべた。

源氏にもさまざまな門流があるが、武士として力を誇ってきたのは、坂東《ばんどう》を勢力下に置く河内《かわち》源氏である。

この一門は近頃では、摂関家に従って力を伸ばしていた。為義と義賢父子は、今では左大臣となったあの頼長に、昔から従っていたのである。そのため、忠雅も二人のことは知っていた。特に、

(義賢は左府《さふ》の閨のお相手も務めていたはず)

ということもあったから、余計によく知っている。

義賢はすらりとした体格に、整った顔立ちをしており、なかなかの洒落者でもあった。頼長の好みそうな男だと思ったし、実際、気に入られていたはずである。

だから、忠雅は、義賢が為義の嫡男なのだと思っていた。源氏の嫡男だからこそ、将来のある頼長に仕えているのだろう、と——。

だが、義賢に兄がいるとなると、話は変わってくる。しかも、この義朝は外見からして、まった

く義賢と正反対で、大柄で逞しくいかにも武芸達者といった感じなのだ。

「いいえ。この義朝殿こそ為義の長男なのです」

信頼が義朝を擁護するように言った。

為義のことは呼び捨てなのに、義朝には「殿」とつけているところからすると、その身分や地位にかかわらず、信頼は義朝を相当重んじているようであった。身分からすれば、彼らの一門は忠雅や信頼から呼び捨てにされて当たり前である。

「私はずっと坂東に暮らしておりましたので」

義朝は低い声で告げた。頭を下げてうつむき加減にしゃべっているので、何やらこれから跳躍しようという虎がその直前に力を溜めている様子に見える。

忠雅は、余計なことを言った自分が今にも跳びかかられるのではないかと、恐ろしくなった。

「坂東は所領をめぐる小競り合いも多いとか。義朝殿はかの地で日々、鍛錬を重ねてきた。都でろくに武芸も磨かぬ者とは違います。武士たるもの、義朝殿のようでなくては――」

信頼が力のこもった声で義朝を褒めた。

何でも、坂東を本拠とする義朝は、坂東の大国武蔵の国守となった信頼のもとに参じ、二人が結びつくことになったらしい。だが、この結びつきの背景には、おそらく河内源氏の家督相続がからんでいるのだろうと、忠雅は見た。

かつて、隆季と家明が末茂流当主の座をめぐって、頼長の寵を競ったように――。

今、忠通と頼長が摂関家当主の座をめぐって、争っているように――。

おそらく、遠くない将来、この義朝は弟の義賢と源氏の家督をめぐって争うことになる。

信頼が義朝を、忠雅と隆季に紹介したのも、

——その時が来たら、義朝殿を後押ししてください。

という意味合いをこめてのことではないのか。

「以後、お見知りおきを」

最後に信頼がそう言い、義朝は無言で頭を下げ、二人は連れ立って去っていった。

居室には、忠雅と隆季が二人だけで残された。

「何ともはや……。坂東武者とはああいうものなのか」

忠雅は、重圧から解放されたような気分で呟いていた。

「一口に武士といっても、この邸に出入りしている清盛殿などとはまるで違っていた。何というか、義朝殿は虎のように恐ろしげだが、清盛殿は……」

そう言って、忠雅は考え込むように口をつぐんだ。

清盛が決して、逞しさや雄々しさを備えていないわけではない。清盛を前にすると、やはり武芸に携わる男の強靭さを、忠雅は感じた。だが、虎ではないなと思う。あえて言うなら……。

「清盛殿は龍でしょう」

不意に、隆季が口を開いた。

先ほどから一度もしゃべらなかった男の突然の言葉に、忠雅は驚いた。

一瞬遅れて、そのたとえは言い得て妙だと思った。

「なるほど、確かに清盛殿にはそのような凜々しさや華やぎがある。義朝殿にはないものだな」

代わりに、義朝には坂東の山野を駆け巡る猛虎の荒々しさや闘志が感じられた。

「そういえば、隆季殿は清盛殿と親しかったな」

忠雅は思い出したように言った。

「前の妻と合い婿でしたから」

隆季の返事に、そうだったと忠雅は思い出した。

だが、清盛を龍にたとえる隆季の言葉に、忠雅はただそれだけの間柄ではない何か——もっと密接な結びつきのようなものを感じ取っていた。

(もしや、隆季殿と清盛殿の間には……)

男色の関わりがあっても不思議はない。

もしかしたら、信頼とあの義朝の間にも、そういうことがあるかもしれない。男が主と従の関わりで結びつく時、そこに男色が介在するのはよくあることだ。だが、信頼と義朝は主従で結びついたとしても、隆季と清盛のそれは……。

(主従にはなり得ぬだろう)

という気もした。主従でなければ何なのか。だが、それを隆季に問うことは、忠雅にはできなかった。

あからさまに問うことを遠慮したわけではない。ただ、その答えを聞きたくないと思ったからであった。

摂関家の家督相続をめぐる争いは、呈子にも多子にも子ができぬうちから、熾烈なものとなっていった。

忠通と頼長の父親――摂関家の大殿《おおとの》、忠実《ただざね》はすでに隠居の身ではあったが、いまだ隠然たる力を摂関家にも朝廷にも持っている。この忠実は才気あふれる自慢の息子頼長を、公然と後押しした。

そして、この年の九月、頼長を藤原氏の長者に任命する。

これまで、藤原氏の長者と摂政ないし関白は同一の人物であるのが慣例だった。しかし、関白の地位は朝廷が任命するものであったから、いかな忠実でも忠通から取り上げることはできない。一方、藤原氏の長者の地位は、藤原氏の長老たる忠実個人の意思で取り換えることができた。

これにより、忠通と頼長の間はもはや修復できぬものとなった。

末茂流一門は忠通が呈子を養女とした関係から、完全に忠通側である。

このことは、忠雅に厳しい選択を迫ることになった。義父に従って忠通につくか。それとも、かつて情を交わした頼長につくか。

(私は、保子と子供たちを捨てることはできぬ)

それは、分かりきっている。ならば、答えも決まっていた。

悩ましいのは、その答えを出さなければならないという事実そのものであった。

深まる対立と危うい均衡を保ったまま、年が変わった仁平《にんぴょう》元(一一五一)年の七月十二日、ある事件が起きた。

頼長の雑色《ぞうしき》(雑役係)二人が、家成の家人に暴行されたのである。無論、家成が命令したわけではない。両者の対立が自然と下の者たちに伝わった結果であった。

「嫌な事件だな」

忠雅は保子を前に、眉をひそめて告げた。保子も父が関わるだけに心配そうである。

「義父上は下手人を左府（頼長）に差し出されたのか」

「さあ、聞いていませんけれど……」

保子は首をかしげていた。保子も今では頻繁に中御門邸へ足を運ぶわけではない。

「まあ、そうするのが決まりだから、義父上も抜かりはないだろうが……」

と、忠雅は言い、あえて保子から伝えるように、と念を押すことはしなかった。自分で確かめようと思っていたからだが、廟堂で家成と顔を合わせることがあっても、その場には左大臣の頼長もいるから尋ねにくい。わざわざ中御門邸まで足を向けることも面倒で、後回しにしているうち、二ヵ月の時が経ってしまった。

四

都中を震撼させる暴力沙汰が引き起こされたのは、九月八日のことである。

家成の中御門邸へ、頼長の随身《ずいじん》や従者らが押し入り、乱暴狼藉を働いたのだ。

二ヵ月前の暴力事件の報復措置であった。この時、家成が件《くだん》の下手人を頼長に差し出していなかったことが発覚した。

「父上はご無事なのですか！　あの邸には母上もおられるというのに！」

保子は知らせを受けるなり、すっかり動転してしまった。

「私のせいだわ。あの時、下手人を左府へ突き出すよう、私が父上に強く申し上げていれば」

保子が騒ぎ立てれば立てるほど、その膝に取りつく幼い子供たちが大声で泣き始める。かつて忠雅が経験したことのない騒々しさであった。

「すぐに父上のもとへ行かなければ――」

今にも立ち上がりそうな保子をなだめ、

「まずは、私が様子を見てくるから」

と言い置き、忠雅は中御門邸へ向かった。

到着してみると、敷地内はひどいことになっており、保子を連れてこなくてよかったと忠雅は思った。

邸の中の調度類が外へ放り出され、壊されたり踏みにじられたりしている。家人や女房たちも混乱しており、とうてい客を出迎えられるような状態ではなかった。

忠雅は門の外で牛車を降りると、自分の足で敷地の中へ踏み入った。この邸へ出入りするようになって十数年、こんなところで車を降りたことは一度もない。

「私だ。花山院だ」

外を走り回っている従者をつかまえ、混乱を避けるため、忠雅は名乗った。

「あっ、これはご無礼を」

その者は忠雅の顔を知っていたらしく、その場に慌てて跪いた。

「義父上と義母上《ははうえ》はご無事であろうな」

「は、はい」

その返事を聞いて、忠雅はひとまずほっとした。

「どちらにおられる」

「寝殿の母屋か北の対におられると存じますが……」

それを聞き、忠雅はまず寝殿の母屋へ向かった。

いつものように建物の中から渡殿を伝って行くのではなく、外から行く。寝殿の母屋は南側に庭が設けられているから、その階《きざはし》から中へ入ればいい。

さすがに寝殿の方へ近付くにつれ、慌ただしく行き交う使用人たちの姿もなくなり、南面する庭まで来た時には、ものが散乱している光景もなくなっていた。

いつも通りのもの静かな気配に包まれている。

簀子《すのこ》に座り込んでいる人影が一つ目に入った。すぐに義父の家成だと分かった。遠目にもずいぶん力を失くした様子で、背を丸めて座っている姿が何とも痛々しい。今度のことは、鳥羽院の寵臣として力をふるい続けてきた家成にも、だいぶこたえたものと見える。

その義父を励ますべく近付こうとした忠雅は、その時、傍らのもう一つの人影に気づいて目を凝らした。

隆季であった。その蒼ざめた顔は、どことなく鬼気迫って見える。

もしや、父子で頼長への報復の相談でもしているのではあるまいか。忠雅の念頭に浮かんだのはその恐れであった。

あり得ない話ではない。隆季はかつて近衛中将に推挙してもらえると信じていたのを、頼長に裏切られている。この度の事件が、これまで燻《くすぶ》っていたその怒りの火種に、油を注ぐことになってしまったとしたら――。

それは、いけない。暴虐の沙汰に対し、暴虐で報いようとするのは、我々公家の行いではない。

それでは、道理をわきまえぬ田舎武者か野盗の行いになってしまう。

忠雅は慌てて歩みを二人の方へ進めた。その耳に、

「ただちに、本院（鳥羽院）の御所へ行け」

と言う家成の、日頃、聞いたこともないような低い声が届いた。

隆季が忠雅の足音に気づいて、強張った顔を向けてきた。その時になっても、家成は忠雅の方に顔を向けなかった。

「何ゆえ、返事をせぬ」

家成の声が続いた。

「それは……」

隆季が戸惑ったように口を開きかけたが、先の言葉は続かなかった。

忠雅は二人の会話の意味が分からぬまま、簀子の方へ近付いていった。

「分からぬか。本院はそちをお望みである。今宵、御所へ参上し、本院をお慰めせよ」

その家成の言葉は、すぐ近くまで歩みを進めていた忠雅の耳にはっきり聞こえた。

意味するところが、一瞬の後、腑に落ちた。

「何をおっしゃるのです、義父上！」

忠雅はさらに足を踏み出し、家成に咎めるような声を向けた。

「忠雅殿」

家成は相変わらずの低い声で、婿の名を呼んだ。忠雅の方へ目を向けようともしない。

「口を挟まないでいただこう。これは、我が家の問題ですぞ」

かつて、忠雅は家成から、このように拒絶されたことは一度もない。

いつでも——忠雅がほんの子供だった頃から、ずっとその意を迎えようとばかりしてきた義父が、今になって——。それも衝撃だったが、「我が家の問題」から自分がはじき出されたのも心外だった。

「何をおっしゃるのです。私はこの家の婿ではありませんか」

「忠雅殿は花山院家のお方だ」

家成はきっぱりと断ずるように言った。

——ああ、そうだったのか。

家成はずっと自分をそう見ていたのか、と忠雅は了解した。

自分は家成から「かわいい甥」「大事な婿」と見られているものと信じ込んでいた。もちろん、そういう一面がなかったわけではないが、家成にとって、忠雅はどこまでも末茂流のために利用するべき駒でしかなかったのだ。

花山院という名を持つ駒でしか——。

そうして忠雅の口を封じると、もはや忠雅がそこにいることなど忘れたかのように、家成は隆季だけを相手に話を続けた。

「すべては、我が家を守るためだ」

家成は有無を言わせぬ口吻で告げた。

「左府は尋常ではない。分かるであろう」

それは、この邸の惨状から、うなずける言葉であった。とはいえ、家成の激しく恐怖する姿もまた、尋常さを欠いているように、忠雅の目には映る。

「私は左府が恐ろしい。あの方は何をなさるか分からぬ。本院が我が家をお見捨てになったら、我らは一体、誰におすがりすればよいのか」

「父上は本院の寵愛第一の近臣と言われておいでではありませんか。その父上を本院がお見捨てになるなど……」

「上《うえ》つ方《かた》とは、移り気で非情なものだ」

迷いのない物言いだった。

「私は、本院の我が家への恩寵を失いとうはない。ゆえに、そちには本院の御所へ行ってもらわねばならぬ」

家成の声には、ほんの少しの憐憫も容赦もうかがえない。

「なれど、家明が……」

弟の家明が鳥羽院の寵愛を受けていると、隆季は言いかけたのであろう。それはかつて隆季を苦しめた関わりだが、今の隆季はそれにすがろうとしている。

「本院はすでにご承知のことだ」

家成は強い語調で言い切った。さらに、

「あのお方がそなたをお望みなのだ」

そう断じた。

移り気で非情な鳥羽院の心は、すでに家明から離れてしまったということだろう。

隆季は承知したとは言わなかった。が、逆らうことなどできぬと思っているのか、やがて家成はつと止まる。

無言で立ち上がり、建物の奥の方へ行きかけた。その足が数歩進んだところで、思い直したように

「情緒に流されるな」

家成は振り返らずに低い声で告げた。

「流されてよいのは、上つ方だけだ」

まぎれもない上つ方である忠雅が、その場にいるのを承知の上で言うのか、それとももはや忠雅など念頭から失せているのか、家成はそれだけ告げると、奥へ立ち去っていった。

最後まで、忠雅には一度も目を向けようとしなかった。

その場には、隆季と忠雅だけが取り残された。

「行くな」

我知らず、忠雅の口は動いていた。そんなことを言える立場でないことは、家成に言われるまでもなく分かっている。だが、行ってほしくなかった。他の男に抱かれるため、この場から去ってほしくなかった。

自分に力があれば——。

そんなことを思ったのも初めてのことだ。頼長をしのぐ力、鳥羽院をしのぐ力が自分にあれば、意に染まぬことを隆季にさせないで済むというのに……。かつて意に染まぬことを強いた身で、今さら何を言うかと、隆季から詰《なじ》られても仕方がない。

だが、忠雅は本気だった。本気で隆季を守ってやりたかった。しかし、忠雅には摂関家嫡流や治天の君をしのぐ力はない。

やがて、衣擦れの音がして、忠雅は顔を上げた。隆季が立ち上がろうとしていた。行くのか。鳥羽院のもとへ行ってしまうのか。忠雅の叫びは声にならなかった。

「もし本院がお望みになったのが、忠雅殿であれば……」

隆季の暗い声が最後に耳を打った。

「父上は何とおっしゃったでしょうか」

忠雅は刃《やいば》を喉元に突き付けられたように感じた。答えなど分かるものではなかった。だが、隆季は忠雅の答えが聞きたかったわけではないらしく、勝手に言葉を継いだ。

「父上は行けとはおっしゃらなかったでしょう」

「なぜそう思う」

掠れた声で、忠雅は訊き返した。忠雅が末茂流の者ではないからか。花山院家などどうなってもよいと考え、突き放すという意味だろうか。

「たとえ本院に見捨てられても、花山院家がつぶされることはないからですよ」

隆季は歌うような調子で言った。

摂関家傍流の名家を理由なくつぶそうとすれば、摂関家嫡流をはじめ藤原氏一門が黙っていないということか。無論、鳥羽院にも藤原氏の血は流れている。藤原氏の総意を無視することはできない。

だが、末茂流がどうなろうと、藤原氏全体は動かない。それどころか、頼長などは喜んで末茂流をつぶしにかかるだろう。忠雅には返す言葉もなかった。

隆季はもう何も言わずに立ち去っていった。

第一部

五の章　非情

一

藤原隆季《たかすえ》が酔芙蓉《すいふよう》の花を初めて見たのは十七年前、八歳の初秋の日のことである。

姉保子《やすこ》の夫になることが決まっていた、当時十一歳の花山院忠雅《かざんいんただまさ》が父家成《いえなり》の中御門邸《なかみかどてい》へ持ってきたのだった。

「これをあげよう」

と言って、忠雅から差し出された酔芙蓉の花は汚れのない純白の色。

（まぶしい……）

そう思った。晴れ渡った空を泳ぐ白い雲も、降り積もった一面の白雪も、この花の白さには遠く及ばない。

隆季はその白さに魅せられた。白という色がこれほど美しいと知ったのは、この時が初めてだった。

そんな隆季に向かって、忠雅は「この花は隆季殿を思わせる」と続けて言った。

隆季はその瞬間、何かが決定づけられたような心地を覚えた。

何が——ということは言葉にできない。ただ、自分はこの花から離れられなくなるのではないか。そんな気がした。たとえ逃げ出そうとしても、花の方から隆季を追いかけてくる、というような——。

執着と恐怖。

初めて見た酔芙蓉の花に対する感情を、あえて言葉にするならそんなところだろう。

美しい花を自分のものにできるのは嬉しかった。忠雅からその花にたとえられたことにも、気恥ずかしい思いはしたが嫌な気がしたわけではない。だが、その一方で、そこはかとなく恐ろしい。

それが、隆季と酔芙蓉の花との出会いであった。

そして、この時の予感は見事に当たった。

隆季は一目見て心を奪われた純白の酔芙蓉を、恋しい女人になぞらえ、彼女への叶わぬ恋と執着心に苦しみ続けた。一方で、隆季自身を酔芙蓉になぞらえて見る男たちがいた。彼らの執心から逃れることも難《かた》かった。

それを受け容れることで、失ったものもある。代わりに欲したものが得られず、やりきれない怒りと嘆きを、酔芙蓉の花そのものにぶつけたこともあった。

明け方に咲いた酔芙蓉の萼《はなぶさ》を手刀で断ち切った時——。

隆季自身の心も血しぶきをあげていたのである。

その酔芙蓉の花が——。

今、隆季の目の前で蹂躙された跡を見せていた。

仁平《にんぴょう》元（一一五一）年九月八日。

藤原頼長《よりなが》の随身《ずいじん》、従者たちが中御門邸へ押し入り、乱暴狼藉を働いたのだ。かつて隆季が暮らしていた曹司《ぞうし》の庭も、それを逃れることはできなかった。

手折られ、踏みにじられ、泥にまみれた白い花弁を目にした途端、視界がかすんだ。

邸の中の調度が壊され、贅を尽くした父や母の装束が庭に引き出され、踏みつけにされているのを見ても、衝撃を受けはしたが、さほど胸が痛んだわけではない。

だが、秋のひと時だけ、純白の花を咲かせ、酔ったように花弁を染める酔芙蓉が傷めつけられた姿には、自分自身が殴られたような痛みを覚えた。

――心が決まったか。

踏みつけられた花が言うのか。それとも、自分の中にいるもう一人の自分が言うのか。

何ものかが隆季に決断を強いてくる。

――情緒に流されるな。

非情な父が言う。

治天《ちてん》の君《きみ》――それ以上はない権力の極みにいる男の望むままとなって、中流にすぎぬ末茂《すえしげ》流の家を守るのか。その上で、確固たるものとなった家の家督を我がものと為し、我が子へ受け継がせるのか。

そうする以外にもう、この蹂躙された酔芙蓉の宿世《すくせ》から逃れる術はないのだろうか。

視界のかすむ目もとにそっと指を押し当てた時、

――行くな。

別の声が隆季を押しとどめた。

（忠雅殿……）

酔芙蓉の花を隆季に与えた義兄の、切ない心の叫びであった。

（情緒に流されるどころか、溺れておられる――）

隆季の目にはそう見える。

だが、仮に忠雅のそういう面を見ても、家成は彼をたしなめたりしないだろう。忠雅は情緒に溺れたとしても、人生につまずくことのない「上《うえ》つ方《かた》」に属する者だからだ。

（あの方はいつでも、我と我が身を哀れみ、その姿を他人に隠しもせず、恥ずかしいとも思わずに生きてこられた）

家成の前でも、自分の前でも、そして、おそらくは頼長の前でも――。

誰もが忠雅を甘い男だと思っているはずだ。涙もろい上に、その涙が実に軽い男であると――。

だが、誰もが皆、そんな忠雅を甘いと知りつつ哀れんでしまう。

（結局は、この私とて同じだったのかもしれない）

目もとに押し当てる指に、ぎゅっと力をこめ、隆季はそんなふうに思った。忠雅が自分に寄せる執着心は、初めて会ったその日の夕べ、酔った酔芙蓉の花を共に見た時から漠然と感じ続けてきた。

そして、それは数年の後――。

隆季が呈子《しめこ》のもとへ行くのを忠雅から足止めされた初秋の晩、はっきりとした形を取った。

隆季からすれば、心ならずも結ばされることになった忠雅との交わり。

（父上に頼まれ、私と姫の仲を裂こうとして、なさったことだ）

直に聞いたわけではないが、そのことは容易に想像がついた。とはいえ、そこに自分への執着心があったのも確かで、それは当時、怒りと屈辱とやりきれなさを、隆季の心に生んだだけであった。

そんな忠雅の執心を憎み、忌まわしく思ってきたかといえば、それもまた違う。

いっそ、その執着心が彼の心の中になかったならば、自分は彼を義兄として慕うことができたかもしれない。あるいは、彼が名門の出身でなく、自分と同じ中流の出であれば、互いに哀れみ合っていたかもしれない。

そのいずれでもない以上、いっそ名門であることを振りかざし、見返りを与えてやる代わりに自分のものになれ、と強引に出てくれた方がよかった。

それならば、隆季とて、忠雅への心情の着地点を見つけることができただろう。

だが、忠雅はあの夜以来、一度も隆季を求めることはなかった。ならば、執心を捨て去ったのかといえば、それもよく分からない。結局、行き場のない鬱屈だけが隆季の心中に残り続けた。

その忠雅の真意のほどが、

(今日、やっと分かった)

と、隆季は思った。

まるで自分が傷つけられたような顔をして、隆季に「行くな」と叫ぶように言った忠雅。その顔を見た時、それはすとんと隆季の胸の中で了解された。

(忠雅殿は私の心を欲しておられたのか)

しかし、それは天地がひっくり返ったところで、無理な話だ。

自分の心はとうの昔に、呈子に結び付けられてしまった。彼女への想いを超える情けを誰かにかけてやることは、それが男であれ女であれ、叶わぬことであった。

（哀れな方だ……）

忠雅への心情の行き着く先はその思いだった。

（まるで今にも涙をこぼしそうなお顔をしておられた……）

泣き出したいのはいっそこちらの方だ。自分こそ慰められてしかるべきであろうに、あの男の心は第一に我と我が身を哀れむ方へ向かっていく。

それでも――。いや、だからこそと言うべきかもしれないが、

（あの方を憎み切ることが、私にはできなかった……）

と、隆季は思う。隆季は目もとに押し当てていた手をそっと離した。

何度か瞬きをくり返し、目をしっかりと開ける。かすんでいた視界がようやくくっきりとあらわになった。

再び踏みつけられた花の惨状が眼前に現れたが、もう視界はかすまなかった。

（行くな――などと、安易に言ってくださる）

隆季は虚しい気持ちで思った。その言葉に従えるなら、どんなによいだろう。

父の家成や治天の君たる鳥羽院の意向に、逆らえるだけの力など隆季にはない。

行くなと言う忠雅が、そんな隆季を守ってくれるのかといえば、それだけの力は彼にもない。

いや、治天の君に逆らえる者など、どこにもいないのだ。治天の君に屈することなく、隆季に手を差し伸べてくれる者など、この世のどこにも――。

（行くしかない）

それは分かっていた。

この目の前の狼藉を受けた花の姿を見るがいい。これがお前だ。鳥羽院のもとへ行こうが行くまいが、いずれにしても上つ方の力に屈し、蹂躙されるこの姿こそが——。

酔芙蓉の花は踏みつけられた姿のまま、昼を過ぎた後も白々としたその色を保ち、枯れかけている。隆季は思わず目をそらし、花に背を向けようとした。

その時だった。

どういう天の悪戯《いたずら》か、午後も遅い日の光がそれまで目に入らなかった一輪の花を不意に輝かせた。まるでその花にだけ、強烈なまぶしい日の光が射し込んだかのように——。

ただの目の錯覚だったのかもしれない。

それでも、一瞬の光が消えた後も、その花は消えなかった。

小さな花だが、それゆえに狼藉者たちの目に入らなかったのか。手折られることも踏みつけにされることもなく、すっくと立つ酔芙蓉はほんのりと色づき始めている。

「ああ……」

隆季は思わずその花に駆け寄り、膝をついた。

(無事で……いてくれた)

両手でそっと花を包み込むようにしながら、目頭が熱くなるのを覚えた。

つと空を見上げた時、

——……は龍でしょう。

なぜか唐突に浮かんできた言葉があった。

それは、かつて隆季自身がある男を評して、口にした言葉であった。

その男のことを思い浮かべると、胸の鬱屈が晴れたわけではないが、どこか別世界から新しい風が吹きつけてきたような、そんな心地を隆季は覚えた。

二

その日、日が暮れてまだ間もない頃、隆季は五条六波羅《ろくはら》へ立ち寄った。

ここに、その男——隆季が以前より付き合いを持ってきた平清盛《たいらのきよもり》の邸がある。

六波羅は、清盛の父忠盛《ただもり》が平家一門の本拠地と定めた土地であった。自らは「池殿《いけどの》」と呼ばれる邸に暮らしているのだが、その近隣に弟や独立した息子たちの邸を構えさせた。

清盛は、庭園にある泉の美しさから「泉殿《いずみどの》」と呼ばれる邸に暮らしている。

隆季が訪問を告げたものの、邸内へ入るのを拒み、外に佇んでいると、

「ようお出でくださった」

と、清盛が姿を見せた。

「これから行かねばならぬところがあるのです」

とだけ、隆季は告げた。清盛を外まで来させた言い訳を述べたのだが、自分でも言葉足らずと思える不愛想な発言に対し、清盛は何とも言わなかった。

九月八日、宵の空には切り取ったような半月が冴え返っている。

「我が家は庭の泉が自慢でしてな」

清盛はそう言うなり、隆季を庭の泉が見える方へ誘い出した。隆季は無言で、その後に続いた。

自分は清盛に会って、一体何を言おうとしているのか。こうして、現に清盛を目の前にする今でも、隆季はそれが分からなかった。

心ならずも鳥羽院のもとへ行かねばならぬ我が身を嘆いてみせようというのか。清盛の哀れみを誘って、慰めの言葉でも聞こうというのか。それとも、ただ単に、自分はこの男に会いたかっただけか。

隆季よりも一段低い出自の武家でありながら、卑屈な翳《かげ》りを持たぬ男。その一方で、実父は忠盛ではなく、白河院《しらかわいん》ではないかと、皆から好奇の目を向けられている男。それだけでも、清盛は自分などよりずっと、この世を生きにくいと感じていて当然だ。

(それなのに、清盛殿は卑屈でないばかりか、どんな鬱屈も抱えていないように見える)

まるで、何ものにも捕らわれていない――そう、あたかも天を自在に駆《か》けめぐる龍そのもののような――。

――漢の高祖劉邦《りゅうほう》こそ、我が目指すところ。

それが、清盛の口癖だった。

初めは大言壮語を吐く男だと思ったが、やがて、劉邦を引き合いに出す清盛の真意に気づいた。劉邦には父がいない。母が龍と交わってできた子であるという伝説があった。清盛はそこに己自身を重ね合わせたのだ。

自分は忠盛の子でも白河院の子でもない、自分は劉邦と同じであり、いずれ彼のごとくなってみせる、と――。

そこに至るまでに、清盛にどんな苦悩があったのか、隆季は聞いたことがない。だが、いずれにしても、清盛の計り知れぬ器の大きさは、隆季の知る公家社会では見ることのない類《たぐい》であった。

やがて、庭で鳴く虫の音《ね》に交じって、水の音が聞こえてきた。さらに進んだところで、清盛は足を止めた。

そのすぐ目の前に水の湧き出す泉がある。その周辺を石で囲った溜まり場があり、水がいっぱいになると、あふれた水は小さな滝となり、流れ落ちるように造作されていた。

滝の丈は高くもなく、水の流れも緩やかであるが、その水音はさわやかだった。

下に流れ落ちた水は小さな川となって流れ続け、大池に注ぎ込むようになっているという。

尋ねてもいないのに、清盛はそんなことを話しながら、自慢の泉の周辺を隙《すき》のない眼差しで検《あらた》めた。

人のいないことを確かめているのだろう。自分の邸の中でさえ、それだけの注意を払う用心深さが、周到で油断のならない人柄をうかがわせた。

「いかがなされたのか」

改めて隆季に向き直り、そう尋ねた清盛の声にはいたわりがこもっていた。用心深い様子を見せたのは、隆季が人に聞かれたくない話をすると見越しての優しさだったのかもしれない。

そう思うと、言葉がするりと飛び出してきた。

「我が家が襲撃されたことはご存じでしょう」

清盛は表情を変えず、静かにうなずいた。

「災難でございましたな。左府《さふ》（頼長）も非道な仕打ちをなされたものよ」

「父家成も、左府の執念深さには恐れを為しておりました。頼れるのは本院《ほんいん》（鳥羽院）だけだと申して――」

「本院はいつでも、貴殿のお父上のお味方でしょう」

それは何があっても揺らぐはずのない道理である、とでもいうような物言いを清盛はした。

それが世間一般の人のものの見方である。そして、父からあのような無茶を言い渡されるまで、隆季自身、そのように考えていた。

鳥羽院の父家成への寵愛は、永久《とこしえ》に続くものであるかのごとく――。

だが、それはあることをつい忘れていた、いや、あえて見ぬふりをしてきただけのことであった。上つ方というものは移り気で気まぐれなのだ、ということを――。

「いえ、父は本院のご寵愛を失うことを、何よりも恐れています」

と、隆季は清盛に告げた。

「本院のご寵愛がなくなれば、我が家など左府に蹴散らされてしまうだろう、と――」

「まさか」

清盛は軽口でも聞いたという様子で笑い捨てようとしたが、隆季は笑わなかった。清盛の笑いは途中で凍りついたように止まった。

「父は、私に今宵、本院のもとへ行けと言ったのです」

清盛は黙って隆季を見返しただけである。隆季は言葉を継いだ。

「父が、ですよ。実の父が息子に、本院の思い者になれと言ったのです。この話が信じられますか」

そう言った途端、そうしようという意図もなかったのに、自然と笑い声が込み上げてきた。まるで自分のものとも思えぬような乾いた笑い声がその場に響いた。その声を、他人のもののように隆季は聞いた。

笑い声は唐突に止まった。代わって口をついて出てきたのは、

「いっそのこと、あの人が父親でなければよいと、私は思いました。血のつながりのない、他人であればよかったと――」

これまで心の中だけでも、言葉にしたことのない考えであった。

清盛からの返事はなかった。

虫の声も水の流れる音もしていたはずだが、隆季の耳にはもうどんな物音も入ってはこない。隆季を無言のまま凝視している清盛もまた同じようであった。

「あまり、ゆるりとはしていられません」

ややあってから、隆季は言った。

この時になってもなお、自分がなぜここへ来て、清盛に会っているのか、なぜ清盛に今の話を聞かせたのか、その理由が分からなかった。

理由などなかったのだろうか。自分はただ、鳥羽院の御所へ行くのを遅らせたくて、ここで時を費やしているだけなのか。そうだとしたら、まったくの徒労だという気がした。そんな自分をあざ笑ってやりたいような衝動が込み上げてくる。しかし、続けて隆季の口から漏れてきたのは、嘲《ちょう》笑《しょう》の声ではなかった。

「清盛殿、あなたは実のお父上が誰か、ご存じなのですか」

清盛にとって、唐突な問いかけだったはずだ。

よほど親しい間柄であっても、清盛に面と向かって、この問いを投げかける者は滅多にいないだろう。もしかしたら、清盛にしても初めての経験だったかもしれない。

だが、清盛はまったく動じなかった。それどころか、隆季から問われることが前もって分かっていたかのような落ち着きぶりで、「ええ」と、間髪を容れずに返事をした。続けて、

「私の父は龍神です」

清盛は揺るぎのない声で答えた。

「なるほど」

隆季は改めて清盛を見つめ返した。これほど堂々と我が身を龍の子だと言い切れる男を、まじまじと見つめた。こんな男は他にはいない。余人をもって代えがたい男だ。今はまだ、世間もそのことに気づいていないが、いずれ皆が認めざるを得なくなるのではないかと、ふと思った。

うらやましいほどの大きな器量と自信。きっと劉邦という男もこのような器だったのだろう。

(私も清盛殿のように思えたらよいが……)

そう思う一方で、自分にはできないということもまた、分かっていた。

生まれついての器の大きさだけではない。公家社会の中で、中流の出自であることを嫌というほど思い知らされ、その中でもがきながら生きてきたこの過去を消し去ることはできないのだ。自分はもうそのようにしか生きられない。末茂流の先祖たちが築いたこの地位を守り抜き、わずかなりとも上昇させることを目指して生きていくしか。なぜならば——。

「私にも、四つになる息子がおります」

隆季はそれまでとは違う落ち着きを備えた声で告げた。

今までは自分でも何を言いたいのか分からぬまま、口が勝手に動いていたという感じであったが、この言葉は違う。はっきりと意識して口の外に出した。

自分がこれから為すことの大部分は、二人目の妻が産んでくれたこの息子のためにすることでもあるのだから。

「息子には、私と同じ道を歩ませたくない」

断じて――何があろうとも、自分は息子に、あの父と同じ言葉を吐いたりしない。

我が子から、父親でなければよかったなどと思われたくない。そのことだけは、今宵、この場で胸に刻もうと思う。この決意には証人がいる。それが清盛であるのは最良の選択であるという気がした。

己の父を龍神と言い切るこの男の前で、自分が恥ずべき父親になるわけにはいかない。

そう思うと、自分はこの言葉を言うために、今宵、清盛のもとにやって来たのだと理解がいった。隆季の言葉に対し、

「貴殿の屈辱は、私がよう存じております」

と、清盛はゆっくりと応じた。そして――と、間を置かずに先を続ける。

「屈辱に耐える力を貴殿はお持ちだ。ご存じであろうが、かの劉邦は、宿敵項羽《こうう》の軍門に下るという屈辱に耐えたことがあった」

清盛は一語一語を嚙み締めるように語り続けた。

「命の危険に晒《さら》され、ひどい屈辱を受けてもなお、項羽の前に跪《ひざまず》いた。一方、項羽は劉邦に敗れた時、出自卑しき劉邦の前に跪くことを拒んで、自ら滅んでいった」

我らの周りには、何と項羽が大勢いることか——と、清盛は声を高くして言い放つ。

「私はずっと探しておりました。劉邦の心を知り、この私の張良《ちょうりょう》となってくれる者を——」

清盛の目は瞬きもせず、隆季にじっと据えられていた。

張良とは、劉邦の右腕となった忠臣のことである。

（まこと、劉邦のごとく、世の頂《いただき》に立とうというのか、清盛殿は——）

今の現実に鑑みて、そんな未来を信じる者が一体どこにいるだろうか。

中流であることにさいなまれてきた末茂流の隆季より、さらに出自の低い清盛が世の頂に立つなど——。

もちろん、平家一門には公家にはない武力があり、白河院の落とし胤《だね》かもしれぬという出自も、使い方によっては出世の足掛かりになるかもしれない。

だが、逆にいえば、自分の息子かどうか疑わしい清盛に、忠盛が家督を譲るとは限らないのである。それ以上に、平家一門が出自の怪しい清盛についていくかどうか。

何ものにも縛られないということは、それだけ拠《よ》って立つ地盤が危ういということでもあった。

（だが、私は……）

この時、隆季の胸がかつて感じたことのない高揚感を覚えていた。

他の誰が信じなくとも——世間の人々が笑い飛ばそうとも、自分はこの男の器量の大きさを信じられる。いや、信じたいという気持ちがある。

父への苦悩を吐露した隆季の前で、自分の父は龍神だと大真面目に言ってのけたこの男を——。

その清盛が今、張良を——己の右腕となる者を探しているという。

「そうそう、張良は父親を早くに亡くしていましたな」

清盛はふと思い出したように呟いた。それから、大きく深呼吸した後で、

「貴殿が私の張良になってくださらぬか」

と、清盛は一気に告げた。

今、確かなものを何も持たぬ清盛に対し、ここでする返事は慎重でなければならない。そして、一度断れば、その機会は二度とめぐってこないだろう。

「私を張良にと望むのは、私が屈辱を知るから、だけですか」

隆季は明確な返答はせず、清盛に訊き返した。

そんなものが理由として弱いのは明白だった。清盛は本音を語っていない。だが、ここで本音を言わぬのであれば、手を組むことなどできはしなかった。

「いや、それだけではありません」

清盛は躊躇せずに答えた。

「では……」

「貴殿は本院のもとへお行きになる。そして、間違いなくお気に入りの寵臣となる。それで――」

清盛はいったん口を閉ざした。その次の瞬間、隆季は目の前の清盛の姿が、突然ふくれ上がったかのように錯覚した。

「中御門中納言（家成）の時代は、終わったも同然でござろう？」

清盛から返ってきたのは、隆季の予想の外にある言葉だった。

これから鳥羽院の寵臣となる隆季を利用しようという腹は、初めから読めていた。もともと清盛

は家成の権勢につながろうと、中御門邸に出入りし始めた男である。

だが、同じことを言うにしても、今の清盛の言葉は強烈だった。

気がつくと、清盛の口もとが笑っているように見えた。はっと目を凝らすと、その笑みは消え失せていた。

錯覚だったか。いや、そんなことはどうでもよい。隆季は我知らず止めていた息を、思い出したように吐き出した。

「ただ、これだけは言わせていただきたい」

清盛は先ほどとは打って変わったように、真摯な口ぶりになって続けた。

「貴殿の父上が言ったのと同じことを、この先、私が貴殿に頼むことは断じてござらぬ」

その言葉に、隆季は小さく顎を引いた。

清盛の目が鋭く瞬く。

私は貴殿の助けを得て、必ずや力をつける——と、その目は言っていた。

「いずれ、貴殿のご子息が婿入りするのは——」

その後、またしても思いがけない言葉が、清盛の口から漏れた。

「この我が家ですぞ」

これを、もしも清盛と同じ身分の、別の男が言ったならば、何を不遜なことを言う——と、怒りさえ覚えたに違いない。息子にはできるだけよい身分の、力も財もある家へ婿入りしてほしいに決まっている。我が家より出自の低い家になど、どうして婿にやれるだろう。

そう思うのに、この時、隆季の胸に芽生えたのは、息子の将来に対する安堵感であった。

清盛がこれから得る力で、息子を守ってくれる。息子には父親が味わったような苦渋を味わわせぬよう、清盛がその後ろ盾になってくれるという。

「……かたじけない、清盛殿」

隆季の口から出てきたのは、感謝の言葉であった。

それを聞くなり、清盛は大きく深呼吸してから口を開いた。

「私の……張良になってくださるのだな」

清盛の声はこの日初めて、緊張にかすれていた。

「分かりました」

隆季もまた、かすれた声で返事をした。

「私は劉邦になれる器ではない。そのことは自分でよく分かっております。ですが、あなたが劉邦になるのなら、私は劉邦を支える張良となりましょう」

二人はしばらくの間、無言で目を見交わしていた。先に目をそらしたのは、隆季であった。

「ここでけっこうです。夜分、相済まぬことをいたしました」

隆季は静かな声で告げると、清盛が言葉を返す前に、背を向けて歩き出した。

心は決まった。鳥羽院のもとへ行くことにもはや躊躇の心はなかった。

「待ちかねたぞ」

これまでは御簾《みす》の外から様子をうかがうだけだった隆季の前に、この世を思うがままに動かす貴人の姿がある。

御簾がすっかり掲げられ、顔立ちさえくっきりと見極められるほど近くに招かれてみれば、思っていた以上に小柄な人であった。

「その前に、願いたてまつりたき儀がござりまする」

隆季は鳥羽院の御前に平伏して申し述べた。

「何じゃ」

美男の公達《きんだち》を目の前に据えた鳥羽院の機嫌はよいようである。

「父家成と末茂流一門を、どうぞお見捨てなきよう」

これだけは言っておかねばならなかった。要求を後回しにする愚かさは、身に沁みて感じている。

「無論じゃ。余にとって家成は格別な男、いつになってもそれは変わらぬ」

鳥羽院の機嫌は相変わらずよい。

「他にも望みがあるならば、申してみるがよい」

鳥羽院はさらに言った。隆季がすぐに返事をしないでいると、ふと面白いことを思いついたという表情が鳥羽院の面上に浮かんだ。

「近衛中将の職でも所望か」

うっすらと笑いながら、鳥羽院は尋ねた。

頼長と隆季との関わりを念頭に置いての言葉であるのは明らかだった。

不意に、胸中を虚しい風が吹き抜けていった。そして、その後には鈍い痛みが残った。

頼長に身を任せ、官職を望み、それが容れられず、身を切る思いで無為な交わりを断ち切った——あの過去は、この目の前の貴人にとって、からかいと憂さ晴らしの種でしかない。

だが、虚しさもやりきれなさも、ましてや怒りの念など、ほんのわずかでも見せるわけにはいかなかった。

隆季は心をなだめ、胸の痛みをこらえつつ、

「いいえ、もはや中将は私の望む職ではございませぬ」

と、答えた。ほぼ完璧なまでに、情緒を消し去った淡々とした声で言うことができた。

「さようか。さらに上の官職《つかさ》が望みか」

鳥羽院はさらに尋ねたが、執拗な響きはなく、ただ話の流れで尋ねてみただけのようであった。

隆季は無言を通した。

「近《ちこ》う参れ」

鳥羽院が扇の端で床を二度ばかり軽く叩いた。隆季はやはり無言のまま御前へ進んだ。

鳥羽院が扇で指し示した場所で平伏すると、扇が顎の下にかけられた。そのまま扇の動きに従って、顔を上げさせられる。

「若い頃の家成によう似ておる」

感嘆するような呟きが鳥羽院の口から漏れた。

「いや、父親勝りか」

さらに酔ったような声が続けられる。

「昔の家成は思うことが顔に出る男であった。されど、人の心は危ういものじゃ。醜いことも思う。情緒や不安に流される。それが顔に出れば、あたら美しい顔が台無しになることとてある」

されど、そなたの顔は――と言いながら、鳥羽院の目が食い入るように隆季の顔に据えられた。

「内心の動きがまるで読めぬ。まるで面でも被っているようじゃ」

そう言って、鳥羽院は低くしわがれた声で笑い出した。

「そなたはそこがよい」

笑いを収めてから、鳥羽院は断じた。

「北斉《ほくせい》の蘭陵王《らんりょうおう》はあえて醜い面を被ったというが、余の蘭陵王は――」

次の言葉が口にされるまでの間、少し間があった。顎の下にかけられていた扇が首筋を下へ這《は》い、それから再び上へ戻って頬にそっと触れた。

「心を読ませぬ冷たき面を被っておる」

同じようなことは、幼い頃から言われ続けてきた。

何を考えているか分からない――そう言われると、何かそれが自分の欠陥であるかのように感じたものだ。その気持ちを、ある少女の前で吐露したことがあった。大らかで心優しいその少女は、
隆季が気持ちを顔に出さないのは、人からきれいだと言われ続けた結果、

――どういう時にどんなお顔をすればいいのか、分からなくなってしまったからですわ。

と、答えた。その上で、少女は言った。前に、その少女の箏が上手だと褒めた時、隆季の見せた笑顔が自分には本当に嬉しかったのだ、と――。

そう言われると、肩の力が抜けて、隆季は自然に笑顔を浮かべていた。自分でもそのことがはっきりと分かった。この少女の前でだけは、何も構えることなく、自然と胸の内を顔に出すことができるのだ、と――。

「余の前では、いつもその面を被っているがよい」

はっと我に返ると、鳥羽院の扇はすでに隆季の顔から離れていた。

「御意《ぎょい》」

隆季は短く答えた。蘭陵王の冷たい面を被り続けていることは、難しいことではない。笑顔を見せよと無理強いされるよりずっと。

鳥羽院の扇が空を滑り、さらに奥を指し示した。そちらには貴人の寝所である御帳台《みちょうだい》があり、すでに衾《ふすま》が用意されているのだろう。

隆季は一度目を閉じた。瞼の裏に、先ほど見た酔芙蓉の色づいた花の姿が浮かび上がってくる。

この憂世《うきよ》は、あの花のように酔った心地でやり過ごしていけばよい。それを教えてくれるために、あの花は狼藉にも耐えて命をつないでくれたに違いなかった。

そして、蘭陵王の冷たき面を被っていれば、胸の内はもう誰に読み取られることもない。情緒に流されるなと、あの非情な父から責められることもない。

隆季は静かに目を開けた。躊躇する理由などどこにもなかった。

扇の動きに誘われるまま、隆季は御帳台の中へと身を滑らせた。

奥は灯も点されていない闇の中であった。

御帳台の帳《とばり》が下ろされると、外の明かりも漏れてはこない。人の輪郭さえ見極められない闇の中で、内に薫《た》かれていた伽羅《きゃら》の香が、隆季には息苦しいほどにきつく匂った。

三

その後、隆季は頻繁に鳥羽院のもとへ侍り、表向きもその近臣として扱われるようになった。

官位官職の昇進こそなかったが、鳥羽院の寵愛が隆季に注がれていることは誰の目にも明らかである。それと相反するように、左大臣頼長に対する鳥羽院の態度は、急速に冷淡なものとなっていった。

「中御門中納言の邸に押し入り、乱暴狼藉を働いたのがお気に障ったらしい」

「中御門中納言といい、その息子の隆季といい、本院の寵臣だ。それを蔑《ないがし》ろにすれば、本院が黙ってはいないということだろう」

世間はそう言い合い、中流ながら末茂流の勢いの止まらぬことを確かめ合っていた。

隆季が鳥羽院の寵を受けるようになった後も、家成はかつてと変わらぬまま、院中第一の近臣として振る舞うことを許されている。隆季に約した通り、鳥羽院が家成を軽んじることは決してなかった。

だが、家成はもう御帳台の中へ招かれることはない。誰よりも鳥羽院のそば近くに侍る隆季には、そのことが分かった。

それは、あの晩、清盛が口にしたように「家成の時代が終わった」と呼べるものであったかもしれない。表向きの権勢が削られることはなくとも、家成自身が誰よりもそれを実感していただろう。

そして、老いたりといえど、美貌の名残を留めていたその顔がいつしか精彩を欠くようになったと、隆季が思うようになった矢先、家成は病に倒れた。

仁平《にんぴょう》四（一一五四）年、春先のことである。

鳥羽院のもとから見舞いの使者が訪ねてきた。美福門院《びふくもんいん》からも病状を問う使者が頻繁に遣《つか》わされる。

しばらく病牀での日々が続いたが、五月雨の季節になると、その湿気の多い暑さが身に堪《こた》えたのか、五月末には危篤に陥った。

隆季は数日前からずっと、中御門邸に詰め切っている。

それを純粋な孝心と呼べないことは、自分でも分かっていた。長男としての義務感、慣習がそうさせているに過ぎない。

（これまで、父上から大事に思われていると実感したことはない）

父が大事にしてきたのは実の息子ではなく、末茂流を支えてくれる名家の婿たちの方であろう。

父と呼んだ人が逝くことに、一抹の寂しさや哀れみを覚えぬわけではない。が、喪うことで自分のどこかが空虚になるという気持ちにはならなかった。永遠の別離を前にした切実さをも覚えようがなかった。


五月二十九日の朝のこと――。

まだ花の季節には早い酔芙蓉を、昔使っていた曹司でぼんやりと眺めていた隆季は、

「義父上《ちちうえ》がお呼びだぞ」

という声に振り返った。やはり見舞いに訪れ、昨日は中御門邸に泊まったらしい義兄忠雅であった。

この時、権中納言《ごんのちゅうなごん》、左兵衛督《さひょうえのかみ》――順調な出世の道を常に歩み続けている。

「父上のご容態が変わったのですか」

隆季はすぐに立ち上がろうとせず、訊き返した。

「昨夜はたいそうお苦しみだったというが、今は落ち着いておられる。今のうちに、そなたに話しておきたいことがあるようだ」

と、忠雅は静かな口調で答えた。それでも、すぐに立ち上がろうとしない隆季に、

「義父上を安らかに逝かせて差し上げたい」

ぽつりと呟くように、忠雅は言った。その声が涙ぐんで聞こえる。

まるで自分こそ実の息子であるかのような嘆きぶりを見せる義兄に、隆季はわずかばかり苛立ちを覚えた。それに気づかないのか、

「私は義父上を尊敬している。私は幼くして実父を喪い、後ろ盾を失くした。名門の出自より他に何も持たなかった私を、人並みにしてくださったのは義父上だと思っている」

と、忠雅は続けた。隆季に聞かせるというより、自分自身で確認するための言葉のようにも聞こえたが、

「だから、あなたは左府（頼長）からお離れになったのですか」

すかさず隆季は尋ねた。さすがに、能天気な義兄の顔色もにわかに変わった。

「何だと――」

「私を左府に譲り、あなたは左府との交わりを断った。それはいずれ左府と我が家が、今のように激しく対立することを見越して……」

「私はそなたとは違う」

と、忠雅は落ち着きを取り戻して答えた。

「どういう意味です」

「私は野心ゆえに、人と枕を交わしたりはしないということだ」

忠雅は隆季から目をそらさずに告げた。

「誤解を覚悟の上であえて言うが、名門の私にはその必要がなかった。私が左府やそなたと、かような交わりを持つに至ったのは……」

純粋な情けからだ——という言葉は、さすがに忠雅の口から漏れなかった。

忠雅は言葉を探しあぐねるように、一度大きく息を吸いこみ、それを吐き出してからゆっくりと続けた。

「私は交わりを為すも断つも、己の心に正直でいられた……。だが、愛しいがゆえに、交わりを続けるのがつらい場合もある」

再び忠雅の声が涙混じりとなる。

「私はずっと……」

隆季はわだかまりを持ち続けた義兄を、まっすぐ見つめた。

「あなたが父上の命を受けて、あの夜の私を足止めしたのだと思っていました」

父とこの人の策略のせいで、恋しい女人を永遠に失ったのだ、と——。

「そういうことがなかったとは言わぬ。だが、足止めならば別の策も採れた」

その言葉に偽りはないだろう。そして、そう思えた時、隆季の中で何かが変わった。

わだかまりが消えたわけでは、もちろんない。すべてを忘れることも、許すこともできるわけではない。何より、自分のことを名門だと衒《てら》いもなく口にできるほどに、忠雅は自身の傲慢さに無自覚だった。あの夜の言動には、明らかに隆季の身分や立場への軽視があったに違いないのに、そのことは置き去りにしている。

とはいえ、少なくとも、己の心に正直だと言う相手を疎ましく思いたくはなかった。これ以上、あの過去の夜にとらわれたくなかったし、相手にもとらわれ続けてほしくないと思う。

隆季は何も言わず立ち上がった。庭に背を向けて歩き出しても、忠雅が追ってくる気配はなかった。


初め緩やかに歩いていた隆季は、去来するさまざまな思いに突き動かされるように、いつしか足早になっていた。居室へ達すると、そこはすでに人払いがされている。

「父上、お加減のほどは……」

隆季が枕もとに近付いて座すと、家成は苦しそうに目を開けた。

意識はしっかりしているようだ。

「この父を恨むか」

家成は自分から口を切った。

意外なようでもあり、予測していた言葉のようでもあった。

「何のことでございますか」

ただちに分かったふうに答えるのも気が引けて、隆季は素知らぬふりで訊き返した。だが、その声は病牀の父の声以上に暗くかすれていた。

家成は我が子の問いに答えなかった。

「私は昔、美福門院をお慕いしていたことがある」

続けて、家成の口から飛び出してきた言葉は、まぎれもなく意外なものであった。こればかりは、隆季も予測していなかった。

「女院《にょいん》さまを……？」

内容それ自体は、まったく想像のつかぬことでもない。

隆季が親族の呈子に懸想したように、家成が得子《なりこ》を慕っていたとしても不思議はないのだ。

年頃の娘たちが人前に顔を見せない慣習の社会で、男が少しでも人と為《な》りを見知ることが叶うのは、やはり血縁関係にある娘たちである。一族の若者であれば、娘の両親や周りの女房たちの監視も甘くなるのが常であった。そうした隙《すき》を縫って、隆季が呈子に近付いたように、家成も若い頃の得子と親しくなったのかもしれない。

「女院もご存じのことだ。本院すらご存じであったろう。だが、私は女院を抱いたことはない。それでいて、その人が別の男に抱かれるのは見たことがある。その人も、私が男に弄ばれる姿を見ていた」

家成はかすれた声で淡々と語った。

（何と！）

隆季は驚きの声さえ吐き出せなかった。

内容は異常であった。美福門院を抱いた男とは鳥羽院以外に考えられない。それを見たことがあるとは、家成自身が閨の内に招かれたということであろう。鳥羽院の異常ともいうべき嗜好の下、その許し、あるいは命令により、同衾《どうきん》をした。鳥羽院は美福門院と家成とを代わる代わる抱いたのであろう。

「そなたは少なくとも、想うお人のさような姿を目にすることはなかったであろう」

隆季は声に出して返事をすることができなかった。

喉はかさかさに渇き切っている。ただ、うなずくのが精一杯であった。

初恋の人は、今や近衛天皇の中宮となってしまった。仰ぎ見ることさえできないほど遠い人である。

すでに十六歳になった近衛天皇と中宮の呈子が、閨を共にしていないことはないだろう。だが、呈子に関して、生々しさを伴う想像をするなど、隆季には思いも及ばぬことであった。

「よかった……」

本気で案じていたのか、家成は喘ぎながらも安堵の息を漏らした。

「私は息子に、それだけは味わわせたくなかったのだ……」

家成の眼差しが隆季の面上へ流れてきた。

まだ五十路《いそじ》に届かぬが、すでに臨終の迫った顔には老いと窶《やつ》れが色濃く刻み込まれている。そのせいか、ひっそりと細められた目は柔和で優しげに見えた。

「そなたが我が子を自分と同じ目に遭わせたくないと思う気持ちは、痛いほどに分かる。隆房《たかふさ》は苦悩を知らずに身を処していけるとよいな」

家成は隆季の邸に住まう孫の名を、愛しげに口にした。隆季が末茂流当主の座を譲り渡したいと願う長男である。

「そのためには、何が必要か分かるか」

最後の力を振り絞って、家成は尋ねた。

答えは容易に分かる。隆季自身が嘗めさせられてきた苦痛はすべて、中流出身の無力さゆえのものであった。だが、口に出して言うことはできなかった。

何か言えば、涙があふれ出てきてしまいそうだ。隆季は痩せ細った父の手を握り締めて、ただうなずくしかできなかった。

「上位の男どもの慰み者にならぬためには、自身が高みに昇るしかないのだ。本院のように、左府のようにな」

忠雅が先ほど口にしたように、野心ゆえに人と枕を交わさなくてもよい立場になるということだ。枕を交わすのは、男であれ女であれ、愛しいと思う相手とだけ——。

隆季の手の甲に涙が落ちた。

(父上は、私以上の苦痛を知っておられる)

自分はそのことにこれまで思いを馳せたことがあったろうか。権力のためならば何でもする父、人としての情けさえ捨て去ることのできる非情な父と恨んできた。

それは確かに家成の一面ではあるが、その陰には血を吐くような苦しみがあったのだ。それに自分は気づかなかった。父が気づかせなかったのだ。

(父上は……私以上に屈辱に耐える強さをお持ちだった)

父を立派な人だと、心の底から思ったのは、三十年に及ぼうとする人生において初めてのことであった。

（私は息子の前で、そんな父親になれるのか）

その思いに身を委ねた時、病牀の父の口が動いた。

「私と左府は……閨を共にしたことがある」

「何ですと！」

今度は驚きの声がするりと飛び出してきた。意外すぎて、すぐには内容を受け容れがたかったせいかもしれない。父が病の篤さのあまり、意識が混濁しているのではないかとさえ、隆季は疑った。

「左府がまだたいそうお若く、摂関家を背負うなどという使命を抱いておられない頃のことだ」

家成はいつの間にか目を閉じていた。声にも張りはなかったが、言葉は明確で、少なくとも意識ははっきりしているようであった。

とぎれとぎれに、家成の言葉は続けられた。

四

赤子を抱いた若い女がいる。世間で言うところの美人ではないが、家成がずっと想いを懸けてきた女だ。少女の頃から知っており、いずれは自分のものになる人だと信じてもきた。

だが、その人は家成ではない男の子供を産み、もはや手の届かぬ高みへ昇ってしまった。

心はこの上もなく傷ついていた。これ以上何を感じることもあるまいと思っていたはずであるのに、その人が赤子を抱いている姿を見れば、胸がうずいた。

赤子は今や東宮《とうぐう》（後の近衛天皇）となった。

その子を抱いている女――得子は鳥羽院の女御《にょうご》となってしまった。

東宮はふだんは鳥羽院や得子と別々に暮らしていたが、この夜は両親のもとへ連れてこられたのである。

連れてきたのは内大臣藤原頼長。この頃、まだわずか二十歳であった。鳥羽院は頼長の労をねぎらった後、

「内府《だいふ》は今宵、こちらに宿直《とのい》せよ」

と、御所に泊まることを命じた。頼長が承諾して頭を下げると、

「家成はいるな」

鳥羽院は思い出したように、やや離れた場所に控えていた家成を呼んだ。

「内府が退屈せぬよう、そちが相手をするがよい」

「仰せのままに」

家成は短く応じた。頭を下げていながらも、得子の眼差しが自分の上に注がれているのを感じ取っている。

だが、鳥羽院と得子が去っていく間、頭を下げ続けていたから、目を合わせることはなかった。

顔を上げてから、家成はその場に残された頼長に目を向けた。どことなく困惑したような、世慣れぬ若者の顔であった。

「御酒《ごしゅ》を申しつけて参りましょう」

家成はそう言って立ち上がった。

頼長の困惑は察しがついた。家成が鳥羽院の寵愛を受けていることを、耳にしているのだろう。そんな男と宿直の夜を共に過ごすことになって、どうすればよいか分からないのだ。

もちろん、鳥羽院の先の言葉は、この夜、二人が何をしようと許すという意味を含んでいる。だからといって、頼長とどうこうなろうという気は、この時の家成にはなかった。

男色は鳥羽院のような人を相手にしてこそ、意味がある。頼長が将来、鳥羽院と並ぶ力を持つことはあり得たが、現時点では将来有望な摂関家の貴公子というだけ。自分より若い男を相手にするつもりなどさらさらなかった。家成が戻ってきた後も、頼長のそわそわとした様子は続いていた。

「私と同座なさるのは、落ち着かれませぬか」

「さようなことはありませぬ」

家成の問いに、どことなく腹立たしげな様子で、頼長は答えた。その若さがおかしくもあり、好感を抱かせもした。

「それそれ、そのお顔つきがすべてを言い表しておりますよ」

声を立てずに、家成は笑った。頼長は家成から目をそらした。

「ところで、内府は経学《けいがく》（儒学の書物の研究）に打ち込んでおられるとか。よき学徒であると、師となった人々が内府を絶賛しておられますな」

頼長が気楽に話せそうな話題を持ち出すと、さすがに肩の力が抜けたらしく、滑らかにしゃべり出した。

「私なぞ、まだまだです。我が父は、幼い私に経学を身につけさせんと、書を読むことを勧めてくださいました。されど、当時の私はその意も汲み取らず、遊びほうけておりましたので、今は後れを取り戻さねばと必死です」

家成はもっともらしくうなずいてみせた。

「執政の家にお生まれになったお方は、経学を身につけるのがよろしいでしょう。大殿（忠実《ただざね》）のお目のつけ所は確かなものでありましたな。そのお蔭で、内府はかつてないご出世の速やかさではありませぬか」

「たまたま空きがあったからですよ。そのくらいのことは、私もわきまえております。父上には男子が少なかったのですから……」

「それゆえに、大殿は内府に期待をおかけになるのでしょう。内府もまた、それによく応《こた》えておられる」

「父上は……」

それ以上言葉を続けることができず、頼長は口をつぐんだ。

頼長の父忠実が頼長を偏愛しているのは、誰でも知ることであったから、その沈黙の意味が家成には分かりかねた。ただ、どうも何かありそうだという気はした。父親の期待が大きすぎて、それに応えていくのがつらいのだろうか。だが、学問について嬉々として話す態度から推して、それだけでもなさそうである。

その時、ちょうど、女房が酒を運んできたので、家成の思考は途切れてしまった。

「御酒を召し上がりますか」

女房が下がってから尋ねると、頼長は首を横に振った。

家成は一人、手酌で飲み始めた。

「先ほど、お父上のことをおっしゃりかけたが……」

幾度か杯を乾《ほ》した後、尋ねると、頼長は「ああ……」と気乗りのしないうなずきを返しただけであった。

「お口にしたくないのであれば、かまいませぬ。代わりに、私の父の話を聞いていただけますか」

家成は自らそう言い出した。

「我が父家保《いえやす》はご存じの通り、白河院へのご奉仕により、取り立てられてまいりました。とはいえ、そもそも父が院の寵を賜《たまわ》れましたのも、我が祖父顕季《あきすえ》の努力によるものでしてな。我が家は仙洞《せんとう》（院御所）にご奉仕することで、成り上がってまいったのです」

白河院とその近臣たちの力が増せば増すほど、相対する摂関家の力は抑えられることになる。家成の父祖が力をつけたことによって、苦しめられたのは頼長の父忠実だったのだが、この時の頼長は何も言わなかった。

「ですが、そうした我が家の勢いも、白河院のご生前まででございました」

院の近臣とは院個人の寵を背景としてのみ、力を振るうことができる。その後ろ盾を失くしてしまえば、それ以前にどれほどの権勢を誇っていようと、意味はない。

白河院の崩御後、治天の君となった鳥羽院の院政は、まず白河院政を否定するところから始まった。

「その時、父が私に申した言葉を、そのままお聞かせいたしましょうか。父は私の顔をまっすぐに見て申したのです。上皇さま（鳥羽院）の御所へ参れ、と――」

家成が口をつぐむと、闇がぐんと濃さを増した。沈黙が重苦しく感じられ、家成は急に酔いが回ってきたように感じられた。

それでいて喉が渇き、酒がもっと欲しくなる。家成は杯に手を伸ばしたが、にわかに手が震えた。杯が膳の上で横倒しになり、わずかに残っていた白い酒がこぼれた。家成は震える手で酒壺を握り締めた。

「家成殿……」

頼長は心配そうな表情を浮かべていた。

「内府にはお分かりになりますか。我が父の申したことが何を意味するか」

手の震えはいっそう激しさを増していたが、家成は酒壺を離さなかった。

「上皇さまのおっしゃること、なさることに委細逆らわず、ただひたすらご奉仕し、上皇さまのご機嫌を取ってまいれ、と――」

この意味がお分かりになられましたか――とくり返して、家成は皮肉っぽく笑ってみせた。頼長は分かるのか分からないのか、無言のままである。

「上皇さまの閨にご奉仕せよということですよ」

家成の声は低くかすれた。

「私は父の野望の生贄《いけにえ》ですよ。もっとも、その恩恵を甘んじて受けているのですから、今さら、父を責めることはできないのですがね」

自嘲の言葉を一度口にすると、箍《たが》が外れたようにもう止まらなくなってしまった。

「内府のごとく、恵まれたご境遇のお方には、想像もつかぬお話でございましょう」

嫌味ともつかぬ言葉が口をついて出た。不快にさせてもおかしくない言葉だったが、頼長は相変わらず無言のままだった。

「戸惑いやら羞恥やら屈辱を覚えたのは、最初だけです。その後は、進んで上皇さまの閨へ侍るようになりました。得子、いや、女御さまが上皇さまに召されてからは、もっと気楽にかまえられるようになった。女御さまだって、していることだと――。上皇さまは私と女御さまとを、共に閨に引き入れなさることがありましたよ。さすがに、女御さまが子を産んでからは、なくなりましたがね。つまり、上皇さまにとって、我々はそれだけ軽んじてよい男女だったということです。私も女御さまも上皇さまの玩具でございました」

一気に語ってしまった後、急に体の力が抜けた。

家成は握り締めていた酒壺を、いつの間にか手から離していた。

どうして、親しく言葉を交わしたこともない相手――それも、たいそう若く、自分とは境遇のかけ離れた相手に、こんな話まで語ってしまったのだろう。我ながら訝《いぶか》しく、同時にきまり悪さが込み上げてきた。

「申し訳ありませぬ。聞き苦しい恥をお聞かせしてしまいました」

家成は声も表情もすっかり改めて言った。酔いは残っていたが、正気は取り戻している。今のことは酒の席の無礼と思って、許してもらうしかない。

「内府のお耳を汚してしまったと知られれば、私は大殿から叱られるやもしれませぬな」

軽口にまぎらしてしまうことにして、家成は朗らかな笑い声を立てた。

頼長は笑わなかった。代わりに、

「父上は私を愛しいなどと、思ってくださいませぬ」

暗く沈み込んだ声でそう言い出した。表情がそれまでとは違っている。

「愛しいと思ってもらえぬとは、私のような者を言うのですよ。父は私を野心の道具としか見ていなかった。これほどひどい親があるでしょうか」

「そのことについて、私は何も申せませぬ。ですが、私とて、父上から捨てられた子供なのです」

「捨てられた……？」

忠実が頼長を捨てたなどという話は聞いたことがない。もちろん、たとえなのであろうが……。

「私は幼少の砌《みぎり》、父上の言いつけに背いて、馬を乗り回し、大怪我をしたのです。父上は私の身を案じてもくれなかったと、後で乳母《めのと》から聞かされました」

「まさか！」

そんな話があるだろうか。確か、忠実は老いてからできた息子の頼長をかわいがり、隠居先の宇治まで連れていったと聞いていたが……。

「まことの話です。父上のなさりように憤った兄上が、私を京へ引き取ってくだされたのですから」

父について語る頼長の声に、恨みや怒りのようなものはうかがえない。むしろ嘆かわしさや寂しさを含んでいるように聞こえ、それが家成の心を揺り動かした。

「それにしても、不思議なお話ですな。今、あれほど内府を特別に慈しんでおられる大殿が、昔、さようなご態度であったとは……」

「私の母の出自が低いからでしょう。北政所《きたのまんどころ》（摂関の正妻）をご生母に持つ兄上とは、違っていましたから……」

それは、ありそうな話に思われた。家成は大きく溜息を吐いた。

「内府のようなお方でも出自に苦しめられるとは……。この世のすべては、出自によって決まってしまうようです。されど、才覚で出自を超えることはできぬ話ではありますまい」

「才覚で……」

「無論、限りはあるでしょう。ですが、内府のごとく、ご生母の出自が問題であれば、兄上の猶子となられることで解消されたはずです。まして、内府には才覚がおありだ。誰もがそれを認めているからこそ、大殿とて、内府を無視し得なくなったのでしょう」

頼長は無言だったが、いささか蒼ざめていたその顔に、血の気が戻ってきていた。

「学才を磨き、常に努力して参られたのは、お父上のご関心を引くためでありましたか」

頼長は目を瞠《みは》っただけで答えなかったが、かまわずに家成は先を続けた。

「私のしたことを、内府は軽蔑なさったかもしれない。ですが、閨に侍ることはきっかけに過ぎぬと、私は割り切りました。その後をどう歩んでいくか、それは己の才覚によるものだと――」

先ほどいったん手放したはずの酒壺を、家成は再び手に握り締めていた。

思い出したように、傾いていた杯を元へ戻し、そこに酒を注いでいく。

薄闇の中に、酒の白さがぼうっと浮かび上がり、注がれる酒の音が妙に大きく聞こえた。

灯台は一つだけ。しかも、火の勢いが落ちていたから、ともすれば手もとも覚束《おぼつか》ない。明かりを増やすよう言うこともできたが、家成は女房を呼ぼうとはしなかった。

「私は内府のためならば、いかなる業でも致しましょう」

父に捨てられたと言いながら、その父の情を得るため努力を惜しまぬこの名家の若者がいじらしく思われた。ふつうなら父親を恨むところだ。自分だって父親へのわだかまりをいまだに捨て切れていない。それなのに、頼長には少しも父親を恨む気配がないのだ。

「それは、いかなる……」

頼長は困惑ぎみに尋ねてきた。

「執政をお望みならば、助力は惜しまぬということです」

家成は淀みなく答えた。

「今宵はそれを内府に申し上げたかった」

もちろん、初めからそんなことを考えていたわけではないが、この時は本気でそう思った。この若者を摂関家の当主に押し上げてやりたい。父忠実がもはや無視することのできぬ立派な執政にしてやりたい。

そのためには、鳥羽院に差し出した我が身の、持てる力すべてを注いでもかまわない、と。

「私を拒まれますな。私は内府を……」

「拒みなど致しませぬ」

すかさず押しかぶせるように言った頼長の声に、もう困惑の色はなかった。

「家成殿のお志、私には何よりも嬉しいのですから――」

「内府……」

その時、細くなっていた灯台の火がついに力尽きたように、ひっそりと消えた。

――すぐには信じがたい話であった。

父家成がその父親から鳥羽院のもとへ行けと命じられたという話も、頼長が父忠実から大事にされていなかったという話も、家成が頼長を哀れんだという話も、すべて――。

「父上……」

何か言わねば、と口を開きかけたものの、隆季の言葉は続かなかった。

今の話が事実であれば、父は頼長の従者に邸を蹂躙《じゅうりん》された時、何を思ったのか。そして、どんな思いで、この自分に鳥羽院の御所へ行けと命じたのか。

あの時、父の胸に宿る断腸の思いに、自分は気づいていなかった、と隆季は思った。

「私と左府は父親から慈しまれぬ者同士、傷を舐《な》め合ったに過ぎぬ」

かつての頼長との関わりを、家成はそのように言った。

それが正しいならば、二人の間に、鳥羽院と家成のような――あるいは、頼長と隆季のような主従の関係は成立しなかったはずだ。あえて言うなら、それは忠雅が言っていたような、己の心に正直な交わりだったのであろう。だが、報い報われるものがなければ、その関わりは長続きしない。

「その夜限りのことだ。左府ももう忘れておられたろう。私とて忘れていた」

二人がずっと覚えていたならば、あの三年前の襲撃事件は起こらなかったに違いない。

「今になって、あの夜のことを思い出した。何ゆえであろうな」

家成は自らの心の動きを自分で訝《いぶか》るような言い方をする。

家成自身も分からないのだろう。隆季に分かるはずもなかった。

ただ自分もいつか、そうして頼長を思い出す日が来るのであろうかと、ふと思いを馳せた。しかし、それは、

「情緒に流されるな」

という父の鋭い声によって振り払われた。最期になって情緒に流されかけたことへの衒《てら》いというには、厳しすぎる声であった。

見れば、それまで柔和だった家成の眼差しも鋭いものとなっていた。臨終間近の病人のどこに、こんな気力が残っていたかと疑われるような、炯々《けいけい》とした光が両眼に浮かんでいる。

「高みに昇れ、隆季。隆房を守りたいのならばな」

その時の家成の眼差しに、頼長との昔を語った時の懐かしい風情はまったく見られなかった。

「……はい、父上」

自ら高みに昇り、頼長や鳥羽院の側に立つ。そして、父が息子に屈辱を強いねばならぬ、呪わしい我が家の連鎖を断ち切ってみせる。

この決意こそが、父から受け継いだ確かなものだと、隆季は胸にしかと刻み込んだ。

六の章　凶相

一

家成が亡くなって一年が過ぎた久寿二《きゅうじゅ》（一一五五）年五月の末、喪の明けた隆季を外へ誘いに来たのは、義弟の藤原信頼《のぶより》であった。愛想のよい童顔で人懐こい反面、義兄弟となって早々の隆季に、頼長への紹介を依頼してくるなど、いささか軽々しいところがある。

「忠雅卿とご一緒に、四宮《しのみや》さま（雅仁《まさひと》親王）の御所へご挨拶に参られませんか」

信頼がそう言い出したのは、折しも、一族が亡き家成の中御門邸へ集まった時のことであった。

家成の死後、末茂流の家督は長男である隆季が引き継いだが、信頼は変わらずに婿として中御門邸に通ってくる。その一方で、四宮雅仁親王の御所へ出入りしているのも、相変わらずのようであった。

信頼が雅仁親王の男色相手を務めていることを隆季に教えたのは、忠雅である。そんなことを本人以外の者の口から聞いてよいのかと思ったが、

「あけっぴろげに語っていたから、かまわないだろう」

と、忠雅はあっさりした口ぶりで言った。

能天気なところは相変わらずだが、家成の死後、忠雅は少し変わった。

実の父を早くに亡くした忠雅は、以来ずっと、家成にその身を守られてきた。忠雅自身、そうして庇護されるのをよしとしているように見え、成人しても子を持っても、本性のところは変わらなかった。

だが、その義父が死去し、いよいよ忠雅も頼るべき者を失ったのだ。末茂流と左大臣頼長の対立が起こった時、末茂流を選んだ忠雅は、今では頼長とも距離を置いている。

強い庇護者を失い、傍らには年下の義弟たちしかいない——という立場になってようやく、忠雅の中にそれまでなかった「兄」としての自覚が芽生えてきたのかもしれなかった。

信頼からの誘いかけに、隆季が答えるより早く、

「信頼殿」

忠雅が目を信頼に据えて口を挟んだ。

「ただ今は、主上《おかみ》（近衛天皇）のお加減がよろしくなく、世情が不安な時だ。さような折も折、四宮さまのもとへご挨拶に伺うというのは、いかがなものかと思うがな」

この常識に沿った忠雅の発言に、信頼は心外だとでもいうように、団栗《どんぐり》のような目を大きく見開いた。

「だからこそ、でございますよ。かような折なればこそ、お二方には四宮さまの知遇を得ていただきたいのです」

信頼は身を乗り出さんばかりの勢いで言った。その熱心さには、特に裏があるようでもない。

「あまり大きな声では言えませんが、ご譲位のことも取り沙汰されているようではありませんか」

信頼は少し声を潜めて言い出したのだが、途中でそれも忘れてしまったのか、肝心の秘すべきところを大声でしゃべっている。これがこの男の軽率なところなのだが、それゆえに不思議と人から好かれる質《たち》であるらしい。忠雅も合い婿として親しくしていたし、隆季自身、あきれることもありながら憎めぬ男だと思っている。

何より、幼い息子は父である自分よりも、叔父に当たるこの信頼に気質が似ていた。明るく伸びやかな息子の性情を、削ぐことなく伸ばしてやりたいと思う隆季にとって、信頼はどことなく息子の成人後を見るような心地にさせられることがある。そんな隆季の気も知らずに、

「ご存じですか。次の皇位継承者として、どなたが取り沙汰されているか」

ますます昂奮を隠し切れぬという様子で、信頼が言い募る。

「そういうことは……」

隆季は信頼の言葉を遮ったが、

「まあ、この邸の中であれば大事あるまい」

と、忠雅が信頼の味方をした。

「そうですよ。今、都でこの話をしていない者などおりますまい」

信頼は平然とした様子で言う。

「とはいえ、信頼殿はもう少し声を落とした方がよい」

さすがに、一言だけ忠雅が苦言を呈した。それに形ばかりうなずき返した信頼が、次なる皇位継承者について語り始める。

近衛天皇はこの年十七歳。

皇后多子《まさるこ》、中宮呈子という二人の后を持っていたが、後継者はいなかった。

この年、眼病を患い、皇位を守っていくことも後継者を儲けることも難しいとみなされている。となると、ご譲位を願って、別の者を皇位に据えるということになるのだが、有力な候補の皇子は二人いた。

いずれも鳥羽院の孫に当たるのだが、一人は崇徳院を父とする重仁親王《しげひと》。

もう一人が、雅仁親王を父とする守仁王《もりひと》であった。

この二人が候補となっているのは、二人とも美福門院の猶子となっているからだ。つまり、いずれが皇位を継承したとしても、美福門院の国母としての権威に揺らぎはない。それは、美福門院の血縁である末茂流にとって、望ましい話であった。

「守仁王さまのことは、私もよく存じ上げておりますが、大変聡明なお方でございます。あの方こそ、次なる帝にふさわしいと私は信じております」

まったく迷いのない口ぶりで、信頼は言った。

「だが、重仁親王さまとてご立派な方と聞く。それに、親王さまのお父上たる新院（崇徳院）は皇位に就かれたが、守仁王さまのお父上は皇位に就いておられない」

忠雅が信頼の強い思い込みをたしなめるように、口を挟んだ。

だが、信頼はひるむどころか、かえって勢いづいた様子で言葉を継いだ。

「ここが肝心のところですが、皇位継承者をお決めになるのは治天の君でございます」

言わずもがなの発言にもかかわらず、隆季と忠雅は気圧《けお》されたようにうなずいた。つまり、どちらが天皇になるかは鳥羽院の心一つで決まる。

「本院（鳥羽院）が重仁親王さまをお選びになることはありますまい」

断ずるように信頼は言った。それから、上目遣いになって「お分かりでしょう」というような目を二人に向ける。信頼の言わんとすることは、隆季にも分かった。

さすがに口にできることではないと、信頼もわきまえているのだろうが、重仁親王の父崇徳院には出生の疑惑がある。表向き崇徳院は鳥羽院の第一皇子であるが、実は生母の待賢門院《たいけんもんいん》が白河院と密通して生まれたという噂があった。

仮に、それがただの噂に過ぎず、崇徳院は真実、鳥羽院の息子なのだとしても、重仁親王の皇位継承には難がある。いずれ皇位の正統性を云々する動きが出てこないとも限らないからだった。

それゆえ、守仁王が選ばれるはずだという信頼の言葉は、まったく的外れというわけでもない。

「いかがですか。四宮さまの御前に伺うというお話は――」

守仁が選ばれた時のため、それ以前から雅仁親王のご機嫌を取っておくべきだと言うのであろう。皇位が誰の手に渡るのか、次の治天の君の座に就くのは誰なのか。それは、今後の末茂流の行く手を左右する重大な事柄だ。

――高みに昇れ、隆季。

亡き父の言葉がよみがえった。

高みに昇るための身の処し方は慎重を期さねばならない。鳥羽院の寵臣に成り果《おお》せたとはいえ、鳥羽院が治天の君として力を振るえる時ももうさほど長くはないのだから。

隆季がそうした思いに捕らわれていると、

「まあ、信頼殿の話にも一理ある。ご挨拶だけであれば問題ないかもしれぬ」

忠雅が言い出した。それから、真面目な表情を消すと、

「まさか、いきなり今様を謡《うた》わせられることもないだろう？」

冗談っぽい口ぶりで続けて言う。雅仁親王がただならぬ今様好きであることは、世間に広く知られていた。

「もし四宮さまがお求めになられても、そこは私が取り繕いますゆえ」

熱心に言う信頼に押し切られ、隆季も最後はうなずいた。それを見るなり、「よかった」と信頼は歯を見せて笑った。

「四宮さまは、男であれ女であれ、美形好みでいらっしゃいます。お二人をご覧になれば、たいそうお喜びになることでしょう」

上機嫌で言う信頼を前に、隆季も忠雅も返す言葉は持たなかった。


「花山院忠雅に中御門隆季か」

信頼に連れられて御前へ挨拶に出た二人に対し、雅仁親王は眠そうな半眼を向けて言った。たいそう喜ぶはずだという信頼の言葉は何だったのか——と思えるほど、雅仁親王の態度は興が乗らぬふうに見えた。とはいえ、隆季と忠雅の容貌には関心があったらしく、

「なるほど、さすがはあの中御門中納言の息子と甥だ。あの家門に美形が多いのは、まことと見える」

と、半眼のまま告げた。二人が返事をしかねていると、

「ああ、女人の方はいま一つともいうが……」

聞く者をぎょっとさせることを言い出した。

念頭に置いているのが美福門院得子であることは、疑う余地がない。我が子を猶子に差し出すくらいだから、得子の顔を見たことはあるのだろう。他の者が口にすれば、許されぬ暴言であるが、雅仁親王の身分であればさすがに咎《とが》める者はいない。

隆季と忠雅は聞かぬふりを通したが、

「それは、あまりな言いぐさでございます、四宮さま」

言い返したのは信頼であった。

「私の妻も、この忠雅卿の北の方も、あの家門の女人でございますのに……」

「ああ、そうであったな」

思い出したように言って、雅仁親王は上半身を揺するようにして笑い出した。

よく見れば、いつの間にか半眼はしかと開かれ、雅仁親王は信頼に笑顔を向けている。

（四宮さまは信頼殿のことを、相当お気に召しておられるようだ）

それは、二人がほんの少し言葉を交わしているのを聞いただけでも、すぐに分かった。

「まあ、女の値打ちは美貌だけではない。余の母宮は、それはもうお美しい方だったが、あれで美福門院に父院さまのご寵愛を奪われたのだからな」

雅仁親王が続けてそう言うところを見ると、生母待賢門院を苦しめた美福門院に対し、いまだに意を含むところがあるのかもしれない。

となれば、美福門院と血縁の隆季や忠雅を快く思うはずがなく、隆季は挨拶より他、何も言わぬうちから、居心地の悪い思いに駆られた。

ないだろう、などと忠雅は言っていたが、今にも謡えと言い出しかねない雰囲気である。

突然話を変えて、雅仁親王は訊いた。

「そなたたち、今様はできるか」

今様を謡わせられることはないだろう、などと忠雅は言っていたが、今にも謡えと言い出しかねない雰囲気である。

「いえ、お二方は今様をたしなまれません」

助け船を出すつもりか、信頼が代わりに答えた。

「今様のお相手でございましたら、私が仕《つかまつ》りますゆえ、お二方はご勘弁のほどを」

「さようか」

雅仁親王はつまらなそうに呟いたが、にわかに信頼一人に目を据えると、

「では、今から始めようぞ」

急に思い立ったように言い出した。

「はい。かしこまりました」

間髪を容れずに、信頼が答える。

この御所ではいつもこういうふうなのかと、隆季は半ばあきれる思いで、二人を見つめていた。

「ああ、忠雅に隆季、今日はご苦労だった。今様を謡えるようになったら、また参るがよい」

雅仁親王が再び二人に目を向けて言った。今様を謡えぬ者はすでに邪魔者のようであった。

「それでは、これにて失礼つかまつります」

隆季と忠雅は辞去の挨拶をすると、早々に御前を去った。

車寄せに向かって歩いて行く途中、早くも今様が聞こえてきた。声から察するに、謡っているの

は雅仁親王のようである。

舞へ舞へ蝸牛《かたつぶり》　舞はぬものならば馬の子や牛の子に　蹴《く》ゑさせてん踏み破《わ》らせてん

役に立たぬ者は踏みつぶそうというおつもりなのか。

何となく今様の謡えぬ二人を指しているように、聞こえなくもない内容だ。

「あっ」

その時、今様に耳を傾けていた忠雅が声を上げた。

「御前に扇を置き忘れてきたかもしれぬ」と言う。

「車に乗る前に気づいてよかった。取りに戻るゆえ、先に車寄せに向かっていてくれ」

そう言って踵《きびす》を返そうとする忠雅に、「ならば、私もご一緒します」と、隆季は付き添うことにした。

雅仁親王の歌声は評判になるだけあってすばらしい。よく響く深みのある声で、心を揺さぶられるような情緒がこもっている。

今様をさほど好むわけでない隆季も、もう少し近くで聞いてみたいという気になっていた。

ところが、舞い戻るうちに、雅仁親王の歌声はやんでしまった。二曲目が始まるかと期待していたが、なかなか始まらない。そうするうち、先ほどの居室の戸の前へ二人は戻っていた。

どうやら雅仁親王と信頼は謡うのをやめて、言葉を交わしているところらしい。

「確かにあの美貌には一見する値打ちがあるな」

と言う雅仁親王の声が聞こえてきた。ふだんの話し声でも、雅仁親王の声はよく通る。

「隆季殿のことでございますか」

訊き返しているのは、もちろん信頼の声であった。

「さよう。蘭陵王《らんりょうおう》のごとき、と言ってもよいだろう」

初めて鳥羽院の閨へ侍った時の言葉が、隆季の耳によみがえった。

美貌の男を蘭陵王にたとえるのは、さほど不自然でないとはいえ、その相似にはやはりどきりとさせられる。

「されど――」

雅仁親王は重々しい声で続けた。

「あれは、災いを呼ぶ凶相《きょうそう》だ」

「隆季殿が、ですか」

信頼が不思議そうに問い返している。

「女にもいるだろう。関わる男を次々に不運に突き落としていく女が――」

「それは、確かに聞いたことはございますが……」

「あの男と関わった左府はどうなった？　今では、父院さまのお怒りを買い、摂政関白にもなれていない。そして、父院さまはご寵愛の中御門中納言を喪ったばかりか、今や愛し子の主上（近衛天皇）まで――」

少し沈黙が落ちた。

隆季は横顔に忠雅の眼差しを感じたが、そちらへ目を向けることもできない。ただ微動だにせず佇み続けていた。

「では、四宮さまが隆季殿をお求めになることはない、私はそう思ってよろしゅうございますか」

信頼が尋ねている。

「さようなことを案じておったのか」

「少し……ですが」

含み笑いを漏らす信頼の声に、淫靡《いんび》な響きが混じった。

「余はそちがいればよい。そちはよもや、余から離れはしまいな」

「それはもう」

「余について参ればよい。そちを悪いようにはせぬ」

「はい。我が……治天の君」

隆季の全身は凍りついた。

聞いてはいけないやり取りを聞いてしまった、と思う。もはや二人の前に、のこのこと忘れ物をしたと言って現れるわけにはいかなくなってしまった。

信頼は何のために自分たちを雅仁親王に会わせたのだろう。今になって、そのことが気にかかった。先の様子からして、雅仁親王が会いたがったためとは思えない。ならば、今の話を聞いてしまったのは偶々《たまたま》だとしても、いずれ治天の君となる雅仁親王との密接さを見せつけようとしてのことか。

――かような折なればこそ、お二方には四宮さまの知遇を得ていただきたいのです。

熱心に言っていた信頼の言葉がよみがえった。あの言葉が二人を釣るための嘘だったとは思えない。確かに、信頼は虚栄心の強い男だ。しかし、根が単純だから、見せびらかしたいならもっと分かりやすく、二人がいる席でそうしたに違いない。

やはり、治天の君となる雅仁親王に会わせることが義兄たちのためになる、という単純な親切心からしたことだろう。だが、その見立ては間違っていないにしても、あの主従はあまりに危うい。

その時、忠雅から袖を引かれて、隆季は我に返った。

このまま帰ろう——と、忠雅の目が言っている。隆季にも異存はなかった。

衣擦れの音を立てぬよう、その場を静かに後ずさった。幸い、すぐに信頼の今様の声が聞こえてきたので、その後はすぐに体の向きを変え、車寄せまで急ぎ足で進んでいく。

「今のことはすべて忘れよう。私もそうする」

車寄せに着いた時、忠雅が息を弾ませながら言った。隆季はそれにうなずこうとするのだが、首が思うように動かなかった。

信頼が雅仁親王を「治天の君」と呼んだのも恐ろしい話だが、隆季に災いを呼ぶ相が出ているという話も……。

「すべて忘れるのだ」

忠雅が今度は少し強い口ぶりで命じた。

「何の根拠もない」

隆季の動揺を察するかのように、忠雅は言った。

「それを言うなら、私が第一に災いに見舞われねばならぬはずだ」

言うなり、忠雅は隆季の返事は待たず牛車に乗り込んだ。

どんな時も、自分の情緒が先にくることの多かった忠雅が、今は自分の思いよりも先に、隆季の心を案じている。忠雅が変わったように見えるのは、こういう時であった。

そして、その思いは隆季の心をわずかに落ち着かせた。ゆっくりと一つ深呼吸をした後、忠雅に続いて、隆季も牛車に乗った。


眼病を患っていた近衛天皇が崩御したのは、それから間もない七月のこと、享年十七という若さであった。

この時点ではまだ皇位継承者が決められていなかったのだが、その後、治天の君である鳥羽院が選んだのは、件《くだん》の重仁親王でも守仁王でもなく、あの四宮雅仁親王。

雅仁親王は即位して、後白河《ごしらかわ》天皇となる。

一方、夫に先立たれた中宮呈子が髪を下ろしたのは、近衛天皇の崩御からほぼひと月の後、八月十五日のことであった。

二

小さな家に、小さな庭。

家の中からは、乳母《めのと》に預けた赤子の泣き声が聞こえてくる。夕方になれば、夫が帰ってきて、ささやかな幸いを感じることができる。

（私はこんな恩恵に与《あずか》っているというのに、中宮さまは……）

秋になると庭に咲く酔芙蓉の花を見つめながら、常盤《ときわ》は呈子を思って、涙ぐまずにいられなかった。

そして、呈子が髪を下ろすと聞いてからは、どうにかしておそばへ行きたいという気持ちでいっぱいになってしまった。しかし、今や御所から遠のいた常盤が、呈子のそばへ容易《たやす》く近付けるはずがない。

それでもいい――と常盤は思った。

たとえお目を向けていただくことがなくとも、お姿を見ることが叶わずとも、余所《よそ》ながら呈子のいる建物を見るだけでもかまわない。とにかく御髪《みぐし》を下ろすその当日、少しでも呈子の近くにいたい。

近衛天皇の崩御の翌月、八月十五日の中秋の日に、呈子は養父藤原忠通の邸がある法性寺《ほっしょうじ》の御《み》堂《どう》にて髪を下ろすという。どうしてもその日、法性寺へ行きたい――常盤は夫源義朝《よしとも》を説得し、件《くだん》の寺へ向かった。

常盤が正式に呈子に仕え始めたのは数年前、呈子が入内する直前のことである。

この時、養父忠通は多子に先を越された呈子のため、その入内に花を添えようとした。

「入内なさるお妃のため、雑仕女《ぞうしめ》を十名募る」

集まってきた女たちの中から、最も美しい十名を選ぶという。

妃の雑仕女になるというのは庶人の女には大変な出世であるから、若い娘たちが大勢集まってきた。常盤もその一人だった。容姿に自信があったからではない。まして出世を望んだわけでもない。ただ、

（これに名乗りを上げないでどうする）

という強い思いだけが、常盤を突き動かしていた。

姫さまにお仕えするのは私だ。思いがけず言葉をかけていただいたあの一夜から、ずっとそう念じ続けてきた。その機会を他の人に奪われてなるものか。

集まってきた娘たちは後に知らされたところでは、多少誇張はあったろうが、千人もいたという。これをまずは百人に絞り込み、その中から十名の美女が選ばれて採用された。

その十人の中で最も美しいと言われたのが、常盤である。

そんな常盤のことを、人は美しく生まれついたがゆえの幸いだともてはやしたが、常盤自身はそうは思っていない。もし自分が他の人に勝るところがあるとすれば、それはただ「姫さまにお仕えしたい」という気持ちだけであろう、と——。

「きっとそなたのことだと思っていましたよ」

呈子から声をかけられた時は、もう全身に震えがくるほどだった。

数年前にただ一度、鳥羽田中殿の庭先で会っただけの常盤の名を、呈子は覚えていてくれたのである。

(私のような生まれの者を、中宮さまともあろうお方が覚えていてくださった!)

このお方のためならば命を懸けようと、大袈裟ではなく、本気でそう思った。

呈子はその後も何かと目をかけてくれ、中宮の立場で許される限り、常盤の前にも姿を見せ、声もかけてくれた。もっとも、常盤が呈子を拝することができるのは、呈子が庭を歩く時だけ。

呈子は中宮という身分に似つかわしからず、庭を散策するのをよく好んだが、もしかしたら、それは常盤に姿を見せてやろうという配慮だったのかもしれない。

常盤は心を込めて庭の世話をした。

春には梅、桃、桜、夏には山吹や杜若《かきつばた》、初秋には七草、晩秋には紅葉《もみじ》――。

それぞれの花木の最も美しい姿を、呈子に見てもらいたい一心からであった。

そのような日々に、思いがけず終わりの時が訪れたのは、ちょうど三年前の秋。常盤が呈子に仕え始めて、二年半になろうとしていた。

十五歳になった常盤は、一人の男に恋をしていた。


源義朝――しばらく坂東で暮らし、上洛してから鳥羽院の近臣となったこの武者が、常盤の前に現れたのは、常盤が呈子の顔を初めて拝した晩――常盤の運命を決めたあの晩から、ちょうど五年目の年であった。

ということは、常盤が初めて清盛に会ってから五年ということにもなる。

当時、「五年も過ぎた頃にまた会おう」という言葉の意味が分からなかった常盤も、すでにその意を悟っていた。だが、清盛は常盤に会いにこなかった。その代わり、華やぎを備えた清盛とはまったく違う、精悍《せいかん》な武将が常盤の前に現れたのだ。

常盤の目に、義朝は広い山野を荒々しく駆けめぐる雄々しい虎のように映った。それは、都にはいない類の男であった。その義朝は常盤に向かって告げた。

「俺は長く坂東で都に憧れ、恋い焦がれてきた。そして、お前はその都そのものに見える」

都への長い憧れの気持ちを、そのまま美しい常盤に重ね、目を細めて自分を見つめる男。自分のことを「京の姫神」と呼んでくれる男。そんな男に心を動かさないでいることは難しかった。

「京の姫神のようなお前に、坂東の雄大な景色をいつか見せたい」

義朝の強い目の光の中に、まだ見ぬ坂東の景色を見た時、常盤も同じものを見たいと思ってしまった。

義朝という虎の背に乗って、坂東の山地をどこまでも共に駆けていきたい、と――。

そして、その思いは、いつまでも呈子のおそばにいたいという常盤の気持ちと、相容れぬものとなってしまった。常盤は身を切られる思いで、御所を退くことを決めた。

そして、その日を数日後に控えた初秋のある日のこと。

桔梗《ききょう》や女郎花《おみなえし》、撫子《なでしこ》など、秋の七草が形よく植えられた御所の庭で、

「中宮さまは一体、どのお花をお好みだったのかしら……」

と、常盤は呟いていた。

二年余も仕えていたというのに、常盤は呈子の最も好きな花を知らなかった。

これまでは知らなくてもいいと思っていた。呈子の胸中をあれかこれかと想像し、あの花の次はこの花――と、庭を調え、呈子のために尽くすこと自体が楽しかったからだ。

だが、御所を立ち去る前に、せめて呈子が最も好む花をお目にかけたい。できるなら、自分がその花のもとへご案内したい。そう思いつめた末、ふと漏らしてしまった独り言に続けて、

「私の好みが気になりますか」

不意に背後から柔らかな声がかけられて、常盤は飛び上がらんばかりに驚いてしまった。

呈子の声だと、すぐに分かった。花に気を取られて気づかなかったが、注意していれば、衣擦れのかすかな音を聞き分けることもできたであろうに……。

慌てて脇へ退き、恐縮して手を付くと、

「気にせずともよい。私はただ、一人で庭を散策したくなっただけのこと。私たちはここで会わず、言葉を交わすこともなかった。それでよいですね」

そう言って、呈子は常盤に立ち上がるよう促した。

よく見れば、何と呈子のそばに女房は一人もいない。これまで呈子が庭を散策する時にも、そんなことは一度たりともなかった。夢を見ているのか。常盤がそう疑いたくなるくらい、起こり得ないことであった。

「夫を持ったと聞きました。来年には子も生まれるのだとか」

「……は、はい」

「そなたは相変わらず匂うように美しい。まるで、そこの女郎花が恥じらうほどに……」

「中宮さまは、女郎花がお好きでいらっしゃいますか」

「……いえ」

呈子は首を横に振った後、わずかに左へめぐらして、

「あちらに咲く薄紅色の芙蓉が見えますか。私は、あの花が何より好きなのですよ」

と、庭の南の一角へ目を当てて言った。

「それは……存じませず。あちらへ参りましょうか」

今日がもう最後だという思いが、常盤を大胆にしていた。

幸い、他に人目はない。

（中宮さまと私の二人きり——）

そう思った瞬間、恋しい人を想う時のような胸の熱くなる喜びを、常盤は覚えていた。

呈子と二人、呈子の最も好きな花を一緒に眺められる。こんな喜びが、呈子のそばを去ろうとしている自分に訪れてよいものだろうか。薄紅色の花を前にした時、常盤は泣き出したいような心地を覚えていた。

「不思議な花でござります。明け方には白い花弁を開きますのに、午過《ひるす》ぎから徐々に色づいてまいって……」

「酔芙蓉というそうな」

「すいふよう――」

「昔、この花を贈ってくれた人がいたのです。以来、私はこの花が好きになりました」

「中宮さまはその方を……」

常盤はそこまで言って、思わず口を滑らせたことに気づいた。

呈子の中に常に宿る寂しさや憂いが、想い人との恋をあきらめたせいではないかと、分かってしまったからであった。

呈子は常盤の言葉を聞かなかったふりをして、

「そなたは幸《さいわ》いにおなりなさい。美しく生まれたそなたが幸いに恵まれることが、私の願いです」

と、餞《はなむけ》の言葉のように言った。

「美しく生まれついたがゆえに災いを招いたお方の代わりに――でございますか」

美しさはその持ち主に災いを招くことがある――呈子が昔、口にした謎のような言葉を、常盤はこの時も覚えていた。そして、その言葉はもう常盤には謎ではなかった。

美しい人とは、あの夜、呈子を訪ねてきた隆季という名の公達で、呈子の想い人もおそらくは――。

ただ、隆季という名前だけは知っていても、隆季が実際に災いに見舞われたのかどうかなど、常盤には知る術もなかった。

「常盤よ、そなた……」

「今の私には分かります。あの時、中宮さまを訪ねてこられた公達が……」

「その話をしてはならぬと、あの時、申したはずですよ」

呈子はたしなめるように言った。

「申し訳ございませぬ」

常盤はすぐに謝罪したものの、言葉を止めることはできなくなっていた。

「でも、もしもあの夜、あのお方のお文を私が受け取っていたならば……」

「受け取っていたなら……」

どうだというのか——とまでは言わず、呈子の声は小さく萎んでしまった。

「中宮さまは今よりもお寂しくはなかったのではないか、と——」

「さようなことを気にしていたのですか」

呈子はふっと緊張を解いて、柔らかく笑った。

「そのお文が私の手に渡っていたとしても、何一つ変わらなかったでしょう。私はただ、そのお方が幸いに恵まれてほしいと思うただけです。そなたの幸いを願うように——」

「もったいないお言葉に存じます。ですが、私は——」

常盤の胸にもどかしい思いが突き上げてくる。幸いになれという言葉が聞きたくて、呈子に会える機会を待ち望んでいたわけではない。

「私は、中宮さまにも幸いになっていただきとう存じます！」

一息に言ってしまった後で、常盤は全身の力が抜けていくのを感じた。

そして、その瞬間、やっと分かった。

自分はこの一言を言いたかったのだ、と――。この一言を言うために、雑仕女の求めに応じ、呈子のそば近くに仕え続け、御所を立ち去ろうという今、呈子に会うことを願って庭から離れられないでいたのだ。

「私は幸いですよ」

呈子は躊躇《ためら》うことなく、そう言い切ってみせた。

「女に生まれ、后となる以上の幸いがあるでしょうか。それも、美貌で名高い皇后（多子）のような女人ならともかく、平凡なこの私が后となれたのですから」

「中宮さまは……お美しゅうございまする」

そう言った瞬間、なぜか涙があふれ出てきた。

「初めてお顔を拝した時から、この常盤には中宮さまが誰よりも美しゅう見えまする」

呈子は常盤の頰を伝う涙の跡を、じっと見つめていた。その双眸《そうぼう》には、嬉しさも嫌悪も浮かばなかった。

「かたじけない、常盤」

呈子は静かな声で言った。そして、音も立てずに踵を返した。

その時初めて、常盤の目がその日の中宮の装束に留まった。表が白で裏が蘇芳《すおう》という、この季節にふさわしい「白菊襲《しらぎくのかさね》」である。白の絹に濃い紅色の蘇芳が映えて、その部分だけは薄紅色に染まって見えた。

（まるで酔芙蓉の花のような……）

もしも今の呈子の姿を、隆季という公達が見ていたならば何と言うであろう、と常盤は思った。

呈子の寂しさは少しも和らいでいない。あの数年前の夜からずっと――。

（私が幸いになって御覧に入れれば――）

あなたさまも幸いになろうと思ってくださいますか――常盤はこの時、次第に遠のいていく薄紅色の小さな背中に、声もなく問いかけ続けた。

三

その日から三年の歳月を経た八月十五日、常盤がひそかに向かった法性寺《ほっしょうじ》では、中宮呈子の剃髪の儀が滞りなく執り行われた。

肩の辺りで切りそろえられた尼削《あまそ》ぎの髪に、墨染めの衣。

かつて宮中で過ごしていた頃の華やぎとは、比べものにならぬ姿である。そばに仕える女房たちが忍び泣きを漏らす中、呈子一人は涙などとは縁もなく、ひどく落ち着き払っていた。

（どういうわけか、私はこの方が落ち着く）

そう思えてならなかった。

「今宵は、仙洞（院御所）へおいでなさい。先帝を偲んで、共に月を眺めましょうぞ」

養母であり、義母でもあった美福門院得子からの言葉を受け、呈子は仙洞へと牛車を向けた。法

性寺を出たところで、供をしていた者から、

「門のところに置かれておりました」

呈子のもとへ届けられたものがある。それを見るなり、呈子の顔色はたちまち変わった。

「この花は見たことがございますな」

牛車に相乗りしていた女房が、思い出したように呟いている。

「確か、宮中の庭にも咲いていたはず」

手渡されたのは、ほんのりと薄紅色に色づいた酔芙蓉の花――。それは、二輪あった。

一人の者が二輪とも置いていったのか、それとも、別の者が一輪ずつ置いていったのか。

その答えはすぐに分かった。

切り口が違う。一輪は鋏《はさみ》で切り取ったと思われるが、もう一輪は鋭い刀のようなものですぱっと斜めに切り落とした切り口をしていた。

(この花は、あの人たちが――)

呈子は二輪とも墨染めの袖で包み込み、抱き締めるようにした。

念のため、付近に人がいないか、供人に確かめさせたが、誰も見当たらないという。呈子はあえて探させようとはせず、そのまま牛車を仙洞へと進ませた。

(あの日も、ちょうど中秋だった……)

酔芙蓉の花に目を向けながら、呈子は思いを馳せた。

数えてみれば、かろうじて両手で数えられるだけの年を重ねたことになる。あの日は果てしなく遠い。

初めて得子に会った日のこと。その前夜、呈子は初恋の人と結ばれる心づもりであった。しかし、その男が訪ねてくることはなく、呈子はかつて知らぬ絶望を胸に、得子のもとへ向かったのだ。そこで聞かされたのは、美しい隆季の将来に待ち受けるであろう過酷な宿世——。

（私はただ、あの方が幸いであることだけを祈った……）

それ以外の夢はすべて捨てた。愛しい人と結ばれる夢も、己自身の幸いを願う心もすべて——。

（私は、あの方がその美しさゆえに不幸にならないでいてくださるなら、それだけでいい）

得子には当時、隆季を守りたいのならそれだけの力をつけよ——と言われた。

そして、後押しするかのごとく、呈子を中宮の座に就かせてくれた。やりようによっては、力をつけることもできたのかもしれない。だが、自分がそのようなことのできる女でないことは、初めから分かっていた。

（だから、私は祈り続けた……。ただ、それしかあの方のためにして差し上げられることはなかったから）

やがて、呈子は美しい少女に出会った。性別も立場もまったく違うが、ずば抜けた美貌という点で、少女は隆季と同じだった。だから、つと不安に思ってしまったのだ。

生まれついた美貌ゆえに、懸命に仕えてくれる少女が不幸になるのではないか、と。

そうならないでほしいと願わずにいられなかった。

（この花を届けてくれたのですね、隆季殿。そして、常盤よ）

呈子は胸に抱く愛らしい花に、それぞれの人の面影を見出していた。

（私が今、御仏に願い奉ることは——）

先帝が成仏なさること。隆季が——そして、常盤がその美しさゆえに不幸にならないこと。そして——。

（もしも、隆季殿の御身に降りかかる不幸を避けられぬのであれば、その宿業を我が身が代わって受けられますように）

呈子は酔芙蓉の花を抱えたまま、そっと両手を合わせていた。

その胸の中で、酔芙蓉の花は恥じらうようにそっと震えた。

呈子を乗せたと思われる牛車が出ていってからも、隆季は法性寺の門前から少し離れた築地《ついじ》に身を寄せたまま、動き出すことができなかった。

呈子が出家すると聞き、居ても立ってもいられなくなり、気づいた時には法性寺の近くまで馬で来ていた。酔芙蓉の切り花を持って来てしまったのも、自覚があってのことではない。気づいた時には、花が手に収まっていたのである。

そんな真似をする者が、自分の他にいたとは驚きだった。

まだ若い、とはいえ人妻らしい落ち着きを備えた、目立って美しい女であった。初めは分からなかったが、門前でやけに躊躇するその様子を見ているうち、かつて仙洞御所で出会った美しい少女の面影がよみがえった。

一緒にいた清盛が名を尋ねていた少女だ。

常盤——隆季自身も一緒に耳にしていたが、その後は忘れてしまっていた。それをはっきりと思い出したのは、常盤が呈子の雑仕女に選ばれた時である。その後の消息は知らなかったが、どうやらすでに呈子の雑仕女は辞めていたようだ。それでも、どこかで呈子の出家の話を聞き、矢も楯もたまらず、ここへ馳せつけたのだろう。

　呈子に寄せるその忠心を、悪く思えるはずがない。

　ただ、声はかけなかった。

　常盤が酔芙蓉の花を置き、その前で両手を合わせ、やがて名残惜しげに去っていくのを待ち受け、隆季は自分の持ってきた花を、常盤のそれに寄せて置いた。

　しかし、常盤のように祈りを捧げて去っていくことはできなかった。足が地面に張り付いてしまったように、どうしても動かないのだ。

（あの方はご夫君を亡くされた……）

　だからといって、隆季のものにできるような女人ではない。

　とはいえ、天よりも遠かったその人は、ようやく地上に降りてきてくれた——そう思い描くのをどうしても止められなかった。ただし、出家してしまえば、彼女は再び隆季の手の届かぬところへ行ってしまう。

（あの方を奪うのなら今しかない。あの方が御髪を下ろすその前に——）

　許されることではない。すべてを捨てる覚悟を強いられるだろう。妻も息子も、やっと手にした末茂流当主の座も、清盛と交わした盟《ちかい》もすべて——。魔に魅入られたような惑いに心が翻弄される。その時、

　——情緒に流されるな。

　突然、亡き父の厳しい声が耳を打った。

情緒に流されていいのは、高みに昇り詰めた時のみ。心に強くそう誓い、苦しみに耐えてきたのではないか。その日々を容易く忘れ去ることができるというのか。

——高みに昇れ、隆季。隆房を守りたいのならばな。

父の声が再び聞こえてきた。その途端、息子の名が隆季の身を縛りつける。

父を失った息子がどんな辛酸を嘗《な》めさせられるか。それを考えただけで、心が凍りついた。

伯叔父である忠雅や信頼も、息子を婿にすると言ってくれた清盛も、隆季が后を奪うという大罪を犯せば、我が子を守ってくれるとは思えない。

隆季は小さく首を横に振った。惑いを抑えつけ、ひたすら耐える苦行の時はどれほど続いたのか。呈子の牛車が門を出てきたのを見た時、それは終わりを告げた。

すでに、牛車の中にいるのは、尼となった呈子である。彼女を連れてどこかへ逃げるなどという夢想はもはや叶わぬものなのだ。自分にそう言い聞かせた。

そのまま行き過ぎてしまうと思ったが、牛車はいったん停まった。牛車の中と外の従者との間で、何らかのやり取りが交わされているようであったが、身を潜めていた隆季の位置からは見えなかった。

何があったのか気づいたのは、牛車が再び動き出し、行き過ぎてしまってからのことである。

（あの方が酔芙蓉の花を——）

そう思った途端、金縛りが解けたように、体を動かすことができた。地面に張り付いていたような足も動く。

心も体もひどく疲れていた。特に、心はあまりに多くの声に翻弄され、自分でも何を望んでいるのか、分からなくなりかけていた。

「失礼いたします」

不意に近くから声をかけられ、隆季は驚いた。牛車に目を奪われていて気づかなかったが、どこかの邸で召し使われている下働きのような男が、いつの間にやら近くにいる。

「何だ」

「法性寺さま（藤原忠通）のもとへ来られたお客さまでしょうか」

隆季の身なりから、身分のある男と見込んで声をかけてきたらしい。違うと言えば、どんな疑いをかけられるか分からなかったため、

「まあ、そのようなものだが……」

隆季はあいまいな物言いでごまかした。

「では、これを法性寺さまにお渡しくだせえまし」

男はそう言って、手にしていた紙を隆季の前に差し出した。

「関白殿下に奉れ、だと！　そなたは字が書けるのか」

驚いて問うと、男はとんでもないという様子で、手を大袈裟に横に振った。

「わしはあるお方から、頼まれただけでございます。その方はお顔も隠しておられましたし、お名前も存じません。ただ、銭を頂戴しましたんで」

男はそう言うと、隆季に紙を押し付けるようにし、用は済んだとばかり足早に歩き出す。

「おい、待て！」

隆季は呼び止めたが、男は立ち止まるそぶりも見せず去っていった。隆季の手には、折り畳まれ

た紙だけが残っている。ただの悪戯にすぎぬものを関白に渡すわけにもいかないだろう。隆季は紙を開き、中身を読み始めた。

意外なことに、読みやすい達筆でしたためられている。それなりに教養のある者が書いたかと思われるような文字。だが、それを読み進めていくうち、隆季の顔は凍りついた。

(左府が先帝を呪詛《じゅそ》して、死に至らしめた、だと?)

しかも、愛宕山《あたご》で先帝の形代《かたしろ》の両眼に、釘を打ち込んだという、やけに現実味を持った書きぶりであった。あたかも、そこで証拠を探せば見つかるぞとでもいうかのような——。

(これは、関白殿下への密告ではないか)

左大臣藤原頼長が近衛天皇を呪詛して殺した——それが事実ならば大逆罪だ。

だが、それは誰がどう考えたところで、事実とかけ離れていることが明らかな話であった。

(左府は呪詛などを行う人ではない)

むしろ、そうしたところからは最も遠い、公正さの極みを行こうとするような人格者だ。

にもかかわらず、これを書いた人物は、頼長の兄で敵対している忠通に密告しようとした。忠通ならば、この密告を取り上げると踏んでのことであろう。

この罪で頼長を裁くのは無理にしても、そうしたことが宮中で語られただけで、立場は悪くなるものだ。そして、新帝後白河天皇の体制がまだ整っていない今、それが頼長の足を引っ張るのは明らかだった。

(いや、関白殿下でなくとも、これをお取り上げになる方はおられる)

鳥羽院、そして、美福門院もまた——。

もとより美福門院は忠通と手を組んでいる。当初は中立だった鳥羽院とて、頼長の従者による中御門邸襲撃以来、頼長への信頼を捨て去っていた。二人とも、頼長の力を削ぎ、後白河天皇から守仁親王へ渡るはずの皇権を守らねばならないのだ。

（私がこれを、このお三方のどなたかに渡せば、左府は窮地に立たされる）

自分はどうしたいのだろうか。

かつて隆季を抱きながら、近衛中将の職を与えてくれなかった頼長。父家成の中御門邸を従者たちに蹂躙させた頼長。その一方で、隆季が最初の妻を亡くした時、弔問に来てくれた頼長。

さまざまな過去の姿が胸をよぎっていく。

――情緒に流されるな。

亡き父の声が聞こえた。

自分がどうしたいのか、ではない。末茂流のため、どうしなければならないのか、それが重要なのだ。

それを考えよ、そして答えを出せ。亡き父の声は続けてそう命じた。

四

それから数日の間、隆季は密告の書を手もとに置いたまま、行動を起こさなかった。

密告の書を握りつぶしてはならない。そして、鳥羽院、美福門院、忠通のうち、それを誰に手渡せばよいかもはっきり分かっていた。

美福門院――より他にはいない。末茂流の血を引き、亡き父家成がお慕いし、共に苦渋を耐え忍んできた美福門院より他には――。

鳥羽院はいざとなれば、治天の君としての自覚を取り戻し、摂関家の内紛には中立で臨むかもしれない。そして、忠通はいくら敵対しているにせよ、実の弟を大逆罪で密告することに恐れを為すかもしれない。

（美福門院さまだけは違う）

躊躇する理由のない美福門院は必ずや、この密告書を取り上げ、鳥羽院の耳に入れ、呪詛が行われたという愛宕山へ役人を派遣するだろう。おそらくそこには呪詛の痕跡がすでに用意されているはずだ。

（しかし、この私にそれができるのか）

末茂流のために、それをしなければならないことは分かる。力を持たぬがゆえに、失ってきたものを思い返してみるがいい。もしも自分に頼長や鳥羽院のような力があれば、どうして呈子をあきらめる必要があった？　自分は呈子を妻に迎え、まぎれもなく幸いを手に入れていただろう。

いや、自分のことはいい。上つ方の権力の道具にさせられた呈子の身を思え――と、隆季の中で怒りの声が暴発する。

后となり、国母となり、美福門院のような名誉と地位を手に入れたのならば、まだしもあきらめがつく。しかし、呈子は年若い夫に先立たれ、あまつさえ二十代半ばの若さで髪を下ろしてしまったではないか。

（私にただ一つ、あの方にふさわしいだけの力があれば――）

すべては力がないゆえの悲嘆なのだ。それを乗り越えるためには、力を手に入れるしかない。

――情緒に流されるな。

非情になれ――と父は言う。そうしなければならないことも分かっているというのに、なりきるためにはもう一つ、何かが足りなかった。

この密告書を朝廷にもたらせば、世間の隆季に対するものの見方は変わるだろう。世間は皆、かつての頼長と隆季の関わりを知っており、その隆季が鳥羽院の寵を得ていることを知っている。

（人は私を忌まわしい者のように見るかもしれぬ）

力を得るために、権力者の閨へ侍るだけではなく、その相手を平気で敵へ売り渡す男。そう思われるのではないか。その時の自分は一体、どんな顔をしているのか。

――あれは、災いを呼ぶ凶相だ。

つと、後白河天皇の声がよみがえった。

（私は……まこと、凶相の持ち主なのか）

背筋に震えが走っていった。矢も楯もたまらぬ気持ちに駆られ、隆季は居室の棚に置かれている手鏡を取り、顔をのぞき込んだ。

外は昼の明るさだが、室内は薄暗く、鏡の像もどことなく薄ぼんやり濁って見える。そこに映る己の顔は蒼白く、暗く沈んだ目の色はありとあらゆる幸いから見放されたようで、我ながら不吉なものに見えなくもない。

凶相――と言った後白河天皇の言葉は、的を射ているのかもしれない。そう思えた。

（そうだとしたら、あの方が不幸に見舞われたのも、私に関わったせいだというのか！）

それだけは、他の何よりも耐えがたい。

「うわぁ!」

身内から込み上げてくる恐怖、己自身への忌まわしさが喉を衝いて外へ飛び出してきた。

自分でもわけが分からぬまま、隆季は鏡を手にしたまま、庭へ続く戸を開け放った。外の日の光が射し込んできて、室内の薄暗さが一掃されていく。明るい光の中で、もう一度、自分の顔をのぞき込んだ。手が震えている。恐怖が躊躇を覚えさせる。

その時。

——あの時、見せてくださった笑顔が、私にはとても嬉しかったのですもの。

懐かしい少女の声が唐突によみがえった。それは、光あふれる空から降り注がれるように明るさに満ちた声であった。そう言ってくれた少女に、隆季は生まれて初めて恋をしたのだ。

「ああ、姫……」

隆季は恐るおそる鏡の中をのぞき込んだ。

そこに映っているのは、今にも泣き出しそうにゆがんだ男の顔。整った顔立ちが台無しの、それでも、人としての情緒にあふれた顔であった。心がほどけていきかけたその時、

——情緒に流されるな。

胸の中で父の声が鳴り響いた。それは、隆季の温もりかけた心を急速に冷やしていった。

その顔ではない、と父はさらに言う。そんな顔で美福門院さまに会おうというのか、と——。

(では、どんな顔でお会いせよとおっしゃるのです)

隆季は父に問い返した。父の返事は聞こえてこない。そんなことは尋ねるまでもなく分かってい

るだろう、とでもいうかのように――。

――余の蘭陵王は、心を読ませぬ冷たき面を被っておる。余の前では、いつもその面を被っているがよい。

代わりに聞こえてきたのは、鳥羽院の声。

そう、答えはとうに分かっていたはずだ。この心を読ませぬ冷たい面を被り続ければいい。ただ、それだけの話だ。

改めて鏡の中をのぞき込むと、そこに映っているのは無表情の、整った男の顔であった。何を考えているか分からない――そう言われても不思議はない、感情を読み取らせぬ面のような顔であった。

(これでいい)

隆季はそっと目を閉じ、自分に言い聞かせた。自分はこの面を脱ぐことなく、世を渡っていけばいいのだ。

ふと目を開けると、庭の景色が今日初めて視界に入ってきた。

酔芙蓉が薄紅色の花をつけている。

――余の酔芙蓉。

かつて頼長は隆季にそう言った。その声と同時に、頼長の従者によって蹂躙された中御門邸の酔芙蓉の花の惨状がよみがえった。

(私はあなたの――あなた方のものではない!)

頼長の酔芙蓉でも、鳥羽院の蘭陵王でも――。

隆季は手にしていた鏡を振り上げると、庭に据えられた大石に向かって力任せに叩きつけた。

鈍い音を立てて、鏡は大石にぶつかり、それから地面に落ちた。罅《ひび》の入った鏡面を天にさらしている。

(私はもう二度と、面は脱がぬ。己自身が高みへ昇るその時までは――)

情緒に胸を揺さぶられる時は終わった。

隆季は鏡を拾いもせず、居室の中へ戻り、戸を閉めた。


隆季が美福門院のもとを訪ね、頼長の呪詛を記した密告の書を差し出したのは、その翌日のことである。

御簾を通してであったので、美福門院の顔は見えなかったが、書に目を通した時の緊張した気配は外にも伝わってきた。

「何ということ……」

震える女の声が聞こえてくる。その声は次第に嗚咽《おえつ》となっていった。

「お気を確かにお持ちくださいい、女院さま」

隆季の言葉には、しばらく嗚咽が返ってきただけであったが、ややあってから、

「そなたは、この書の中身を知っておるのか」

涙をこらえるようにして、美福門院が尋ねた。

「はい。お目に触れます前に、確かめる必要を感じましたゆえ」

淡々と述べる隆季に、美福門院はかすかにうなずいたようであった。

「真偽を確かめ、本院のお耳にも入れるべきかと存じますが……」

「そうじゃな。先帝にまつわることゆえ、おろそかにはできぬ」

たちどころに返事があった。御簾の内からはもう嗚咽は聞こえなかった。

「隆季殿」

ふと気づいたという調子で、美福門院が言い出した。

「そなた、少し変わったか」

「さようでございますか」

隆季はさらりと受け流した。

「さて、どこがどう変わったと申すこともできぬが……」

「私も父を亡くしましたゆえ、あれこれと思うことはございます」

「そうじゃな。中御門中納言はもういない」

美福門院の声の調子が少し変わった。息子を亡くした母親のものでも、権力を守ろうとする国母のものでもない。

（もしや、美福門院さまも父上を——？）

父が美福門院を慕っていたことは、自身の口から聞いたが、美福門院の気持ちは聞かなかった。

幼なじみとしての親しさはあったろうが、それ以上のものがあったのかどうか。だが、それは確かめたところで、どうなるものでもなく、今の隆季に必要なものでもない。

「これからは、亡き父の代わりに、この隆季を召し使ってくださいませ」

と言って、隆季は頭を下げた。

「美福門院さまをお守りいたします」

「さようか。それは心強いこと」

美福門院は当たり前のように隆季の言葉を受け取ったが、続けて声の調子を変えた。

「そなたには……他に守りたい人もいたであろう。中宮があぁも早う出家を急ぐとはな」

どういう心づもりなのか、美福門院はそんなことを言った。

この言葉から分かるのは、隆季の呈子への想いを、美福門院が知っていたということだ。おそらくは父家成と共に、二人の仲を引き裂く役目を買って出たに違いない。

だが、それもうどうでもよいことだった。

「美福門院さま」

隆季は冷えた声で言った。

「その方のお話だけは、私の前でなさらぬよう伏してお願いいたします。さすれば、私は美福門院さまのためにいかなることでもいたす所存にございます」

「承知した」

美福門院は情緒を振り捨てた声で言った。

「さすれば、一つ。そなたに頼みがある」

「はい」

隆季は平伏して美福門院の言葉を待つ。

「本院の御ため、主上（後白河）の御ため、一人の男を動かしてもらいたい」

「くわしい話をお伺いいたしましょう」

隆季は顔を上げ、淡々とした声で告げた。

七の章　鶴声

一

近衛天皇の崩御、後白河天皇の即位から、一年足らずの時が過ぎた。

保元《ほうげん》元（一一五六）年の六月下旬のある晩、隆季はかつての夜のように、六波羅にある清盛の邸、泉殿を訪ねた。

「外でお聞きしよう」

清盛はこの日も中へ勧めることはなく、自ら庭の方へ歩き出した。見覚えのある泉と、そこから流れ落ちる小さな滝が、やがて目の前に現れた。建物の近くで焚かれている篝火《かがりび》のかすかな明かりを頼りにするしかないが、足もとがおぼつかぬほど暗いわけではない。下旬のことなので、空に月はまだ昇っていなかった。

「ようやく、夏の泉殿を御覧になっていただくことができた」

清盛は辺りに人のいないことを確かめてから言った。

確かに、泉殿の醍醐味は、夏にこの涼しげな水の風情を味わうことなのだが、生憎、今はそのような時ではない。それでも、絶えず耳に入ってくる水しぶきの音に意識を向けると、全身にふわっと涼しげな風が吹きつけた気がした。

混乱の中で始まった後白河天皇の御世は、いまだ安泰ではない。最大の後ろ盾である治天の君、鳥羽院がこのところ病牀に臥していたからである。もはや快癒の見込みはなく、崩御後のことが取り沙汰されるようになっていた。その時、後白河天皇の政権に真っ向から歯向かってくるのは、我が子重仁親王を即位させられず、治天の君になり損ねた兄の崇徳院である。そして、近衛天皇を呪詛したという風聞によって鳥羽院の信頼を完全に失い、関白になり損ねた左大臣頼長もまた——。

両者が手を組み、後白河天皇側と対決すれば、それは国を二分する争いに至りかねない。

そうした言わずもがなのことは一切口にせず、

「清盛殿の去就について、お尋ねしてもよろしいか」

開口一番、隆季は訊いた。

いざという時、後白河天皇につくのか、崇徳院につくのか、回答を迫ったのである。

清盛を劉邦のごとくなる男と見込み、その張良になると約束を交わしてから、五年。清盛は四十路《よそじ》に一つ足りぬ齢となり、隆季は三十路となった。互いにそれぞれの家と一族を率いる立場になった今こそ、地に沈んでいた龍を天に昇らせなければならない。

それが、今この時だった。

「腹案はあります。されど、その前に貴殿のご意見をお聞かせいただきたい」

清盛は落ち着いた口ぶりで言った。

張良は劉邦の知恵袋である。その意見を聞くのがまず先だというのであろう。

隆季は逆らわずにうなずいた。

「主上（後白河）についていただきたい」

「かしこまった」

間髪を容れずに清盛は応じた。いささかの迷いもなく、隆季の言葉をそのまま聞き容れるという。理由すら聞かずに承知されると、隆季の方が戸惑ってしまった。

「清盛殿の義母上《ははうえ》（忠盛の正妻宗子《むねこ》）は重仁親王さまの御乳母《おんめのと》であられたはずだが……」

最大の懸念であったこと——美福門院が何より気にかけていたことを、隆季の方から尋ねると、

「義母上はすでに承知しておられます」と、清盛は落ち着いた口ぶりで答えた。

「本院（鳥羽院）のもとへ参りましょう」

貴殿が取り次いでくださるのだろう——と、決まったことのように言う清盛に、隆季はゆっくりと首を横に振った。

「本院のもとへ参上するのはやめた方がよいでしょう」

この発言に対してだけは、それまで余裕を持って話していた清盛の表情が変わった。

「何ゆえです！」

清盛は目を剝いて、隆季を見返した。

「私はあなたを高く売りたい」

隆季はまっすぐ清盛を見据えながら告げた。それから、清盛の耳もとに口を寄せると、

「駆けつけるのは本院ご崩御の後です」

低い声で一気に続ける。清盛が息を呑む気配が伝わってきた。

「それまでは去就を決めかねているふうを繕《つくろ》ってください。私があなたを説得しに六波羅へ参ります」

「なるほど、私は隆季殿の説得に応じて兵を動かす。そうして隆季殿の値打ちを吊り上げるというわけですな」

清盛はようやく余裕を取り戻したのか、にやりと笑ってみせた。

隆季は無言でうなずき返した。


それから間もない七月二日、仙洞御所にて鳥羽院の危篤が触れられた。

事によれば、鳥羽院崩御をきっかけに、後白河天皇側と崇徳院側の対立は、一気に武力衝突へ発展するのではないかとさえ見られている。

その折も折、崇徳院が鳥羽院のもとへ見舞いにやってきた。

表向きは確かに父と子である。しかし、崇徳院のことを我が子でないと口にする鳥羽院は、その血筋が皇位に就くことを決して許容しなかった。崇徳院はどれほど鳥羽院を恨んでおられることか——それが朝廷の人々の常識とされる考え方である。それを覆しかねない崇徳院の行動に、朝廷は混乱した。

「新院（崇徳院）は本院をお恨みではないのか」

「もしや、新院のお胤が白河院というのも、ただのお噂に過ぎなかったのでは……？」

そもそも、崇徳院の血筋が皇位継承から外された理由はこれに尽きると思われている。

もし、崇徳院が治天の君鳥羽院の正統な第一皇子であるならば、何の問題もないのだ。この揺さぶりは、下手をすると、後白河天皇側にとって致命傷になりかねないものであった。

だが、最期の対面は叶わなかった。崇徳院が駆けつけた時、鳥羽院はすでに崩御していたためである。

「ならば、せめて御亡骸《おんなきがら》にだけでもご挨拶したい」

鳥羽院近臣として応対をしていた隆季に、崇徳院はそう要求した。それを聞き、いったん控えの間へ下がると、信西《しんぜい》入道が待ち構えていた。

信西は出家者とはいえ、鳥羽院の近臣として名を知られるようになったが、後白河天皇が即位してからはその乳母夫《めのと》としても知られている。これまでは治天の君たる鳥羽院のそばに侍っていたが、その崩御後は後白河天皇にぴたりと張り付き、権力を維持する心づもりであるのは誰の目にも明らかだった。

「新院は何と仰せでいらっしゃった？」

小男の信西が身を乗り出すようにして問う。隆季が崇徳院の言葉を伝えると、

「御亡骸へのご対面も、あってはならぬことじゃ！」

信西は即座に激しい声で言った。自分が大声を出したことに気づくと、

「いや、申し訳ない」

隆季に対して詫びの言葉を口にした。その言葉は聞き流し、

「では、今のお言葉を近臣総意に基づくものとして、新院にはお帰りいただいてかまいませんな」

隆季が言うと、信西はじっと隆季の顔を見つめ返してきた。理由も問わず、他の者の意見を聞きもせず、信西の独断を近臣の総意として実行しようとする隆季を値踏みしようとするかのように。

隆季は無表情を崩さず平然としていた。ややあって、

「そうしていただければありがたく存じます」

今度は落ち着いた丁寧な口ぶりで、信西は言った。さらに、

「お一人でかまいませんか」

と、隆季に問うた。崇徳院を追い払うのに、必要ならば別の近臣もつけようという親切心からのようだが、「かまいませぬ」とだけ、隆季は答えた。そして、崇徳院のもとへ戻り、信西の意向を言葉遣いだけ変えて伝えた。

「御亡骸へのご対面もならぬと――? よもや父院さまがご崩御の前に、さようなことを言い置いていたとは思えぬ。父院さまの近臣たちは、そろいもそろって情けの心を知らぬようじゃ」

痛烈な嫌みを言われたが、隆季は顔色を変えず、ただ平伏し続けた。

崇徳院もそれきり無言となり、隆季に睨むような眼差しを据えていたが、最後になってあきらめたのは崇徳院の方であった。

「貴き御身をお運びいただきましたのに、ご叡慮にかなわず、おそれ多いことでございました」

淡々と述べる隆季に、もはや言葉はかけず、崇徳院は去っていった。

(あなたさまは情緒に流されて、お父上のもとへやってこられた。その時点で、あなたさまの負けでございます)

これから戦が始まろうかという時になってもなお、肉親の情にとらわれたその考え方こそがまったくもって甘い。中流の出自に翻弄されてきた隆季にはそれが分かるし、隆季以上に卑しい出自の信西にもそれが分かる。

（ですが、一天万乗《いってんばんじょう》の君とお生まれになられたあなたさまは、情緒に流されずに生きる人生など、思いも及ばぬことなのでございましょう）

おそらくは、高貴な出自の頼長にも分かるまいと思う。

だが、もう一人、それの分からぬ者がいた。それも、思いがけないほど、隆季の身近なところに。

崇徳院があきらめて帰っていった後、それを聞きつけたらしい後白河天皇のもとから、仙洞御所へ事情を問う使者が遣わされてきた。これが、今や新帝の側近となった信頼だった。

天皇からの使者だというので、その場にいた誰よりも年輩で、事実上、近臣たちを取りまとめている信西が応対した。

「それで、新院をお帰し申し上げたというのですか」

一通りの事情を聞き終えた信頼は、声を高くして信西に訊き返した。

「そうですが、それが何か」

物分かりの悪い教え子にいらいらするような口ぶりで、信西が言い返す。

「そこまでする必要があったのですか。新院はただお見舞いに来られただけでしょう。しかも、御亡骸にご対面なさりたいというお気持ちを踏みにじるなど、情け知らずにもほどがある。ご対面なさったら、何が起きたというのですか」

「それが、あなたさまにはお分かりにならない、と？」

信西はじろりと信頼を見つめ返して問うた。

「分からぬから訊いているのです」

「ならば、このままお帰りください。お分かりのことだけ主上に奏上すればよい」

「それで、主上が納得されるとおっしゃるのか」

「納得されると思いますが」

信西はさらりと言い返し、信頼はかっと頭に血を上らせたようであった。

「信頼殿」

隆季はその時、二人の間へ割って入り、信頼の袖を引いた。

「あとは私から」

信西に目で合図をして言い、信頼を別室へ連れていく。

「今は非常の時だ。新院の行動にはどれだけ注意してもしすぎることはない。些細なことであっても、予定にないことを許すわけにはいかないのだ」

「ですが、新院は貴いお方。今は対立なさっていようとも、主上の実の兄君なのですぞ」

何があろうと、兄弟の情に変わることはないのだ——という考え方にはその甘さが透けて見える。

信頼は隆季と同じ中流の出だ。そこからさらなる飛躍を望んで、即位前の後白河天皇の男色相手を務めていたことも、隆季は知っている。だが、同じことをしても、根本のところが隆季とは正反対だった。

信頼のそれに後ろ暗いところは何一つなく、後白河天皇へ捧げるものは己の野心と結びついた忠誠心のみ。相手に対する疑心など、抱いたこともないのではないか。

そんな信頼は、隆季と異なり、己の情緒に従って生きることが許されている。

「信頼殿」

隆季は義弟の肩に手を置き、そのつぶらで純粋な目を見据えて言った。

「新院が本院の——これはもちろん御亡骸であっても同じことだが——その御前で涙を零《こぼ》された り、謝罪のお言葉などをお口にされれば、こちらの士気に響く」

新院がそれを見越して、そういうふりをなさることとて、ないわけではないのだ——そう説く と、信頼はしゅんと沈んだ表情になった。

「……分かりました」

そのお言葉をそのまま主上にお伝えいたします——と、信頼は言う。だが、しおらしくしていた のはそこまでで、

「どうして、あの男は隆季殿のように話してくださらないのか」

と、唾を飛ばしかねない勢いで、信西への怒りをぶちまけた。

「人を馬鹿にして!」

「頭のよすぎる人にはありがちなことだ。あまり気にしない方がいい」

隆季がなだめるように言うと、信頼はふと顔から怒りを消し去って、まじまじと隆季の顔を見つ めた。

「隆季殿は頭がいいが、自分より愚かな人を馬鹿にすることはないのですね」

そう言って、幼い子供が親に甘えるような目を向ける。童顔ゆえに、余計にそう見えてしまうの かもしれないが、ふと息子の顔が重なって見えた。

「さあ、どうだろう。考えたこともないが……」

「いいえ、隆季殿は優しい方です」

そんなふうに言われたのは初めてのことだった。まっすぐに見つめてくる信頼の目が何やらまぶしい。

「あなたが姉上の婿となって間もない頃、私はあなたを冷たい人だと思っていた」

私は愚かだった——と、隆季から目をそらし、独り言のように信頼は言った。

そして、後白河天皇のもとへ戻っていった。

二

鳥羽院崩御から時を置かず、後白河天皇は左大臣頼長が所有していた摂関家公邸、東三条殿《とうさんじょうどの》へ兵を送り、邸を奪い取った。これにより頼長は天皇方から謀反人として扱われたこととなり、罪を認めて罰を受けるか、挙兵するか、に追い込まれた。

宇治の隠居所にいた頼長は、崇徳院の居所である白河北殿《しらかわきたどの》へ向かったという。その知らせが入った頃には、後白河天皇は東三条殿へ行幸《ぎょうこう》していた。

仙洞御所にいた鳥羽院近臣たち——隆季や信西たちもそこを出て、天皇のいる東三条殿へ移った。他にも、鳥羽院が生前声をかけた、もしくは遺言として指名した武士たちが続々と東三条殿に集まってくる。この中に、平清盛の姿はなかった。

事実上の国母である美福門院は、後白河天皇の御前における議定の席で口を開いた。

「故院（鳥羽院）は清盛をお召しになりたいと思し召していらっしゃいましたが、あの者の家は重仁との縁が深いゆえ、あえてご指名からは外されたのです」

この言葉はそのまま、鳥羽院の意向を示すものであった。同時に、この問題に対し解決策を持ち出せる臣下がいないか、問いただすものでもあった。

「女院さまに申し上げます」

おもむろに口を開いたのは、隆季だった。

「清盛殿の説得、この隆季めにお任せください。必ずや帝の御前にお迎えして御覧に入れましょう」

御簾《みす》の奥の美福門院はわずかな沈黙の後、

「そなたに任せよう」

と、言った。

「一刻を争う。ただちに参るがよい」

「かしこまりました。では――」

美福門院の命令に応えて立ち上がった隆季の姿を、その場に控えていた公卿、殿上人らの面々が見上げるようにした。誰もが見慣れた美しい顔に変わりはなかったはずだ。

しかし、人々の目は、初めて隆季を目にしたかのように、あっと驚いたような色を浮かべていた。


隆季を見る人々の目がさらに変わったのは、それから時を置かず、鎧《よろい》姿の清盛を伴って隆季が東三条殿に帰ってきた時であった。

鎧姿であることから遠慮して、建物の中へ入らず庭先に膝をつく清盛の傍らに、隆季もまた同様にして膝をついた。庭先に控えるのは、身分が低いことの現れ。だが、清盛の表情に卑屈なところはまったくない。むしろ力をみなぎらせて高揚しているようにも見える。

隆季はただ、ここでいつもの顔をさらすことが、己の務めと心得ていた。何を考えているのかよく分からない、と人の言ういつもの顔を。それがこれまでと違って、分からないがゆえの空恐ろしさを覚えさせることは、人々の表情を見ていれば分かる。

「主上の楯となり、その身をお守りいたすように」

清盛に対する美福門院の言葉が伝えられ、

「かしこまりましてございます」

清盛が平伏して応じた。

その後、清盛と隆季が共に立ち上がった。庭に焚かれた篝火に映し出されたその姿に、誰からともなく「おお」という声が上がる。

一方は雄々しく、一方は不気味なまでに美しい。合戦を控えた高揚の中、落ち着かぬざわめきはいつまでも残っていた。

その後、東三条殿では後白河天皇に従う武士たちを交えて、軍議の場が設けられた。主だった公家たちもその場に参じていたが、これまで平安京で戦の起こった例《ためし》はなく、意見を求められたのは武士たちである。

清盛の態度に隆季が注目していたのは当然だが、もう一人、意識を払っていたのが信頼の配下で、あの常盤の夫でもある源義朝であった。

「坂東では夜討ちを仕掛けるのが常套《じょうとう》です」

義朝は誰よりも早く、そう進言した。

この時、義朝の父為義や弟たちは皆、崇徳院側に従っていた。義朝はただ一人、父や弟と袂《たもと》を分かち、後白河天皇方に参戦したのである。

為義と義朝の父子の対立も根深いものがあり、義朝は父が期待をかけていた弟の義賢《よしかた》を一年前、自らの指示により坂東で殺した。自身は都にいたので、義朝が直《じか》に手を下したわけではないが、坂東にいる息子に戦を仕掛けさせたのである。武蔵国で行われた「大蔵《おおくら》合戦」と呼ばれるこの戦で用いた戦法も、夜討ちであったという。

「義朝殿の意見に従うべきであると考えます」

公家の中で義朝に賛同を示したのは、武蔵守である信頼だった。

「よろしいでしょう」

最後には、後白河天皇の意向という形で、信西が承認を与えた。

こうして天皇方の軍勢は夜、崇徳院の御所である白河北殿へ進軍することが決まった。

清盛も源義朝や源頼政《よりまさ》らの武士たちと共に出陣する。

「あちらが夜討ちを仕掛けてこない限り、負けるはずのない戦いだが……」

隆季を前に、清盛はただ一つだけ懸念を口にした。こちら側に夜討ちを進言する者がいたように、敵側に夜討ちを進言する者がいたとしてもおかしくない。

その時、軍勢が出払ってしまった東三条殿で、後白河天皇や美福門院を守る者がいなくなってしまう。

「まず、ご懸念のようなことにはなりますまい」

隆季は落ち着いた声で言い返した。

「万一、そうなった時には、あの信頼殿が命を懸けて主上をお守りするでしょう。彼は公家ながら、武芸に通じている。美福門院さまの御身は、私が命に代えてもお守りします」

「そうですか」

清盛は逆らわずに応じた。

「それに——」

隆季は言葉を継いだ。

「私はまず十中八九、新院側の司令部は夜討ちの進言を無視すると考えます」

「何ゆえですか」

清盛が興味深そうに問うた。

「新院も左府も情緒を捨てきれぬからですよ」

隆季はそう言っただけだが、

「なるほど」

と、清盛はそれ以上の説明は求めずにうなずいた。

「情緒を捨てることが叶うのは、貴殿や信西殿、そして、おそれ多いが女院さまのようなお方というわけですな」

口もとに微笑を湛《たた》えて言う清盛に、隆季は顎を引いてうなずいた。

「手柄をお立てください」

そして、見事天へ昇ってください——その言葉は胸に飲み込む。

ただ一度の合戦でそこまでは行けぬことは、もちろん分かっている。だが、これは足掛かりだ。

清盛が龍となって天へ昇りつめるための――。

「この先のことは私にお任せくだされ」

清盛はそう言い置くなり、悠々と隆季の前から去っていった。


それは七月十一日のこと。

隆季は関白忠通や信西、信頼らと共に一晩中、まんじりともせず、後白河天皇の御前に控えていた。何が起きるか分からぬこの晩、休んでいる者などいないのだが、美福門院は女房たちと共に奥へ引き取ったようである。

「先ほどは手柄を立てたな」

隆季のそばに寄って、声をかけてきたのは忠雅であった。

もはや夜半も過ぎ、そろそろ空が白んでこようかという頃合いである。

忠雅は隆季の傍らに座り込むと、改めて低い声で話を始めた。

「皆がそなたの姿に驚いていた。そうだな、うまく言うことができないが……」

何やら威圧されたように思ったのかもしれない――と、少し寂しげな口ぶりで呟く。だが、すぐに気を取り直した様子で、

「清盛殿も何とも鮮やかな登場ぶりだった。あれでは、嫌でも人々の頭に焼き付けられる」

と、忠雅は続けた。それから「兼雅《かねまさ》の……」と、これまた唐突に息子の名を出した。

隆季の姉保子を母に生まれたこの甥は、隆季の息子と同い年である。もっとも、名門花山院家の跡継ぎと、隆季の息子では端から立場が異なり、兼雅はすでに従五位下の位に就いていた。

「婿入り先は、いよいよ清盛殿の家になるのかもしれぬ」

この忠雅の呟きには、さすがに平静を取り繕うのが難しかった。声にこそ出さなかったが、驚きを隠し切れないでいる隆季に、

「昔、清盛殿から言われたことがあるのだ。私の息子を婿に欲しい、とな」

懐かしさのこもった声で、忠雅はそう続けた。隆季は落ち着きを取り戻したものの、すぐには返事もできない。

「どうかしたか」

忠雅が怪訝《けげん》な目を向けてきた。

「いいえ、悪い話ではないと思います。兼雅にとっても」

我が子隆房にも同じ話が清盛から持ちかけられたことには触れず、隆季は答えた。

「そう思うか」

念を押すように問う忠雅に、隆季は深々とうなずき返した。

「清盛殿はこの先、力をつけるでしょう。なぜなら――」

「龍だからか」

「えっ」

すかさず忠雅の口から漏れた言葉に、この時は驚きの声を止められなかった。

「昔、そなたがそう言ったのを思い出してな」

そなたと清盛殿は――と言いかけた忠雅は、「いや、何でもない」と言葉をごまかした。それから、自分で作り出した気まずさを払拭せんとするかのように、

「二人とも、この合戦後には昇進するだろう。まず間違いない」

と、早口に言った。

「清盛殿は手柄を立てるでしょうが、私は……」

「いや、清盛殿を連れてきた手柄は無視できまい。美福門院さまのお口添えとてあるだろう」

そんな話を交わしているうち、御所を警固するために残されている武士の一人が、庭先に慌ただしく駆けつける気配がした。

庭に通じる戸は、この夜は開け放たれており、庭には篝火が数多く焚かれている。室内にいた人々は一斉に話すのをやめた。

「申し上げます！」

連絡役の武士が跪いて声を張り上げた。

「お味方、白河北殿への夜討ちに成功」

第一声の報告に、「おお」という安堵の声が口々に上がる。ただし、それに続いて、

「隣の敷地に放った火が風に煽《あお》られ、飛び火して御所は炎上。敵軍は混乱をきたした模様にございます」

という報告には、眉をひそめる者もいた。

おそれ多くも御所を焼くとは何事か――と、大っぴらにではないものの不満の声が御前にあふれている。燃え移ったのであれば、火付けをしたのも同じであった。

「お味方の勝利にございますぞ！」

それを一掃するかのような大声が響き渡った。信西が後白河天皇に奏上した声であった。

「新院と左府は夜陰に乗じて、御所を逃れ出られた模様」

武士の報告はなおも続いた。

その知らせに、再び一座には動揺が走る。時の上皇と左大臣を、卑しい武士どもが追いつめる、という構図に嫌悪感を覚えたに違いない。だが、そんな雰囲気などまるで無視して、

「ここからが正念場でございますぞ、主上」

と、低い声で奏上したのは信西だった。

「新院と左府に対し、追撃の手を緩めてはなりませぬ。ご憐憫《れんびん》も情けもまずはお捨て置きくださいませ。ここは、厳格なご処分で臨まれることこそ肝要」

それに対する後白河天皇の返事は聞こえなかった。代わって聞こえてきたのは、

「主上はお疲れでおられる。お味方が勝利したのなら、主上にお伝えするのはそれだけでよい。些末《さまつ》なことをお耳に入れ、わずらわせ申し上げる必要などありますまい」

声高に言い返す信頼の発言であった。

報告を終えた庭先の武士が立ち去り、その場にいた人々の緊張もゆるみ出した。後白河天皇は奥へ引き取り、信頼はそれに従ったようである。

信西はその場に残っていたが、大勢の面前で若い信頼から詰《なじ》られたことで、大いに不平そうな表情を浮かべていた。

「これからは、あの二人の対立が始まるのか」

少しうんざりしたような様子で、忠雅が呟くのを、隆季はそばで聞いた。能天気に生きているようで、意外に忠雅には見る目もある。もしかしたら、それは父親を早くに喪った忠雅が、ひそかに

育ててきた処世術だったのかもしれない。

「されど、他人事にはならぬ。そなたにとっても、私にとっても――」

我々は信頼殿の姻戚だからな――と、忠雅はいつになく深刻な顔つきで言った。

「信頼殿には軽挙を慎むよう、忠告しておこう」

忠雅はそう続けた後、表情を改めて隆季を見つめた。

「戦の帰趨《きすう》も決したようだ。主上もご退席になられたし、少しこの場を離れてもいいだろう」

そなたを連れていきたいところがある――と、忠雅は続けた。

隆季には想像もつかない。まさか、この東三条殿から出ようというのか。それはさすがにできかねる。そう思っていると、隆季の不審の念を察したのか、

「この東三条殿の中だ」

忠雅が静かな声で告げた。いつにない真剣さのこもった様子であった。

何となく逆らいがたい心地を覚え、隆季は忠雅に続いてその場を立ち上がった。忠雅は御前となっていた東三条殿の母屋を脱《ぬ》け出し、東の対へ続く渡殿を進んでいく。

母屋は人々の数も多く、庭先には警固の武士も多く立っていたが、東の対へ足を踏み入れると、人の数が極端に少なくなり、ひっそりとした風情が色濃く感じられた。

(誰かに会わせようとでもいうのか)

隆季の胸中に、再び不審の念が湧いてきた。戦がまだ完全に終わったとも言い切れぬ状況で、誰にも知らせず、忠雅に従ったのは間違いではなかったか。

その思いが足音にでも出てしまったのだろうか。

つと先を行く忠雅が足を止め、隆季を振り返った。隆季も足を止め、義兄の顔を見据えた。あっと声を上げそうになる。

（一体、いつから泣いておられたのか）

忠雅の頬は涙でしとどに濡れていた。これだけの涙を流しながら、声一つ立てなかったというのか。いや、それ以前に、忠雅はなぜ泣くのか。誰のために泣くのか。

（まさか、左府のために――？）

そうだとしたら、後白河天皇への裏切りである。あの場に、忠雅が居続けられなかったのも道理であろう。

「見せたいものとは、そなたに警戒されるようなものではない」

忠雅は涙を拭いもせずに言った。私を信じてほしい、とも――。

隆季は無言でうなずき、忠雅は再び体を前に戻して歩き出した。

そこからはもうさほどの距離もなかった。二人が足を止めたのは、東の対の庭に面した簀子の上。曙の光が庭の景色を淡く輝かせている。そこに、白く浮かび上がっているのは、酔芙蓉の花であった。

いずれも大輪の、見事な咲きぶりである。露を含んで、しっとりと濡れた美しい花々。

どうして、この花が東三条殿に――と思った瞬間、この邸は頼長から奪い取ったものだということを思い出した。だとすれば、この花を植えたのも育てたのも、この邸の前の主であろう。

（左府が、この花を――？）

分けてやったのは、忠雅だったのか。

傍らを見やると、忠雅は泣き疲れ放心したような顔つきであったものの、その目をじっと酔芙蓉に据えていた。

隆季は再び目を酔芙蓉の花に戻した。

(左府よ、あなたはなぜこの花を愛《め》でられたのか。あなたにとって、酔芙蓉とは——この私とは何だったのか)

今この場にいないその人に、思いがけず、隆季は心で語りかけていた。そんなことは、頼長との関わりを断ってから一度もなかったことである。そう思った時、

——情緒に流されるな。

あらゆる情動を遮るように、父の言葉がよみがえった。

その通りだと、隆季は自分に言う。

自分は今、情緒に流されかけていた。あの頼長が戦に敗れ、御所を落ち延び、身を隠していると聞き、被り続けると決断した冷たい面を脱ぎかけたのだ。

忠雅の涙を見るがいい。あれが、情緒に流されたいい例だ。そして、その嘆きの心が何かを生み出すことがあるというのか。出世や昇進や、一族の安泰につながることがあるとでも——。

そんなものは何もない。情緒に流されれば、痛い目を見るだけのことだ。

忠雅にそれが許されるのは、黙っていても出世も昇進も叶う立場にいるからだ。そんなことはもう、とうの昔に分かっていたはずである。

隆季は目を閉じ、心が静まるのを待った。心を読み取らせない冷たい面を被り直し、再びゆっくりと目を開ける。酔芙蓉の花を見ても、もう心は動かされなかった。

汚れを寄せつけぬ純白の花は、どことなく厳しく、よそよそしく、隆季の目に映った。

三

この日、東三条殿では除目《じもく》が執り行われた。官職の任命発表は勝利宣言も同然である。

「藤原隆季を左馬頭《さまのかみ》から転じて、左京大夫《さきょうのだいぶ》に任ずる」

関白藤原忠通の口を通して聞いたのは、実に十九年ぶりとなる我が身の昇進を告げる言葉であった。

清盛も大国である播磨守《はりまのかみ》に就任している。

合戦はこれで終結し、その後は落ち延びた者たちの探索へと切り替わる。

数日後、出家した姿で発見された崇徳院は、讃岐国《さぬきのくに》への流罪と決まった。一方、頼長は落ち延びた奈良で、矢傷がもととなり戦死したと報告された。

そうした乱後の処理が一段落した九月の頃、

「会ってほしい者がいるのだが……」

隆季は御所で顔を合わせた忠雅から、そう声をかけられた。

「花山院邸まで一緒に来てくれるか」

相手が誰とは教えられぬままであったが、隆季は承知して花山院邸へ赴いた。が、到着後も、忠雅はいつになく無言で、これという説明をしない。さっさと先に立って建物の中を進んでいく。

向かっているのは北の対の方であったが、事前にそう手配しているのか、家人や女房などが出迎えることもない。やがて、忠雅はあまり日の射さぬ暗い一室へ隆季を案内した。

中へ足を踏み入れると、すでに待っている者がいた。普段着の水干を着たその男の顔に見覚えはない。どことなく顔色の悪い痩《や》せた男であった。

その男に向かい合う形で、忠雅と二人、隆季は座った。

「こちらは藤原隆季殿。この度、左京大夫になられた」

男に隆季を紹介した後、忠雅は男のことを「前図書允俊成《さきのずしょのじょうとしなり》という」と隆季に告げた。

そう聞いても、やはり知らなかった。

「先の戦で、最後まで左府に従った者だ」

忠雅は続けて説明した。隆季は息を吞んだ。

頼長戦死の報はもちろん聞いていたし、平然としていられたわけではない。死にざまを知りたいという気持ちも持っていたが、それを知る者と面と向かって話ができるなどとは夢にも考えていなかった。

「左府のことを我々に聞かせてほしい。最後は袂を分かつことになったが、我々は左府と縁の浅い者ではない」

俊成は忠雅の言葉に素直にうなずくわけではなかったが、沈黙を押し通そうというつもりでもないらしく、

「さて、何からお話しすればよいものか。あまりに多くのことがありすぎて……」

ぼそぼそとした暗い声で言った。

「左府のことなら何でもよい。ご最期の時、おそばにいたのであろう」

忠雅がやや声を高くして言い返した。俊成は臆することもなく、しばらく口をつぐんでいたが、

「天知る、地知る、我知る、人知る」

と、呟くように言い出した。

「それは……」

「左大臣さまがご最期の前、矢を受けて朦朧《もうろう》とされながら呟いておられた言葉です」

俊成は口惜しさとやりきれなさが混じったような声で告げた。

頼長が死んでふた月近くが経った今も、どうして頼長が死ななければならなかったのか、自分で自分を納得させられていない、そんなふうに見受けられた。

「後漢の楊震《ようしん》だな」

忠雅が呟く。隆季にもそれは分かった。

楊震が人から賄賂を贈られた時、その相手に向かって吐いたという清冽《せいれつ》な言葉である。

この悪事は他の誰が知らぬといっても、天が知っており、地が知っており、賄賂を贈られた私とお前が知っている。どうして、このことが世に知られないということがあろうか。

——余もまた楊震と同じである。

頼長の声が天から聞こえてきたような気がした。

自分は何一つ後ろ暗いことはしていない、自分こそが正しく義そのものである——と、頼長は言いたいのだろう。その気持ちは分かりすぎるくらい分かった。同時に、頼長の言葉は「お前は後ろ暗いことをしたであろう」という断罪を隆季に突き付けてくる。

確かに一年前、頼長を密告する文を届けた。それがきっかけで頼長が失脚すると、分かっていな

がら……。

――情緒に……。

再びいつもの父の声が聞こえてきた。が、隆季はその声を途中で振り払った。最後まで聞く必要もない。

わずかに揺れた心はもはや冷たい落ち着きを取り戻していた。

「あの方らしい……」

一方の忠雅は涙混じりの声でそう呟くなり、袖を目に当てていた。

「あの方は、この度の戦を上皇と帝の『御国《みくに》争い』だとおっしゃっておられました。当たり前ですが、夜討ちなどという卑怯な作法は論外だと考えておられた！」

俊成は突然、堰《せき》を切ったようにしゃべり出した。これまで溜めに溜めてきた怒りとやりきれなさを、すべて吐き出してしまおうとするかのように――。

「敵に対しては正々堂々、十分な配慮があってしかるべきというお考えでした。当たり前ではございませんか。新院にとっては弟である主上、あの方にとっては大恩ある兄の関白殿下がいらっしゃるのです。さような貴い方々を前に、どうして夜盗のような真似ができましょうや」

それは、夜盗のごとき真似を犯した後白河天皇方に対する痛烈な批判であった。

頼長自身が生きていれば、後白河天皇や忠通に面と向かって言い放ちたい言葉であったろう。

俊成はまるで頼長自身が乗り移ったかのように、激しい口ぶりで語り出した。

未明、白河北殿の御所内に響き渡る敵兵の大音声に引き続いて、

「敵襲にござりまするっ！　御敵《おんてき》の夜襲にござりまするぞっ！」

慌てふためく警固の兵の叫びと、絹を切り裂くような女房たちの悲鳴が上がった。

「よもやっ！」

頼長が驚愕の声を上げるのを、俊成は聞いた。弓矢の唸《うな》りも耳にとらえていた。

「新院と左府をお守りせよっ！」

源為義の怒号があらゆる物音を圧する大きさで鳴り響く。と同時に、戸が打ち破られ、為義以下の武士たちが現れた。

「急ぎ、奥へお退きくださりませっ！」

崇徳院と頼長が奥の間へと逃れ、俊成も供をする。だが、落ち着く間もなく、

「火が出ましたぞーっ！」

「火付けじゃ。火を消せぃっ！」

という怒号が奥まで届き、たちまち大混乱に陥った。

「ここにおられては、危のうござりまする。一刻も早く、御所の外へ！」

その為義の言葉に従って、崇徳院と頼長は脱出を図ることになった。

誰が誰の供をするのか、語り合っている余裕などはなく、ただもう夢中で俊成は走った。気づいた時には崇徳院の姿はなく、俊成は頼長に従っていた。

源為義は崇徳院の供をしたのか、それとも、白河北殿でまだ敵と戦っていたのか。頼長のそばにはいなかった。

頼長に従っていたのは、家司《けいし》の藤原盛憲《もりのり》とその弟経憲《つねのり》他数名。この二人は頼長の生母の兄弟であ

ったから、頼長から離れるはずもなかった。

その後、逃亡の指揮は盛憲が執った。

白河北殿の門は、左大臣一行と気づかれることもなく、無事に潜り抜けることができた。

一同が一息吐いた時、すでに空は薄明であった。

水の流れる音が大きく聞こえる。

洛外の東、白河の地を南北に流れる鴨川の川音に違いなかった。

「天知る、地知る、我知る、人……」

怒号や悲鳴、興奮して怒鳴り立てるような命令の声ばかりを聞いていた耳に、その呟きは遠くのどこかから聞こえてくるようだった。

俊成が声のした方に目を向けると、夜の衣を剝いでいく天を見上げながら、頼長が呟いていた。

「楊震でござりまするな」

盛憲がぐっと何かをこらえるような声で応じた。

悪事は天が知っている、地が知っている。そう、それは敵方の卑劣な戦法に対する非難の言葉だ。

俊成は我知らず嗚咽を漏らした。こんな時に情けない——と誰かに叱りつけられるかと思いきや、男泣きに泣いていたのは俊成だけではなかった。

「ああ……」

溜息が頼長のものだったかどうかは分からない。だが、

「鎧がやけに重いな」

力なく呟いたのは頼長の声に間違いない。厳格な左大臣のそんな声を聞いたのは、初めてだった。

「あちらに船がございます。あれで脱出いたしましょう」

盛憲が声を張って言い、頼長が「ああ」とうなずいた。そして、一同は気を取り直し、盛憲の示す船に向かって川べりを進んだ。

その時だった。弓矢のうなりが突然耳を打ったのは——。その直後、

「ぐわっ！」

鋭い声を上げたのは、ただ一人馬に乗っていた頼長だった。

「左府っ！」

「頼長さまっ！」

頼長の身を案じる者、その周辺を囲んで敵に備える者、船へ急ごうとする者——再びその場は喧噪に包まれた。

「御免！」

盛憲の悲痛な叫びの直後、

「ぐわあーっ！」

という先ほどより激しく鋭い声が鳴り響いた。盛憲が頼長に刺さった矢を折り取ったのだ。

その後の記憶は混乱している。ただ、追手から何とか逃げ切り、一同は船に乗って京を離れた。

奈良を目指すと決めたのは、盛憲と経憲兄弟だった。奈良には頼長の父忠実がいる。そこへ身を

寄せようというのだ。無論、反対の者などいなかった。

頼長は気を失ったままの状態である。

「一足先に興福寺におわします大殿（忠実）のもとへ伺い、頼長さまをかくまってくださるようお願いしてきてくれ」

盛憲からそう依頼されたのが俊成だった。

俊成は一名の武士と共に、一行から離れて興福寺へ先行することになった。

大事な使いに身の引き締まる思いがしたが、役目自体はさほど難しいものではないと思った。忠実が首を縦に振らぬことなどないと思ったからだ。頼長の身を守るため、興福寺の僧兵を貸し出してくれるのではないかとさえ思った。しかし、経憲の表情は暗かった。

「大殿は頼長さまを受け容れてくださるだろうか」

この人は何を言うのだ、と俊成は思った。父親が助けを求める我が子を捨てることがあろうか。

もっとも、これが義絶した関白忠通であれば分からない。忠実はかたくなに忠通を拒絶するかもしれないが、愛し子である頼長をどうして助けないことがあろう。

いや、それよりも頼長が怪我をしたなどと聞けば、老齢の忠実には衝撃が大きすぎる恐れがあるから、話を少し和らげて伝えた方がいいかもしれない。俊成がそんな考えをめぐらしていると、

「まあ、昔とは違うから――」

経憲の不安を和らげようとするより、自分自身に言い聞かせるような口ぶりで、盛憲が言った。

頼長の幼少期からそばで仕えているはずのこの二人の様子に、俊成もさすがに不安になった。

「何を心配しておられるのですか」

そう尋ねると、盛憲は「俊成殿には、これから大殿に会っていただくゆえ、お伝えするが」と前置きした後、船が奈良に着くまでの間、昔の話をした。

それは、頼長が幼い頃、落馬して死にかけたという話だった。当時の頼長は隠居した父忠実と共に宇治で暮らしていたのだが、広い山野が近くにあったこともあり、乗馬を好んでいたという。

我が子が学問より乗馬に興味を示すのが、忠実は気に入らなかったらしい。執政の家の子がそんな真似をするなと、頼長を注意したらしいが、昔の頼長は父親の言葉に素直に従うような子供ではなかった。

それで乗馬をやめず落馬したから、忠実の怒りも深かったのだろう。

だが、息子が瀕死の状態で寝込んでいる時にも、

「大殿は様子を見に、足を運ぶことさえなさらなかったのだ」

と、苦々しげに盛憲は言った。頼長の生母は亡くなっていたが、乳母がこの忠実の仕打ちに憤り、頼長を見舞ってくれるよう進言したという。だが、

「人の忠告を聞かず怪我をするような愚か者は、我が子ではない」

と言って、忠実は取り合わなかった。それを耳にした兄の忠通が、当時は幼い弟をかわいがっていたらしく、父親のもとから京の自分の邸へ引き取ったという。その頃、息子のなかった忠通が後に頼長を猶子にしたのは、もちろん忠実の意向もあってのことだが、

「関白殿下の方が、当時はよほど父親らしいと思えたものだ」

経憲は悩ましげに呟いた。

その忠通と頼長兄弟が挙兵にもつれ込むほど激しく対立したのは、痛ましい話だが、その後、忠

実の態度が急変したのは不思議な話であった。

「頼長さまが学問に精を出し、才覚を顕されたからだろう」

盛憲の言葉によれば、忠実は才覚のある息子はかわいがるが、自分に従わない愚かな息子は切り捨てる、ということらしい。

執政の家とはそういうものだと言われればどうしようもないが、あまりの偏屈さに俊成はあきれた。同時に、忠実のもとへ行く使者の役目に不安が生まれた。

「思えば、痛ましいことだ。頼長さまは落馬なさったあの時からずっと、ただ大殿に認めてもらいたいという思いだけで、学問にも政《まつりごと》にも精を出してこられたのに……」

その果てが、矢に射られて落馬することになろうとは――。

俊成は船上に横たわっている頼長の蒼ざめた顔に目をやった。首に巻き付けられた白布ににじむ血の色が無残だった。あまりにつらすぎて、俊成は目をそらした。


興福寺へ赴いた俊成が、待ち合わせの船着き場近くまで戻ると、

「おおいーっ」

という掛け声が聞こえてきた。場所を知らせるための合図である。

「おうっ！」

俊成も声を上げて応じ、それから声のした方へ急いだ。

頼長は陸揚げされた船の中で、盛憲によって抱き起こされていた。

「ただ今、戻りました。頼長さまも意識が戻られて……」

俊成は船縁《ふなべり》まで近付いて跪くと、頼長の前に頭を下げた。

「……父上のもとへ、行ってくれたのだな」

頼長の弱々しい声が耳を打つ。すでに、事情は聞いているようであった。

「はっ……」

俊成は応じたものの顔を上げなかった。どうしても頼長の顔をまともに見ることができなかった。

「それで、父上は何と――」

頼長から促された。それでも、俊成は声を出せず、顔を上げることもできなかった。

軽い溜息が聞こえた。やや沈黙が落ちた。

「父上は何とおっしゃったのだ」

さらに頼長から促された時、俊成も観念した。

「興福寺へ参ってはならぬと、大殿はおっしゃいました」

俊成はうつむいたまま報告した。

「何だと！」

声を上げたのは頼長ではなく、傍らの経憲だった。経憲も忠実が受け容れぬことを予測していたはずだが、頼長の前ではそんなそぶりはまったく見せない。

「それは、居所がただちに敵に悟られるからか」

盛憲も身を乗り出すようにして問うた。

二人の態度が頼長を傷つけまいとしてのことであるとは、痛いほどに分かった。

頼長自身は俊成の報告にさして驚かなかった。

「いや、余が参ってはご迷惑なのであろう」

俊成が答えるより先に、頼長が言った。ひどく穏やかな物言いであった。

「父上は他にはおっしゃらなかったか」

「お怪我のことをお話し申し上げましたところ……」

俊成はいったん言葉を途切らせた後、

「たいそうご心配そうに、お顔を曇らせておいでてございました……」

と、告げた。

自分の目には本当にそう見えたのだ。忠実が無表情だったのは頼長を心配していたからだ、と俊成は自分に言い聞かせていた。

「他にも、お言葉があったのであろう」

盛憲が先を促した。だが、これには偽りを述べるわけにはいかない。

「左大臣にも昇った身で、矢に射られるとは哀れなことだ、と。ただ、さように運の拙《つたな》き者に、氏長者《うじのちょうじゃ》も執政職も務まるはずがない、と――」

俊成は忠実から聞いた言葉をそのまま正直に伝えた。正直であることは頼長が日頃から何より重んじていたことだが、うつむいたまま語るうち目がにじんできた。悔し涙があふれてきた。

何が運だ。何が執政職だ。胸の内ではそう叫んでいた。

運の悪い息子のどこがいけない。それでも自分だけはお前を見捨てないぞと、息子を抱き締めてやるのが父親ではないのか。執政職をまっとうできない息子は、我が子ではないとでも――？

涙をぬぐうことも、顔を上げることもできなかった。自分のごとき者が頼長を哀れんで涙を流すなど、頼長には屈辱以外の何ものでもないだろうから。

「……ああ」

その時、頼長の口から漏れた声は、矢で首を射られた時の叫び声より、俊成の耳には苦痛に満ちて聞こえた。

――余はまたしても、父上に捨てられたのか。

それは、頼長がその場で実際に口にした言葉だったのか、それとも心の声を聞き取ったものなのか、そこは判然としない。だが、俊成は確かに頼長の声を聞いた。

――もうよい。

――天よ。もはやこの世に、余の為すべきことは何もない。

その声を聞いたと思った時、俊成は思わず顔を上げていた。

そして、天を見上げている頼長の眼差しを追うように、自分も空を見上げていた。

先ほどまで青く晴れていた空はうっすらと曇り始めていた。やがて、天は黝《あおぐろ》い暗さを帯びていく。

「いざ」

その声ははっきりと耳に聞こえた。

「我、天道へ参らん」

それが最後のお言葉でした――と告げた時、俊成の口ぶりから激しい調子は消えていた。

「どこにあれほどのお力が残っていたのか、疑わしいほどの強いお口ぶりで。その直後、目を閉じられたのももしや気を失われただけではないかと思い、脈をお取りしたのですが、その時にはもう命尽きておられました」

最後は淡々とした物言いで、俊成は締めくくった。

いつしか息を止めていたことに気づき、隆季は息をゆっくりと吐いた。気がつくと、傍らでは忠雅が袖で目を拭っている。

胸の内の情緒をありのままに表すことのできる忠雅のことが、この日ばかりは少しうらやましく思えた。隆季の胸の内に浮かぶ思いは単純なものではない。

その人のことを恨めしく思ったこともある。理解できないと感じたことはそれ以上にある。

一方で、自分もまたその人を追い詰める仕打ちをした。恨まれていたとしても不思議はない。

だが、今、悲しみに暮れる忠雅を目にしながら、最も強く浮かんでくるのは、

(あの方は本当に逝ってしまわれたのだ――)

という、虚しい確かな実感であった。

戦場に出ていたわけでもない隆季にとって、頼長戦死の報は耳に入ってはいても、実感を伴わないものであった。だが、生々しい最期の話を聞き、その死がようやく腑に落ちた心地がする。

もはや恨めしいとは思わない。同時に、自分のしたことを謝ろうというつもりもない。

自分は末茂流の当主として、鳥羽院の近臣として果たさねばならぬことを果たしたまでだ。そう思うことで、気づいたこともある。

かつて頼長は、隆季の近衛中将昇進という見返りを与えてくれなかったが、それで負い目を感じ

たことはなかったはずだ。摂関家の威勢を取り戻さんとする頼長にとって、諸大夫（中流貴族）を増長させぬことこそが正義。だからこそ死の直前に「天知る、地知る」と呟くことができた。ならば、自分もまた頼長に負い目を感じる必要はない。自分たちは初めから、相容れぬ者同士であった、というだけのことだ。

（あなたは最期まで、その出自にふさわしくあろうとなさったのですね）

頼長の最期の姿には、執政たらんとした男の人生と執念が集約されている。

（左府よ、あなたは立派な執政でいらっしゃった）

それが、父忠実の期待に沿うべく生き続けてきたという、悲哀を伴うものだとしても――。

頼長に言いたいことがあるとすれば、その一言だけだと思った。

沈黙がその場に落ちて、しばらくしてから、

「私を官に突き出してください」

不意に、俊成が言い出した。相変わらずの淡々とした声であった。

「さようなことをするつもりは、私にはない」

忠雅が慌てて言った。

「突き出されずとも、私は自ら名乗り出るつもりです」

「そなたが自分の考えで何をしようと勝手だが、私が突き出すつもりはない」

忠雅はもう一度言った。

「分かりました」

俊成は言い、世話になった礼を述べて、頭を下げた。するべきことはすべて果たしたという様子

で、居室を出ていくのを、隆季と忠雅はその場で見送った。

「今日はお招きくださり、感謝しております」

隆季は忠雅に顔を向けて告げた。

「そうか。そう思ってくれるならよかった」

忠雅は赤くなった目に、安堵の色を浮かべて言った。その顔がわずかにゆがむ。

次の瞬間、忠雅の顔が泣き笑いのようになるのを、隆季は表情を変えずにじっと見つめていた。

四

後に「保元《ほうげん》の乱」と呼ばれる内乱から一年半が過ぎた。

保元三（一一五八）年初春、隆季の嫡男隆房《たかふさ》は従五位下《じゅごいのげ》に叙せられている。朝廷に仕える官人の道を歩み始めたとはいえ、まだ十一歳の少年だった。

「父上ーっ！」

隆房が声を張り上げて呼んでいる方へ、隆季は軽く手を上げて応《こた》えた。

この日は巨椋池《おおくらのいけ》に鶴が舞い降りたと聞きつけた息子に、それを見に行こうとせがまれて、久しぶりに郊外へ出かけたのであった。

沼の水はすでに昼の暖かい陽射しのせいで、温《ぬる》くゆるんでいるらしい。

沼の上だけがぽっかりと穴が空いたように、透明感のある玄色に沈んでいて、その岸辺は、人の足跡もない真白な積雪が陽に映えてまぶしい。それに負けず、首と風切羽の黒、頭頂の赤を除き純白の羽毛に包まれた鶴が五、六羽、沼の畔《ほとり》に群れて羽を休めていた。

鶴は何といっても、その姿が美しい。飛翔する姿が美しいのはもちろんだが、立ち姿はそれにも増して美しいと、隆季は思う。『万葉集』の時代から「たづ」と呼ばれ、人々に親しまれてきた鳥である。

隆房はどうやらその鶴の一群れに、少しでも近付こうとしているらしい。が、近付けば、鶴はたちまち羽搏《はばた》いていってしまうだろう。

どんなにこちらが思いをかけてやっても、手の内から逃げ去ってしまうものはある。

人に気づいた鶴が威嚇《いかく》するように、キイーッと鋭い声を立てて鳴いた。子供なのか、一回り小さな鶴が脅えた様子で、羽をばたつかせている。

隆房もまた、驚いて足を止めた。

まだまだ子供だ。この世の道理を分かっていない。

再び、隆房が鶴の一群れに向かって歩み出した。だが、そんなことをしても無駄だ、鶴は遠くで眺めてこそ美しいのだ――と、隆季は息子を諭さなかった。この世にはそうやって、あきらめていかねばならぬものがあることを、息子は己の人生で悟ってゆくことになるだろう。

鶴が再び、その細い首をすっきりと空へ伸ばして、キイーッと鳴いた。そして、今度は順々に沼の岬から飛び立っていった。

初めに飛翔したのが子なのであろうか。父鳥か母鳥か、他の鳥が飛び立つまで待って、最後に雄々しく羽搏いていった鶴の姿は見事であった。

夜、鶴は子を思って鳴くという。

だから、夜の鶴の鳴き声は、身に沁むほどに切ないのだと――。

「父上ー！」

気がつけば、隆房がこちらに駆けてこようとしていた。

（父上……か）

ふと亡き父の面影が浮かんできた。

我が子に向かって「主《あるじ》の閨に侍れ」と言った父家成。

続いて浮かんできたのは、死の間際になって父親から見捨てられた頼長の面影であった。

自分は父を恨み続けてきたが、頼長は父の期待に沿おうともがき続けた。

（一体、どちらが哀れな息子か）

考えても無意味な問いかけが浮かんでくる。その答えを出すより先に、隆房が目の前に駆け戻ってきた。この息子は自分のようにも頼長のようにもしたくない――その時、心の底からそう思った。

息子は父に似て端整な顔立ちをしていたが、父よりはずっと明るく、才気走っている。口数も多く、性情は母方の叔父信頼に似ていた。

「父上、あの鶴を我が家で飼ってください」

隆房は息を弾ませながら言った。

「野生の鶴を、檻《おり》で飼うことは容易ではあるまい」

「でも、鶴を飼う家からは、后がお立ちになるとか言いますよ」

年に似合わぬませたことを言い出した。この息子は自分の家から后を出したいと思っているのだろうか。

あどけない顔のどこにも、どぎつい野心はうかがえない。

「子と別れた親の鶴は、夜になると、子を思って鳴くのだという。引き離すのは哀れであろう」

「親子共々つかまえるのは、やはり無理でしょうね……」

隆房は首をかしげたまま考え込んでいる。

空を飛翔する鶴が鋭く鳴いた。隆季の胸中に、不意に熱いものがこみ上げてくる。

「隆房よ、そなたは私のようにはなるな」

息子は不思議そうな顔をして、父親の端整な顔を見上げた。

「それは、どういう意味ですか」

「意味は分からなくてよい。そなたが生涯、その意味に気づくことなく過ごしてくれるなら……それこそが父の願いだ」

我が子には、自分と同じ苦痛は舐《な》めさせたくないと、隆季は改めて強く思った。

隆房は苦悩を知らずに身を処していけるとよいな、と言い残した亡き父の言葉が思い出された。

「父上……？」

隆房が怪訝そうな眼差しで見上げてくる。

（父上――）

同時に、隆季も心で亡き父家成に呼びかけていた。

（あなたがいっそ、私の父でなければよいと思ったこともあったが……。今はあなたが、私と同じ思いを抱いていてくださったことが分かる）

その時、隆房を初めて腕に抱いた時のことが思い出された。先妻との子を喪《うしな》った後のことだけに、感慨もひとしおだった。

(この子の父になりたい)

痛切にそう思った。父でなければよかった、などと我が子から思われぬ父親に。

(私がそなたを守ってやる!)

たとえ、自分はこれ以上の苦痛を舐めることになろうとも——。

今、不思議そうな顔を向ける我が子を前に、当時と変わらぬ痛切さで、隆季はそう思った。自分にとって父になるとはそういうことだ。

「……何でもない」

内心のざわめきを知られるのを恐れて、隆季はあえて息子から目をそらし、上空へと転じた。

よく晴れた初春の空を、鶴の一群が丹後の海の方へと飛び去っていくのが見えた。たいそう優美な姿であった。

八の章

氷雨

一

保元三（一一五八）年の秋も終わりかけた九月。この前月には、後白河天皇の譲位が行われ、新帝二条《にじょう》天皇の下、朝廷がまだ落ち着きを取り戻していない頃のことである。

「話がある」

隆季は御所の清涼殿《せいりょうでん》、殿上《てんじょう》の間《ま》において、忠雅から声をかけられた。ここに出入りができるのは、三位以上の公卿と、四位、五位の者で天皇の許しを得た殿上人のみ。

隆季の官位は正《しょう》四位下《しいのげ》だが、殿上人としてここへの出入りを許されていた。

一方、十六年も前に公卿となった忠雅は、今では中納言に昇進し、早くも大納言を目前にしている。

忠雅は隆季を外に面した端の方へ連れ出し、周辺に人がいないのを確かめると、

「あまり放っておくのもよくないぞ」

と、声を低くして忠告した。

「放っておく、とは――？」

隆季は短く訊き返す。

「そなたの弟の成親《なりちか》殿のことだ」

忠雅は上品な顔を苦々しげにゆがめて告げた。

成親とは隆季より十一歳も下の弟で、母は異なる。だから、成親は中御門邸で育ったわけではなく、弟といってもなじみは薄かった。

この成親は乱の起こった保元元年、かつて「諸大夫には僭越だ」と言われていた近衛少将に任じられている。以後も昇進を重ね、二十一歳の今、従四位上《じゅしいのじょう》近衛少将。隆季の同年の頃とは比べものにならない。

「近頃、増長ぶりが目につく。近衛中将の座を望み、それをはばからずに触れ回っているらしく、悪い評判も聞いている」

隆季の耳にもそういう話は入っていたが、黙っていた。そんな隆季に焦《じ》れた様子で、忠雅は言葉を継ぐ。

「こんなことは言いたくないが、黙っているのも気が咎《とが》めるので言うぞ」

「何のことですか」

「成親は上皇さま（後白河院）のご寵愛を受けている」

「それは、私も聞いています」

後白河院の側近である信頼が即位前からの男色相手であることは、世間に広く知られていたが、最近、そのお相手の中に成親が加わったらしい。

「そうか」

と応じた後、忠雅はやや躊躇《ためら》っていたが、思い切った様子で先を続けた。

「成親はそなたによく似ている。瓜二つと言ってもいい。自分でもそう思うだろう」

「それは、まあ」

同腹の弟家明とは容姿がまるで似ていないのに、母の異なる成親とは確かによく似通っていた。要するに、二人とも父家成譲りの美形だったのだ。

「言いたくない話とはそのことではない。信頼殿から聞いたのだが、どうやらある晩、信頼殿は上皇さまの企てられた悪戯に引っかかって、成親殿と閨を共にしたらしいのだ」

忠雅は忌まわしげな口ぶりになって告げた。

「上皇さまの悪戯に……？」

「まあ、あのお方ならやりかねない」

忠雅の声はさらに忌々しさを加えていた。

どうやら信頼は後白河院のお相手を務めるべく、その閨へ向かったのだが、そこには成親がいたということらしい。成親はもちろん、後白河院の悪戯の手助けをしたわけであった。

「すでにあの方も治天の君。信西入道が目を吊り上げる気持ちも分からぬではない」

忠雅は、御乳母夫《おんめのと》である信西に同情するような口ぶりで言った。

「信西入道が上皇さまを立ち直らせようと考えた時、当然、信頼殿や成親殿を排斥《はいせき》するという考えに行き着くだろう。とはいえ、先頃、正三位《しょうさんみ》権中納言に昇進した信頼殿は、そうたやすく排斥できまい。上皇さまとて、古いなじみの信頼殿を手放しはしないだろう。となれば――」

「成親が排斥される、と――」

「見せしめには、若くて地位の低い者が選ばれる」

容赦のない口ぶりで、忠雅は告げた。その時、成親の一族である隆季にも害が及ぶかもしれぬと、忠雅は言いたいのだろう。

「成親殿はあの調子だと、近衛中将への昇進を上皇さまにお強請《ねだ》りしかねないぞ。そうなれば、いよいよ信西入道の警戒心は増す」

隆季は黙っていた。それをどう受け取ったのか、

「これは、私の推測だが……」

言いかけた忠雅は、そこで躊躇《ちゅうちょ》するようにいったん口を閉ざした。それから、

「上皇さまはまことはそなたが欲しいのだろう」

と、一気に告げた。

「まさか」

――あれは、災いを呼ぶ凶相だ。

かつて聞いた後白河院の言葉がふっとよみがえった。

「信頼殿もだ」

今度は何の躊躇もなく、忠雅は言った。やはり、隆季は黙っていた。

「信頼殿についてはは抗弁しないのだな」

忠雅はさらに言った。

「察しがついていたということか」

と続けて、溜息を一つ漏らす。

「まあ、だからどうしろというわけではない。ただ、こういうことは何もしないでも、足もとを掬《すく》われることになる」

言わずもがなであろうが……と、最後は呟くように言うと、忠雅は立ち上がり、隆季にはかまわず一人奥へ戻っていった。

隆季はしばらくの間、その場からずっと動かなかった。


忠雅の懸念が現実のものとなったのは、その年の十一月のこと。この時、臨時の除目があり、弟の成親が右近衛中将《うこのえのちゅうじょう》に任じられたのであった。

同じ時、隆季自身も従三位《じゅさんみ》に昇進し、ついに公卿の列に名を連ねたのだが、官職はそのままである。

「兄上」

この除目の後、隆季は成親から御所で声をかけられた。

若い頃の自分と同じ顔が目の前にある。

ちょうど忠雅と、そして頼長と関わりを持った頃の自分と同じくらいの年頃だ、と思いながら隆季は弟の顔をじっと見つめた。

だが、あの頃の自分はこんな表情は浮かべたことがなかった、とも思った。

自信と増長、そして、人を見下すような驕《おご》り――成親の顔に浮かんでいるのはそれだけだった。

「ついに我が家から、近衛中将を出すことになりましたね」

成親の頬は興奮しているせいか、ほのかに赤らんでいた。兄である隆季の昇進をまずは祝うべきであろうに、そんなことは念頭にも浮かばぬらしい。

「ああ。そなたにとっても我が家にとってもめでたいことだ」

隆季はそう応じた。

「兄上もこの官職をお望みだったと聞きましたが……」

不意に顔色をうかがうような上目遣いになって、成親は言った。

「昔のことだ」

とだけ隆季は答えた。

「そうですか」

さらりと応じた成親は、それから絡みつくような眼差しを隆季に向けて続けた。

「近衛府の装束は派手で映えますからね。容姿の優れた者が選ばれるのがよいと、常々、上皇さまがおっしゃっておいでです」

「そなたのようにか」

「兄上とてそうでしょう」

もっとも昔の、でしょうが——そう続けて、成親は薄く笑った。

若くない兄にはもう近衛中将は似つかわしくない。後白河院や信頼の心をつかんでいるのも、兄ではなくてこの自分なのだ。兄を見下すその顔がそう言っていた。

毒を吐きながら、声も笑いも屈託なくさわやかにしか聞こえない。そのことが、美しい毒の花を見るようで、我が弟ながら忌まわしく感じられた。

父も自分もこの弟と同じように容姿に恵まれていたが、この弟よりずっと苦労してきた。諸大夫としての悲哀を嫌と言うほど味わわされてきた。

苦労や悲哀がなくなると、こうも不気味な花になるのか。災いを呼ぶ凶相というのなら、この弟の顔の方ではないか。ふと、隆季はそんなふうに思った。

「あっ、信頼殿」

成親が突然明るい声を上げた。その向かう先に、信頼がいる。

信頼の目は一度、成親に向けられ、それから吸い寄せられるように隆季の方へ流れてきた。

眼差しが一瞬からみ合った。が、成親に話しかけられて、意識を奪われた信頼の目は、すぐに隆季から成親へと移っていった。

――あれは、災いを呼ぶ凶相だ。

後白河院の言葉が不意に大きく耳の中で鳴った。

二

年が変わった保元四年は、四月に改元が行われて平治《へいじ》元（一一五九）年となった。

譲位が行われ、治天の君となった後白河院の院政が始まった頃より、院の近臣間の対立は次第に浮き彫りになっていった。

即位前から仕えていた信西入道と藤原信頼――それぞれに従う者たちがおり、二大派閥となっている。その対立がいよいよ激化しつつあったこの年の秋、

「嫌な予感は当たるものだな」

殿上の間で顔を合わせた忠雅は、隆季を前に重い吐息を漏らした。

信頼に対しても成親に対しても、義兄の立場から忠告したものの、思い上がっている若い二人にとって、分別盛りになった忠雅の苦言など口うるさいものでしかなかったらしい。

「信頼殿が近衛大将になりたいと言い出した時にも、私は反対したのだ」

嘆かわしげに忠雅は言った。

隆季自身は信頼の口から、その希望を聞いたことはないし、後に噂で聞いたくらいである。

何でも、信頼が後白河院に近衛大将の職を望み、後白河院がそれを聞き容れようとしたところ、信西が猛反対を唱えた。その際、信西は「長恨歌《ちょうごんか》」の絵巻を見せて、後白河院を諭したという。

唐国の玄宗《げんそう》は楊貴妃《ようきひ》を寵愛して安禄山《あんろくざん》の挙兵を招き、国を存亡の危機に陥れた、上皇さまは玄宗のごとく、国を亡ぼされるおつもりか、と――。

この噂は面白おかしく喧伝された。

「言うまでもないが、たかが噂と切り捨てられぬのが宮中というところだ」

近衛天皇を呪詛したという疑惑をきっかけに、頼長が凋落していったことに、隆季は一枚かんでいる。どこかの誰かが同じことを考え、噂をばらまいているのだとすれば、その者は信西と信頼の対立激化を望んでいるということだ。

（まさか、成親ではあるまいな）

そう思いついた時、慄然《りつぜん》とした。噂に絡んでいるかどうかはともかく、信頼をあおって、信西を倒せとささやくことくらいはしているかもしれない。

あれは、災いを呼ぶ凶相だ——と思った。だが、

（もし叶うものならば——）

信頼を改心させたいという気持ちが、それに続いた。実の弟である成親には「自分で責任を取れ」と突き放したい気持ちが先にくるというのに。

「信頼殿は妹の婿に、関白殿下をお迎えになった。信西入道は言うまでもないが、世間はこれも増長と見ている」

一度も口を開かぬ隆季を相手に、もう慣れてしまったのか、忠雅は一人でしゃべり続けている。

関白とは二条天皇の即位を機に、父の忠通から職を譲られた息子のことで、名を基実《もとざね》といった。

その妻となった信頼の妹は、隆季の義妹でもある。

ただし、すでに隆季の妻は他界しており、息子の隆房は自邸に引き取っていた。そのため、隆季が婿入り先で基実と顔を合わせたことはない。

「信西入道はご子息を、清盛殿の家へ婿入りさせる、とか」

初めて隆季は口を開いた。「そうらしいな」と、忠雅は苦々しげに応じる。

「力のある姻戚を持って信頼殿に対抗するつもりだろうが、その息子とやら、源義朝から婿に欲しいと打診されていたそうではないか」

「まことですか」

その話は初耳だったので、隆季は問い返した。

「同じ武家でも、坂東育ちの男の家へ婿にはやれぬということか。しかし、面目をつぶされた義朝は信西入道を恨んでいるという」

「信西入道殿が義朝からの縁談を蹴ったのは、義朝が信頼殿の配下だからかもしれません」

隆季の呟きに、忠雅は思い出した様子で、

「そういえば、そうであったな」

と呟き、隆季に感心したような目を向けた。

「前に、そなたと二人、信頼殿から義朝を紹介されたことがあった」

懐かしさの混じった忠雅の声を聞きながら、隆季はあまりにも遠い昔のことだと思っていた。

その頃の信頼の姿がよみがえった。今は増長ゆえに目が曇らされているが、信頼の本性は明るく屈託のないものだ。いささか軽々しいところはあるが、それが憎めぬよさがある。

そう思えるのは、そんな信頼の性情を息子の隆房が受け継いでいるからかもしれなかった。だから、なのか。

信頼を立ち直らせたい。そう思ってしまった。

それから間もないある雨の日、隆季は仙洞御所の信頼の宿所を訪ねた。


この秋はいつの年にも増して雨の日が多かった。隆季が信頼を訪ねた日も、数日前からの霖雨がなかなかやまぬ折のこと。

牛車を降りて、屋根のある場所へ着くまでの間だけでも、直衣《のうし》が濡れてしまった。

「これは、おめずらしい」

隆季の姿を見るなり、信頼はそれまで気鬱そうだった顔をたちまち明るくした。

「来てくださるのなら、前もって知らせてくだされればよいものを」

信頼は浮き立つような声で言うと、雨を拭うための布を差し出し、円座《わらうだ》を勧めた。酒を運ばせようかというのを、隆季は断った。

「実は、私もちょうど隆季殿にお話ししたいことがあったのですよ」

信頼は、隆季が用件を口にする前から、そう言い出した。

「あまり大きな声では言えぬ話なのですが……」

声を低くして先を続けようとするのを、隆季は止めた。

「大きな声で言えぬのならば、ここでは言わぬ方がよいでしょう」

「それは、そうかもしれないが……」

信頼は機先を制されて、鼻白んだ表情を浮かべてみせた。

「大方、想像はつきます」

信西打倒計画への誘いかけであろう。同心していない相手にくわしい計画を聞かせる気はないだろうが、信頼のことだから何を言い出すか知れたものではない。聞いてしまえば、同心しない限り、こちらの身が危うくなりかねない話のはずであった。聞く気はなかったが、

「信頼殿がそれを私に言おうとしたことに、弟の成親は反対しませんでしたか」

と尋ねてみた。信頼は愛嬌のある大きな目を、さらに見開いた。

「どうして分かるのです？」

あっさりと口を滑らせてしまう。

「逆にお尋ねしたい。弟が反対したことを、何ゆえ信頼殿は実行しようとなさったのです」

「それは……」

信頼はめずらしく口ごもった。

隆季は信頼の目を見据え、返事を待ち続ける。信頼は居心地の悪さを覚えたようであった。

「この画策は必ずやうまくいくからです。その時、私は隆季殿と喜びを共に分かち合いたい」

画策などと言い出したものだから、隆季は思わずひやりとしたが、さすがにそれ以上の言葉は信頼の口から出てこなかった。

「私の弟と、手をお切りなさい」

これ以上信頼が何か言い出す前に――と思い、隆季は一気に本題へ入った。

「なっ……」

「弟と手を切らねば、信頼殿に禍《わざわい》が降りかかりますぞ」

信頼は驚いた表情のまま、しばらくの間、固まっていた。

「成親殿が……一体何だというのですか」

ややあってから、信頼はかすれた声で訊き返した。

「成親殿は上皇さまのお気に入りです。明るくて屈託のないお人柄に、私とて親しみを覚えますのに……」

明るくて屈託がない……信頼の目にはそう見えるのか。

「信頼殿には、私の申すことが分かると思いましたが」

隆季は信頼から目をそらし、少し沈黙した。

地を打つ雨の音が室内にいてもやけに大きく聞こえてくる。

「私には成親の他にも弟がおります。こう言うと、身内の恥をさらすようですが……」

隆季は信頼から目をそらしたまま続けた。

「弟の家明は故法皇さま（鳥羽院）のご寵愛を受けて、近衛少将の官職《つかさ》を得ていながら、私と亡き左府（頼長）の結びつきを妨げ、私に先んじて近衛中将になろうとした。もっとも、私にしても家明にしても、その官職を得ることは叶いませんでしたが」

そこまで言って、隆季は信頼に目を戻した。

その話が成親の話とどう関わるのか分からない――という目で、信頼が隆季を見返してくる。

「ですが、成親は家明よりもっと質《たち》が悪い。あれは毒を持つ花なのですよ」

「毒……」

茫然と呟く信頼に、隆季はうなずいた。あの弟は断じて、汚れなき純白の酔芙蓉でもなければ、酔いに身を任せる悲しい花でもない。

「少なくとも、私や家明は、出世や家督への野心から行動していたにすぎません。されど、成親はそれ以上に、謀《はかりごと》をめぐらして騒動を起こすことが好きなのです。そして、世の中を見下して楽しんでいる。そんな弟の禍々《まがまが》しい性情を、近くにいて気づきませんでしたか」

「成親殿の発言に耳を傾けていたら、私が身を持ち崩すと――？」

信頼が隆季にすがるような目を向け、震える声で尋ねた。

その表情を見て、隆季は信頼に思い当たることがあるのだと思った。信頼も成親の恐ろしさに気づいているのだ。引き返してくれ――と、祈るような思いで、信頼の言葉を待った。

「いやいや」

隆季に返事をするというより、自分自身に言い聞かせるように、信頼は首を激しく横に振った。

「今さら、私が手を引くことなど……」

ぶつぶつと独り言のように呟く。

「それよりも、私は隆季殿にこそ！」

不意にがばと手を差し伸べ、信頼は隆季の手を握った。その眼差しの真剣さが「同心してくれ」という信頼の叫びをそのまま伝えてきた。が、それにうなずくことは隆季にはできない。

「信頼殿が私の頼みを容れてくださらぬのと同じで、私も信頼殿の望みに応じることはできません」

信頼の手から自らの手を引き抜くと、

「失礼した」

隆季は辞去の挨拶を述べた。

成親と手を切らせたくて足を運んだが、それによって手を切ることになったのは、隆季自身と信頼の方であった。だが、これ以上はどうしようもない。そう思いながら立ち上がろうとした時、

「隆季殿が姉上の婿となられた晩も……」

不意に信頼が低い声でうつむきながら呟いた。

「今日のような雨が降っておりましたな」

隆季は再び腰を落ち着けてしまった。これ以上は未練だと分かってはいたが、さすがに無視することはできなかった。

「その翌朝だったでしょうか。初めて隆季殿とまともな言葉を交わしたのは――。私はあなたと同衾してもよいと言って、あなたを怒らせてしまった」

「そうでしたね。忘れてはいません」

「私はどうしてあんなことを言ったのか、今では悔やんでいます。あれで、隆季殿は私をずいぶん軽々しい男だと思ったでしょうから」

信頼が自嘲するのを、隆季は初めて聞いた。愛嬌と明るい自信にあふれていた男のそんな姿は、隆季の心を揺さぶった。

「あの時はそう思いましたが、今はそんなふうに思っていません」

隆季はなだめるような口ぶりで言ったが、信頼はその言葉も耳に入らぬ様子で先を続けた。

「私はあなたを冷たい人だと思ってしまった。本当はあなたは優しいお人だ。それは、三年前、信西入道に馬鹿にされた私を庇《かば》ってくださった時によく分かった」

「庇ったというほどでは……」

「私はあの時からずっと悔やんできた。どうしてあなたのような人に、あんな軽いことを言えたのだろう、と。私にとって、あなたは軽く扱ってよい人ではなかったというのに……」

信頼がうつむいていた顔を上げた。その眼差しを、隆季は受け止めた。

「それ以上はおっしゃらなくてもけっこうです」

「では……」

隆季は静かに首を横に振った。

「さような関わりに、互いの利得でなく情を持ち込めば、長くは続かない。残るのは虚しさだけだということも、私は知っています。ですから、お望みに応じることはできません」

そこで、隆季は一呼吸置くと、信頼の目を見据えつつ、

「情緒に流されるな」

不意に声の調子を改め、一気に言った。愕然とした信頼の口から「えっ」と小さな声が上がる。

「私が亡き父から言われた言葉です」

隆季はそれきり口をつぐんだ。

後白河院との関わり、成親との関わりに情を持ち込んではならない。情ゆえに自分を陣営に引き込もうとするのは間違っている。そう信頼に言いたかった。そして、そこまで口に出さずとも分かってくれると信じたかった。だが、

「では、あなたに利があれば応じるとおっしゃるのですか。左府に対してそうしたように、亡き法皇さまに対してそうしたように――」

すがりつくように切実な眼差しを向ける信頼は、隆季の深い意図までは理解しなかった。その頭にあるのは、どうすれば隆季との関わりを持てるのか、ということだけだ。

「おそらくは」

隆季は相手に合わせて返事をした。

「左府の時は自分一人のためでした。故法皇さまの時は父に命じられたからでした。ですが、もしこの先、私が誰かの求めに応じるとすれば、それは自分のためではなく、末茂流と息子のためでしょう。そのためならば――」

信頼の眼差しから、光が失せていった。

「私は……あなたの笑ったお顔を見たことがない」

不意に信頼が思い出したように呟いた。

「そうでしたか」

とは応じたものの、それ以上言うべき言葉は持たなかった。

「失礼する」

今度こそ本当に立ち上がり、隆季は歩き出した。

居室の外へ出ると、冷気が体を包み込み、まだ乾ききっていない直衣の湿り気がさらに体の熱を奪った。

渡殿を歩んでいくうち、震えが込み上げてくる。地を叩く雨の音は、先ほどよりも大きくなったようであった。

三

やがて、季節は冬に変わり、雨の日も少なくなった。が、清盛が隆季の五条邸を訪ねてきた十一月末のある晩は、昼の頃から今にも雨の降り出しそうな灰色の雲が重く垂れこめていた。

「来月、熊野詣《くまのもうで》に発つご挨拶に――」

という表向きの用とは別に、重要な話があるのは明らかだった。

「泉殿のごとく自慢できるようなものがあるわけではないが、庭へ参りませんか」

隆季は清盛を冬枯れの庭へ誘った。

月は出ておらず、ぬばたまの闇の中、寒気が肌に凍《し》みる。

「私が都を出れば、その隙に右衛門督《うえもんのかみ》（信頼）らが蜂起する」

清盛の言葉に、隆季は無言でうなずいた。信頼との会談の折の物言いから、いずれその日が来ることは予想していた。

そして、信西にも信頼にも属さず、中立をとる清盛の武力が都から姿を消すその時を、信頼らが見逃すはずがなかった。

「信西入道の身に危険が及ぶが、そのために兵を残せば、疑っていると知らせるようなものだ。油断を誘うため、あえて兵は残しませぬ」

言い切った清盛の物言いは、冬夜の寒気よりも冷たく聞こえた。まるで、信西の身に危険が及ぶのも致し方なしと、言っているようだ。そして、これは信頼を罠にはめることでもある。

（これで、信頼殿も終わるか）

隆季はふと空を仰いだ。

月が出ていなくてよかったと思う。今の自分の顔を清盛に見られたくなかった。その時、

「信頼殿を救いたい」

いきなり清盛が言い出した。

「えっ」

驚きを隠し切れず、隆季は思わず清盛を見つめ返してしまった。

「そうおっしゃりたいのではないか」

清盛の目が瞬きもせず、じっと隆季の顔を見据えていた。明かりといえば、邸から漏れるだけという暗がりの中で、なぜか清盛の眼光だけがはっきりと見える。

その器量の大きさは若い頃から知っているが、清盛に恐ろしさや凄みといったものを感じたの

は、この時が初めてであった。

隆季が返事もできないでいると、清盛は不意に緊張を解き、息を一つ漏らした。

「ああ、ご安心ください。貴殿のお顔にそれが出ていたわけではない」

清盛は声の調子さえ穏やかなものに変えて言った。

「ただ……」

と、清盛は隆季から目をそらし、滑らかな口ぶりで続ける。

「貴殿がどれほど顔の下に隠そうとも、どうしてか、分かってしまうのですよ。そう、初めて泉殿へ来てくださったあの晩の貴殿の、蒼ざめた顔がどうしても重なってしまうせいかもしれない」

完全に見透かされていた――冷たい蘭陵王の面を被っても、それの通用しない者がいる。

清盛の才知、器量を考えれば当たり前かもしれないが、しかし、今の今までそんなことは考えてみたこともなかった。

(私は自分でも意識せず、我が劉邦の力を見くびっていたのかもしれない)

そのことまで、清盛には見透かされているのだろう。

「このような時、貴殿のお父上ならば、どうおっしゃったであろうか」

不意に清盛が訊いた。

「父ならば、『情緒に流されるな』と申したでしょう」

答えは迷うまでもなく、口をついて出た。

「なるほど……」

清盛はうなずいた後で、いきなり隆季に目を戻した。

「我が張良に、一つだけ忠告したい。聞いていただけるか」

「無論、お聞きいたします」

「情緒に流されるな」

一言一言を嚙み締めるように、清盛は言った。

「貴殿の父君の言葉ではなく、張良が王と仰ぐ者の言葉と受け止めてくれ」

清盛の言葉はふつうに聞けば傲岸《ごうがん》不遜《ふそん》である。それは、彼がもっと低い地位だった頃から変わらぬことであった。しかし、隆季はただの一度も、清盛を傲岸だと思ったことはない。その言葉はいついかなる時も正しく、そして言った通りの未来を引き寄せる力がある。

「分かりました」

六波羅を訪ねたあの夜から、劉邦清盛の張良になると心を決めたのである。それ以外の答えはあり得なかった。

そして、この返答と同時に、隆季は信頼を切り捨てた。

「では、一つお頼みしたいことがある」

清盛は隆季の返答に念押しなどすることはなく、さっさと話を先に続けた。

「貴殿と同じく、右衛門督の義兄弟となった関白殿下を、右衛門督から引き離していただきたい」

合い婿である隆季に、関白基実を説得せよと言うのだろう。

隆季は深くうなずいた。

「その功績をもってすれば、貴殿とご一族をお守りすることは叶う」

たとえ義弟信頼と実弟成親が反逆者として裁かれることになっても、隆季が害を被ることはないという意味であった。

――あの時と同じことをなさる必要はないのだ。

はっと気づくと、清盛の目がそう言っていることが分かった。

かつてのように、貴人の前に身を差し出して、一族の安泰を図らなくてもよいのだ、と。

信頼に情けをかけるな、というのも、基実を信頼から引き離せ、というのも、すべては隆季の身を考えてのことであった。清盛は劉邦として、隆季を守ろうとしてくれている。

その志はありがたい。

（だが――）

それでは、自分はいつまでも清盛の懸念の対象となってしまう。張良とはそんなものではないはずだ。

そう思った時、隆季はふと頬に冷たいものを感じて、空を仰いだ。冬の氷雨が降り出したのだ。

「ここで失礼する」

清盛は次第に強い降りになっていく雨を、まったく払いのけようともせず短く告げた。

「帰京後、私がいかなる行動をとろうとも、決して疑われることなきように」

とだけ低い声でささやいて、隆季の脇をすり抜けていく。

清盛の背を見送りながら、隆季はその場から動かなかった。初め顔を覆っていた袖もいつの間にか下ろしていた。

氷雨を浴び続けるその顔は、表情もない、温もりもない、まさに作りものの面そのものであった。

四

それから間もない十二月四日、六波羅の平家一門は大掛かりな熊野詣へ向かった。先代忠盛の時から熊野への信心が厚い平家一門の伝統行事で、当主清盛をはじめ、その弟たち、息子たち——主だった武将たちは皆、都を留守にする。

そして、その五日後、後白河院近臣の信頼派は蜂起した。

同心者は藤原成親をはじめとする反信西派の院の近臣たち、および二条天皇側近の藤原経宗《つねむね》、惟方《これかた》に、配下の武士源義朝たち。二条天皇の親政を志す天皇側近と、後白河院近臣の信頼たちは決して相容れない立場なのだが、共通の敵信西を前に手を結んだのである。

十二月九日夜半、源義朝は軍勢を率いて、後白河院の居所である三条烏丸《さんじょうからすま》御所を襲撃。

「かかれいっ！」

同座していた後白河院とその姉上西門院《じょうさいもんいん》の身柄を確保するや、義朝は三条殿に放火して反抗する者たちを矢で射殺していった。その騒ぎが静まった後、後白河院と上西門院の身柄は、大内裏の一本御書所《いっぽんごしょどころ》に移された。

一方、内裏では、同心者である経宗、惟方らが二条天皇の身柄を拘束。

治天の君と天皇を幽閉するという暴挙であったが、この時、肝心の信西が三条烏丸御所にいなかった。

襲撃をいち早く察知した信西は御所を抜け出し、清盛らが熊野詣から帰るまで、都の外に身を潜めているつもりだったようだ。宇治田原まで何とか落ち延びたものの、それ以上は追手をかわせぬと判断し、土を掘って、その中に身を潜めた。

「息を吸うための穴を空けておりましたのが、信西めの落ち度でござりました」

信西の首を刎《は》ねて持ち帰ってきた武士たちは、信頼に報告した。

「大路で晒《さら》し首にいたせ」

信頼は信西の生首から目を背けて命じた。


隆季のもとへ信頼からの使者が訪れたのは、十三日のことであった。

——ただちに、参内なさるように。

除目《じもく》を執り行おうというのだろう。

(近く臨時の除目が行われることになれば、知らせは来るだろうが、それより先に参内せよというのは、今回の論功行賞の中に隆季の名を入れてやりたいという信頼の親切心であろう)

それは信頼の厚意以外の何ものでもないだろうが、受けるわけにはいかなかった。

今や後白河院と二条天皇の身柄を押さえている信頼らは、院宣《いんぜん》も宣旨《せんじ》も思うままに下せる状況になっている。それで、おそらく無茶とも思われる人事を行おうというのだろうが、それを受ければ彼らの一味になる。それは、治天の君と天皇を拘束した暴虐の徒の一味となることに他ならない。

言伝は聞くが、参内するつもりはない。

隆季は、使者には直に対面するのを避け、家人を通して今は具合が悪いと伝えさせた。

信頼はおそらく、この度の除目で念願の近衛大将に任官するのだろう。それももう、隆季には関わりのないことであった。

翌日の十四日、正式に臨時の除目の行われることが発表された。

案の定、信頼は近衛大将に昇進し、源義朝はかつて平清盛が就任したこともある大国播磨守、その嫡男で十三歳の頼朝《よりとも》は右兵衛佐《うひょうえのすけ》に昇進している。

信頼の同心者以外には不服のある者も多かったはずだが、後白河院と二条天皇の身柄を押さえられているとあっては、逆らえる者はいない。

特に、関白右大臣の藤原基実は信頼の妹婿であったから、同心者でこそなかったが、信頼の要求する人事をそのまま了承した。

ただ一人、これに鋭い批判を叩きつけたのが、太政官としては右大臣基実の上位に立つ左大臣藤原伊通《これみち》である。呈子の実父なのだが、淑《しと》やかな娘と違い、気骨のある毒舌家として知られていた。

「この度の論功行賞では、人を殺した者が厚く遇せられているようですな。ということは、三条烏丸御所の井戸も、論功行賞に与《あずか》るべきではありますまいか」

三条烏丸御所の井戸云々とは、義朝が御所を急襲して火をかけた時、慌てふためいた女房たちが井戸へ身を投げたことへの、痛烈な当てこすりであった。そして、人を殺して論功行賞を被《こうむ》った者とは、源義朝の一門のことである。

「正義に逆らう者が死を免れられぬのは、やむを得ぬこと。武士が刃でもって役目を果たすのは、道理に適《かな》っておりましょう。この度の論功行賞は、その忠義に報いんという上皇さまと主上の思し召しかと存ずるが……」

信頼は悠々と言い返した。

表向きは後白河院と二条天皇の意向に沿った人事とされているから、それに文句をつけることは誰にもできない。目の中に憤りと侮蔑を燃え上がらせつつも、返す言葉のない伊通をそれ以上相手にせず、

「失礼する」

と言い、信頼は束帯《そくたい》の裾を払って歩き出した。

今まで二人を遠まきに囲んでいた人々がはっとうつむき、信頼の前を空ける。その時、ただ一人、顔を上げたまま信頼に目を向ける男がいた。信頼が誰よりも待ち望んだ隆季であった。

「少しあちらでお話を」

信頼が隆季を誘い、隆季も承知してその後に続いた。


「何ゆえ、私がお誘いした時すぐに、参内されなかったのか！」

周囲に人がいなくなると、信頼は足を止め、隆季を詰《なじ》るように言った。

「具合を悪くしておりましたので」

隆季は落ち着いた声で答えた。

「だが、こうして参内できたではないか」

「お蔭さまをもちまして、快復いたしたのでございます。その上、綸言《りんげん》（天皇の言葉）でもございますれば、参内を拒むわけにもまいりませず……」

隆季は目を伏せると、

「この度は近衛大将へのご昇進、まことにおめでとう存じます」

と、信頼に改めて祝いの言葉を述べた。そう言われると、信頼はそれ以上、隆季の不参を責め立てることができなくなってしまったようだった。ふっと表情を和らげると、

「隆季殿にも昇進していただきたかったのだがな」

ひどく残念そうに呟いた。

相変わらず率直な人だと思う。もう自分たちは袂を分かったというのに、まだそれを了解しきれないでいる。いや、本当は分かっているが認めたくないのだろう。

「私はこれといった功績もありませぬし、決して院や主上のお覚えがめでたいわけでもありませぬ」

「まあ、お待ちになっておられることだ。いずれは、私が力を貸して差し上げる」

なおも信頼は熱心に言った。隆季は目を伏せたまま返事をしなかった。

信頼が二人の間の断絶を本当に了解するのは、おそらく信頼自身が敗れ、力を失った時だろう。

（しかし、その時、私は信頼殿を助けることはしない）

そのことに早く気づいてほしい。そう思った時、よく晴れた日だというのに、隆季は雨の音を聞いた気がした。

九の章

花客

一

都の政変を聞いて、熊野から急ぎ引き返してきた平家一門の入京を、信頼は決して阻《はば》むことはしなかった。

指揮官たる信西のいない今、平家一門の武力は恐るるに足らずと、侮っていたからである。その上、帰京後の二十五日早朝、清盛は信頼に名簿《みょうぶ》――すなわち服従と奉仕を誓う書付を差し出し、逆心無きことを誓ったのだ。

「この度の論功行賞はすでに終わってしまったが、これからも上皇さま、主上にご奉仕すれば、また褒賞の機会もあろう。精進することだ」

信頼は上機嫌であった。

「かしこまりましてござりまする」

平伏する清盛の態度は、まさに従順そのもの。

信頼はすっかり緊張を解いた。信頼が知恵袋と恃《たの》む成親もまた同様である。が、清盛には腹案があった。

上皇と天皇の拘束という異常事態が続く中、水面下での動きはすでに始まっている。そして、清盛はひそかに、二条天皇側近の藤原経宗《つねむね》、惟方《これかた》らと接触していた。

「蜂起するならば、その前に、主上と上皇さまの御身をお救いしなければなりませぬぞ」

経宗と惟方は、清盛に言った。

天皇と上皇を押さえられている限り、勝ち目はない。天皇に刃向かう者こそ朝敵と見なされるからである。が、天皇と上皇の身柄さえ確保してしまえば、信頼を朝敵に貶《おとし》めることはたやすい。

そこで、帝と上皇の脱出計画がひそかに練られた。

まず、後白河院がひそかに仁和寺《にんなじ》へと逃れ出る。これは、清盛が信頼に名簿を差し出した日の夜半のこと。

次いで、日付が変わった二十六日の丑《うし》の刻（午前二時頃）、大宮二条の火事に託《かこつ》け、二条天皇が女装して内裏を脱出するのに成功した。

向かう先は、清盛の邸宅がある六波羅であった。


清盛が信頼に従ってみせたのは謀《はかりごと》である。

――帰京後、私がいかなる行動をとろうとも、決して疑われることなきように。

清盛が熊野詣の前に言い置いていった言葉の意味を、隆季ははっきりと悟っていた。

とすれば、隆季にも為さねばならぬことがある。二十五日夜半、隆季が最初に向かったのは六波羅ではなく、関白基実のもとであった。

「殿下、六波羅へ参りましょう。及ばずながら、この左京大夫が御供つかまつります」

この時、二条天皇の脱出は進行中であったが、後白河院はすでに仁和寺へ逃れている。隆季は天皇と上皇を幽閉するという非道を働いた信頼らから、すでに人心が離れていることを説いた。

「大夫……」

基実は不安げな眼差しを、隆季の面上に据えた。目が泳いでいる。

「私を信じてくださいませ。すでに故人ではございますが、我が妻は殿下の北政所《きたのまんどころ》（摂関の正妻）さまの姉にござりました」

「そなたは右衛門督を裏切るのか」

基実の顔は今にも泣き出しそうであった。

「裏切ると申されましても、私は同心しておりませぬし、殿下とてそうでございましょう」

「では、見捨てるのか」

基実は性急に問い直した。

「右衛門督は我らが妻の兄弟ではないか。私もそなたも右衛門督の義兄弟である。その兄弟を見捨て、敵方に身を投じるのか」

隆季は黙って基実を見つめ返した。その無表情に基実が怯《ひる》んだのが分かる。

「そなたはよい。泣かせる女がもうおらぬ」

基実は隆季から目をそらして、呟くように言った。

「私の妻は今、みごもっているのだ」

隆季は驚きを顔に出さず、無言を通した。妻が亡くなって以来、その実家とは疎遠になっている。北政所として基実の邸に引き取られた義妹についても、隆季はほとんど知らなかった。

「今、六波羅へ参ることで、私は生まれてくる子の将来をつぶすことになるまいか」

「生まれてくるのは殿下の御子でございます。私はこの一件で、たとえ右衛門督がどうなろうとも、亡き妻の遺《のこ》した隆房《たかふさ》を廃嫡にすることはございませぬ」

「そうか」

ほんの少し安堵したような表情を、人のよい関白は浮かべた。その顔になぜか、亡き妻のほっとした表情が重なって見えたような気がした。

――非情になれ、隆季。隆房を守りたいのならばな。

亡き父の今わの際の言葉が、耳によみがえってくる。隆季は亡き妻に心で詫びた。

(そなたの弟を見捨てる私を、許せ……)

だが、それも、亡き妻の遺した我が子を守るためである。

一息吐いて、隆季は正面から基実を見据えた。

「殿下の御身はお一人のものではございませぬ。北政所さまお一人だけの殿下ではないのですよ」

その言葉は、十七歳の関白の心に大きく響いたようであった。

「六波羅へ参ろう。すまぬが、供をしてくれ」

基実は悲壮な眼差しを、隆季に向けて告げた。

基実を六波羅へ送り届けた時、そこにはすでに基実の父である前関白忠通が到着していた。付き添っていたのは、花山院忠雅である。

「殿下と大殿（忠通）の御身はもう安泰だ」

忠雅は隆季をねぎらうように言った。

隆季は無言でうなずき返す。この邸には清盛がおり、関白父子のそばには忠雅がついている。ならば、隆季はもうここに用はなかった。ただ、その落ち着かぬ思いを、よもや顔や態度に出したはずはないのに、

「どこかへ行くのか」

と、忠雅が問いかけてきた。その目が探るような色を宿して、隆季にじっと据えられている。

「いえ、特に……」

言いかけた隆季の袖を、いきなり忠雅がつかんだ。それから、

「今宵はどこへも行かせぬ」

低い声でささやくように告げた。

同じ言葉を聞いた遠い昔に、時が一気に遡《さかのぼ》り、隆季を惑乱させる。

慌てて忠雅の目の奥をのぞいてみれば、そこに浮かんでいるのはかつて見たのと同じ――そして、もう何年もの間、忠雅が隆季に見せたことのない執心の色であった。

覚えず、身を固くした隆季の前で、忠雅は突然、がらりと表情を変えた。

「驚いたようだな」

と言った後、その場に似合わぬのんきそうな声を上げて笑い出す。隆季は唖然としていた。

「何が起きても顔色を変えぬそなたの顔が、少しでも変わるのを見てみたくてな」

もっとも、今も顔色が変わったとは言えないが……と呟きながら、忠雅はまじまじと隆季の顔を

見つめた。それから、

「行けばいい」

ひどくあっさりした口ぶりで続けた。

「皇太后さまは左府（呈子の実父伊通《これみち》）の九条邸におられる」

かつて「姫にそなたはやらぬ」と言った同じ口が、今、皇太后となったその「姫」の居場所を教えてくれた。

「大殿に聞いたのだから間違いない」

呈子の養父である忠通から、事前に聞き出しておいてくれたという。

呈子が居所とするいくつかの邸の名は、隆季も知っていたが、今現在どこにいるかは知らなかったので、この知らせはありがたいものであった。

「あまり……驚かせないでください」

礼を言うより先に、軽く咎める言葉が口をついて出た。

「ただの軽口だ。怒るな」

忠雅は相変わらずの軽い口ぶりで言うと、もう一度、「早く行け」と促した。隆季は飛び立つような勢いで立ち上がると、足早に外へ向かった。

「どちらが軽口か、そなたは永久《とこしえ》に気づくまい……」

聞き取りにくいほどの声で呟く忠雅の言葉は、隆季の耳には届いていなかった。

二

十二月も末の闇夜を居ても立ってもいられぬ思いで、隆季は九条邸へ馬を走らせていた。その脳裡に浮かび上がるのは、もう何年も思い返すことのなかった遠い日の思い出。

――人からよく言われるのです。お前は何を考えているのか、よく分からないって。

――私は他の人とどこが違うのでしょう。

思い悩む自分の幼い声が、遠くから聞こえてくる。

何度か顔を合わせていたとはいえ、自分より年下の少女に、なぜそんな悩みを打ち明けてしまったのか、我ながら不思議だった。ただ、少女の大きな目には、温かな光で包み込むような優しさが備わっていた。いつまでもその光に包まれていたい――意識せずとも、いつしかそう思うようになっていたのだろう。

少女を好ましく思う気持ちは、すでに抱いていた。だが、自分の悩みを打ち明けたからといって、明確な返事がもらえると期待していたわけではない。あれは、思わず口から漏れてしまった独り言のようなものであった。

しかし、少女はしっかりとした言葉で答えてくれた。隆季が明らかに他の人と違うところ――容貌が目だってきれいだということも、決して口を濁したりせずはっきりと述べた上で、理由を答えてくれた。

――きっと皆さまから『きれいだ』と言われ続けて、どういう時にどんなお顔をすればいいのか、分からなくなってしまったからですわ。

なるほどと思った。「きれいだ」と言われるのは、子供でもきまり悪い。初めは嬉しかったり恥ずかしかったりした褒め言葉も、回数が重なればもう放っておいてほしいという気持ちにもなる。そうするうち、表情を見せないことが癖のようになってしまった、ということはあり得た。

隆季は少女の賢さに舌を巻いた。この少女のいささか大きすぎる目が輝いて見えるのはそのせいかと思った。

――でも、前に隆季さまが私の箏《そう》を褒めてくださった時のお顔、私、一生忘れませんわ。あの時、見せてくださった笑顔が、私にはとても嬉しかったのですもの。

少女がその後、続けた言葉。隆季が無表情である理由を明確に述べた後で、その笑顔の持つ力を解き明かしてみせたのだ。自分の笑顔が少女の心を動かしている、そう打ち明けられた時は胸が震えた。

この少女がそう思ってくれるだけで十分だ、そう思えた。少女を除くすべての人が、「何を考えているか分からない」と自分を爪はじきにしたとしても、この少女だけが自分の笑顔を好きでいてくれるなら、それでいい。仮に少女以外の人の前で笑うことができなくなってもかまいはしない、と――。

少女の輝くばかりの大きな目に一生見つめられていたい。この時、はっきりと隆季は自覚したのだった。

邸の門前へ到着してみれば、洛中南端のこの場所は、都の喧騒とは関わりなくひっそりと静まり返っている。

実父伊通が信頼に暴言を吐いたことといい、養女とはいえ摂関家出身の皇太后である立場といい、戦乱に巻き込まれはせぬかと案じていたが、

（杞憂《きゆう》であったか……）

隆季はほっと安堵の息を漏らした。

忠雅の言葉に背を押されるような形で駆け出してきてしまったが、この夜半に門を叩くことはさすがに躊躇される。とはいえ、立ち去ることもままならなかった。いつかのように足が地面に張り付いてしまい、動き出すことができない。

「失礼ですが……」

突然、女の声が足もとの方からして、隆季は驚いた。声のした場所は門の脇の小さなくぐり戸の向こう側である。声の主は身をかがめた格好で、戸を少し開けて語りかけてきたらしい。

「どちらさまでいらっしゃいますか」

戦乱の最中、警戒されるのはもっともである。下手にごまかすのはかえって疑念を招くだけだろうと思い、正直に答えた。

「左京大夫隆季と申す者です」

たとえ相手が自分を知らなくとも、身分と名を名乗れば、警戒心は薄れるだろう。

だが、戸の向こう側の相手は隆季を知っていたらしい。

「まあ、隆季さま」

懐かしそうな声の様子からして、古くから呈子に仕え、若い頃の隆季を知る者と思われた。

「皇太后さまもおそば仕えの者たちも、今宵は皆、休んでおりませぬ。どうぞ、中へお入りください。皇太后さまにお取り次ぎしてまいりましょう」

女はすばやく言うなり、隆季が待てと言う間もなく、戸口から離れてしまった。

ややあってから、門がゆっくりと開けられ、門番らしい男が隆季に中へ入るよう促す。隆季は言われるまま門をくぐり、馬を預けた。

どことなく雲の上でも歩いているような心地で、建物の方へと向かう。すると、尼姿の女房が現れ、中へ入るようにと告げた。

そこからは尼女房の案内で、寝殿の母屋《もや》へ進んでいく。

呈子は隆季の訪問を驚かなかったのだろうか。そして、対面を許したというのだろうか。何もかも、すべてが夢のように感じられた。

やがて、御座所である母屋に到着した。御前には当然のように御簾《みす》が下ろされている。

御簾を隔てての対面というのが自然だが、尼女房は隆季の席を示すこともなく、どんどん御簾の近くまで進んでいってしまった。その後に続いていくわけにはいかず、御簾から少し離れた場所で、隆季は足を止めた。

「あの……私の席はどちらでしょうか」

尼女房の背に向かって問いかけると、

「左京大夫さまのお席は、御簾の内に設けてございまする」

振り返った尼女房は答えた。

「そうせよという、皇太后さまの仰せでございますので」

啞然とした隆季の顔へ、尼女房はほのぼのと優しげに微笑んでみせる。主人の心ばえが美しいと、仕える者たちにも、それが伝わるものなのかもしれない。

隆季は女房に続いて御簾をくぐり抜けた。腰を屈めた瞬間、胸のどこかがかすかに痛んだ。

こうして、呈子の姿を直《じか》に見、その声を直に聞くのは、本当に何年ぶりのことであろう。

だが、その人にはもう、長く豊かだった黒髪は無かった。

「お久しゅうございます」

御簾の奥に待つ人は、まるで昨日別れて、今日また会った人に対するように、穏やかな懐かしい声で言った。

「皇太后さま」

そう口にしただけで、声が詰まった。何気なさを装ってくれた呈子の心配りに、十分に応えなければならぬと思うのだが、どうしてもそれができない。

「お懐かしゅうございます」

そう挨拶しただけで、感涙が迫ってくるようだ。

目の前に座すその人の、一体どこが変わったのだろう。

若かりし頃、呈子が好んでいた白檀の香がほのかに匂っているのも、昔のままであった。確かに、黒髪は肩の辺りできれいに切りそろえられた尼削ぎである。身を覆う装束も、色とりどりの華やかなものではない。黒に近い濃い藍色に、薄墨色を重ねた尼衣――。

そして、それらが呈子の持つ美しさを少しも損なうものではない、と気づいた時、

「皇太后さま」

隆季の口は急に回り始めた。

「私は今宵、ただ御身を案じ、じっとしていられぬ気持ちのまま、こちらへ伺いました。お会いできようとは夢にも思わず、ましてお言葉を交わせることになろうとは――。それで、何をお話しすればよいのか、今の今まで分からなかったのでございますが……」

自分でも意外なほど、口が滑らかに動く。まるで何かに急かされてでもいるかのようなこの落ち着きのなさは、好きな少女を前にした幼い少年そのままではないか。昔の自分はそれすらできなかったが……と内心で自嘲しつつ、隆季の口は滑らかに動き続けた。

「たった今、皇太后さまのお姿を拝した途端、悟りました。私が昔、気づけないでいたことを。そして、それをお伝えするためにこそ、今宵、ここへ伺ったのだということを」

「昔……」

呈子は静かな声で切り出した。

「お口数の少なかった左京大夫が、今日はずいぶんと饒舌でいらっしゃること」

その口もとにはほんのりとした微笑が浮かんでいる。

（ああ、この方は――）

どんな宿世《すくせ》に見舞われても変わっておられないのだ――そう思うと、目頭が熱くなる。

「私が昔、気づけなかったこととは……」

隆季は深く息を吐き出してから、一気に言った。

「皇太后さまはこの世の誰よりもお美しいということ――でございます」

真面目に言った。これ以上はない真剣さで告げた。

そして、呈子はその言葉をまっすぐに受け止め、口もとに穏やかな笑みを浮かべた。

「かたじけなく思います、左京大夫」

――かたじけのうございます、隆季さま。

呈子は目を閉じた。その上にかぶせられた睫《まつげ》がかすかに震えていることを除いては、先ほどと変わらぬ穏やかな様子であった。

「かつて、あなたと同じことを言ってくれた者がおりました」

隆季は一瞬、顔を強張らせた。呈子の美しさは自分にしか分からぬものだ、また、そうあってほしいという秘めた願いがあった。

「女子《おなご》ですよ、その人は――」

呈子は隆季の苦痛を察して答えてくれたらしい。

「かつて私に仕えてくれた雑仕女《ぞうしめ》で、名を常盤《ときわ》と申しました。とても美しい娘で……」

常盤のことならば知っている。直に会ったのはただ一度きりだが、その後、法性寺《ほっしょうじ》の近くで見かけたことがあった。それを告げるより先に、呈子の大きな瞳に、憂いの色が濃く浮かんでいることが気にかかって、

「何かお気がかりなことでも――？」

と、隆季は問いかけた。

「常盤の夫は今の左馬頭《さまのかみ》（義朝）なのです」

息も吐かずに、呈子は一気に言う。

そうだった――と、隆季は常盤と源義朝のつながりを思い出した。義朝は今や、信頼を支える軍

事力の中心である。隆季や清盛の敵であり、間もなく後白河院と二条天皇の脱出が成功すれば、朝敵の汚名をきせられるはずの身であった。無論、呈子はそんな計画は知らないだろうし、隆季も語るつもりはない。

ただ、信頼らが後白河院と二条天皇に暴挙を働いたことは呈子も知っているはずであり、そんな暴徒に未来がないことは分かるのだろう。

「あの娘の身には、やはり災いが降りかかってしまった……」

呈子は虚《こ》ろな声で、ぽつりと言った。

「どういうことですか」

隆季が問うと、呈子は常盤が仕えるようになった経緯《いきさつ》や、御所を去った時の様子などを、ぽつりぽつりと語り出した。

「おかしなことを言うと思われるかもしれませんが、私は常盤にあなたを重ねて見ることがあったのです」

気がつくと、呈子の昔と変わらぬ大きな美しい目が、じっと隆季を見据えていた。

「あの娘が災いに見舞われることがないようにと、私は願っていましたのに……」

常盤には三人の男子がおり、末の子は今年生まれたばかりなのだと、呈子は続けた。

「合戦前に、どこぞへ逃げたやもしれませぬが、謀叛人《むほんにん》の身内となると……」

探し出されてとらわれの身となることは、免れられまい。

呈子の眼差しに強い光が点《とも》った。

「常盤を何とか、助けてやることはできますまいか」

大きな目が隆季をじっと見据えている。

「逃亡の手助けをしてやるのは、難しゅうございましょう。ただ、とらわれの身になったとしても、常盤が殺されるようなことにはなりますまい」

隆季はそれ以上言うのが苦しくなった。

「常盤の子らも、救ってやることはできませぬか」

あきらめ切れずに言う呈子の気持ちは分かるが、連座の法に背くことはできまい。義朝の男児はおそらく、よくて出家か遠流《おんる》であろう。だが、勝者として戦後処理に臨む清盛に口添えができれば、あるいは――とも、隆季は思う。

「常盤は……」

隆季の無言に押しかぶせるようにして、呈子は言い募った。その特徴ともいえる大きな目が、暁の星を浮かべたようにきらめいていた。

「あの娘は……私がこの世で幸《さいわ》いになってほしいと願った、たった二人のうちの一人なのです。そして、あの娘もまた、私に幸いになってほしいと、本気で祈ってくれました。私は何としてもあの娘を救ってやりたい。場合によっては、私が六波羅へ出向いてもよいのです」

「何をおっしゃいます！　皇太后ともあろうお方が、武士どもの集まる場所へお出ましになるなど、前代未聞にござりまする」

隆季は飛び上がりそうなほど驚愕して言った。

同時に、呈子の思いの丈と比類なき優しさが胸に沁みた。中宮や皇太后という女人最高の地位に就いた人で、たかが一人の雑仕女の行末にここまで心を砕いた人が、かつていただろうか。

だが、なればこそ——。なればこそ、自分はこのお方をお慕いしたのだ。

隆季は心を決めた。

「ご安心くださいませ。常盤とその子らのことは、どうにかいたしましょう」

清盛は、決して自分の口添えを無視はしまい。いや、どう渡り合っても清盛を説得してみせる。

呈子の心細そうな顔を見ていると、何としても願いを叶えてやりたくなってしまう。かつて慈しみ尽くせなかったことへの、守り切れなかったことへの、せめてもの罪滅ぼしとして、今こそ為し得る限りのことをしてやりたい。

体の奥の方から、熱風が吹き上げてくるような心地がした。

だが、隆季の言葉にも、呈子の顔色は晴れなかった。それどころか、前よりもいっそう曇ってしまったようにさえ見受けられる。

「隆季さま……」

呈子は、娘時代にしていたのと同じ呼び方をした。

「無理をしておられませぬか」

女の眼差しが気遣わしげに男の顔に据えられている。

「私は……大事ありませぬ」

隆季はある時以来、誰にも見せたことのない微笑を、呈子にだけは向けた。

それを見た瞬間、呈子の頬がほっと安堵したように、明るく染まる。

隆季の笑顔を一生忘れない、その笑顔が自分には嬉しかったのだと、頬を染めて告げる少女の顔がふと重なった。

「最後に会った時、私は常盤と一緒にあの花を眺めたのでした……」

呈子はしみじみとした口ぶりで呟いた。

「あの花とは……」

つられて問うと、

「酔芙蓉ですよ」

ただちに応《いら》えがあった。

「この御所にも植わっております。夏から秋にかけて、そこの簀子《すのこ》からも見ることが叶うはず」

明け方の純白の花と、夕暮れ時のほのかに酔って色づいた花――そのどちらが好きですか、と呈子から問われた時、隆季はすぐに答えることができなかった。

「私は明け方の白い花が好き」

呈子は少女のように純な口ぶりで告げた。

――覚むれば白き朝ぼらけかな。

それを「ともに見ばや」と書いて送った遠い昔が、思いがけなく隆季の胸をしめつけた。

「……さようですか。ですが、私は――」

思いがけず声が震えた。

今の自分は、呈子と共に純白の花を見る資格などない。それを好きだと言える資格もない。昔と変わらぬ呈子に比べ、自分は――。

「私はただ……あの花の酔った姿もよいものか、と」

どうにかこうにか、隆季は言った。呈子もそれ以上は口をつぐんだ。花について語る代わりに、

「一つ、酔った花の心地になって、お尋ねしてもよろしいでしょうか」

と、隆季は尋ねた。素面《しらふ》では訊けないことも、酔った心地になれば訊ける気がする。

「皇太后さまが先帝のご崩御の後、ただちにご出家あそばしたのは……」

あまりにも急だった呈子の出家——。先帝の一周忌も待たずに髪を下ろしたその潔さには、その後、妙な噂が付きまとった。隆季も後になって、それを耳にした。

——主上が先帝のお后方のうち、いずれかのお方を後宮へお入れするらしい。

正統な皇位継承者と見なされていた近衛天皇に比べ、成り行きで皇位に就いた後白河院の玉座には、常に危うさが付きまとう。近衛天皇の后を後宮へ迎え入れることには、それを払拭する意味があった。

そして、後白河院は呈子を望んだという。呈子が関白忠通の養女であったことに加え、かつて後白河院と呈子との間に縁談が起こった過去も関わっていたのかもしれない。

「もしや、皇太后さまは……」

後白河院の意向から逃れるために——。

酔った気になって尋ねるにしても、その言葉はすんなりとは出てきてくれない。

隆季が幾度も切り出すのを躊躇っているうちに、呈子が先に自ら切り出した。

「先帝の御事《おんこと》は、いじらしく愛《かな》しいお方と思うてまいりました。されど、私はもう……」

その目が隆季の顔から離れ、すっと遠くへ向けられる。今は閉められているが戸の向こうには庭があり、簀子から見られるという酔芙蓉が植えられているのかもしれない。

吸い込んだ息を一気に吐き出すようにしながら、

「……どなたの女《もの》にもなりたくなかったのです」

と、呈子は言った。

（ああ……）

隆季は心中で長い吐息を吐いた。

出家こそが、呈子の志を貫く人生の選択であったのだ。

そう気づいた時、隆季の胸中に青嵐のような激しい風が吹き抜けていった。

「私は昔……」

呈子は隆季から目をそらしたまま呟いた。

「ある方を想って、歌を詠みました。誰にも知らせたことのない歌ですが、あなたが返歌をしてくれますか」

「私で……よろしいのですか」

隆季の声が震えた。

「はい……」

呈子は何か強いものを秘めた声で言い、歌を吟じ始めた。

我が恋の淵より出づる涙河　身をも人をも流してしがな

――私の恋心が降り積もって出来た深い淵から流れ来る涙河。この身をも私の恋しいあの方をも、その河へ共に流してしまいたい。

二人して共に流されたいという強い想いは、この穏やかな女人のどこから出てくるのだろう。隆季は呈子という女人の不思議さを見た気がした。

いざさらばくらべてぞみむ涙河　流れ着く恋の淵の深さを

――そうおっしゃるならば比べてみましょう。あなたの涙河と私の涙河のそれぞれが流れ着く恋の淵は、一体どちらが深いのかを。

(姫よ、これが私の答えです)

自分の方が深く想っている――ずっとそう思ってきた。

だが、あなたもまた、こんなにも深く烈しく私を想っていてくださったのか。

互いの恋の淵の深さは、もはや測り得ぬほどに深くなっているだろう。それが分かっただけでよい。もう本心を隠す必要もない。

「申し訳ありません、皇太后さま」

突然謝り出した隆季に、呈子は不思議そうな目を向けた。

「何のことですか」

「私は先ほど答えをごまかしました。私はまことは、白き酔芙蓉の方が好きなのでございます」

「まあ……」

呈子の眉の辺りの翳《かげ》りは今やすっかり晴れていた。

「私はもはや憂世《うきよ》のしがらみにとらわれることはありませぬ。されど、あなたはこの先も、憂世を渡ってゆかねばならぬ御身。いつか、あなたのお心が清らかな白き酔芙蓉に慰む日の来ることを、私はただ祈っております」

「次は、明け方、花客《かかく》として参上つかまつってもよろしいでしょうか」

ご迷惑でなければ——と、付け加えて隆季は問うた。共に夜を過ごすことは叶わなくとも、明け方の空の下、共に立つことは許されるであろう。

「私と共に……見てくださるのですね」

何を——とは、言われなくても分かる。

「はい」

隆季はうなずいて、それを機に立ち上がった。が、退出しようとした足をつと止めると、前を向いたまま、

「一つ、私の願いを聞いていただけるでしょうか」

と、切り出した。

「何でございましょう」

皇子の声色は心なしか、ほんの少しばかり掠れ、弾んでいた。

「その時は、皇太后さまの箏の琴をお聞かせいただきたいのです」

皇子の返事はすぐにはなかった。たまりかねて振り返った隆季は、あっと息を吞んだ。

「皇太后さま……」

皇子は袖で顔をおおっていた。ややあって、涙をこらえながら語り出した。

「昔、ある方に聞いていただきたくて、箏の琴を用意しておりました。でも、その約束の日に、そ

の方は現れず……。その時、決めたのです。もう箏の琴は弾かぬ、と――」

目の前の呈子の肩が小刻みに震えている。その頼りなげな肩をそっと抱き寄せ、温かく包んで差し上げたい。痛切なまでにそう願わずにはいられなかった。

今となっては想像するさえおそれ多いが、あの日、二人が逢っていたならば、呈子の夫になっていたのは、

(私だったのだ……)

隆季もこみ上げる想いをこらえねばならなかった。

「……花客をお待ちしております」

呈子は顔から袖を離し、居住まいを正して言った。

たおやかな佇まいでありながら、どこか凛《りん》とした気品があった。

「はい」

隆季はすかさず応じた。

季節は数日後に、ようやく春を迎えるばかり――。酔芙蓉の花咲く初秋には、まだ半年も待たねばならない。

それまでに為さねばならぬことが、隆季にはあった。

外戚と身内から謀叛人を出してしまった末茂流当主として、それはおそらく最後の仕事になることだろう……。

三

「よう参った」

後白河院はその男を、初めて手を伸ばせば届く位置において眺めた。

ここは、仁和寺——。

すでに、子《ね》の刻は回っていたが、二十六日の朝はまだ明けていない。

二条天皇の六波羅行幸計画が進行する最中《さなか》、後白河院はいち早く仁和寺へ逃れていた。

今にも、六波羅軍の攻撃が始まろうかと緊張に包まれた都に、その夜、小雨が降った。

「こたび、我が弟の中将成親と右衛門督信頼の為したる不始末、及び我が末茂流の立場について、啓上《けいじょう》いたしたき儀がございまして、まかりこしました」

「そちも人が悪い」

後白河院の口もとには皮肉と余裕が浮かべられている。

剣戟《けんげき》高鳴る都の緊迫感も、この上皇にだけは通用しないものと見えた。

源平の勢力を逆転させ、つい先日までの寵臣を一夜にして朝敵に貶《おとし》めた張本人でありながら、後白河院は泰然としている。

(この方は、真から恐ろしいお方なのではないか)

後白河院その人というより、後白河院と信頼の口から出た言葉に恐怖を覚えた記憶がよみがえってくる。

まだ即位もしないうちから、信頼に「治天の君」と呼ばせた後白河院。

隆季のことを「災いを呼ぶ凶相」と口にした後白河院。

あの時は恐ろしいことを聞いてしまったと思ったが、今は信頼を切り捨てようとする後白河院その人を恐ろしい人だと思う。だが、自分も大差ないはずだ。自分も情緒を捨て、信頼を見捨てたのではないか。自分は変わったのだ、と言い聞かせることで恐怖を抑え込み、

「これが、私のやり方にございますれば――」

隆季は落ち着いた声で答えた。

「そちの父親がそう教えたか」

隆季は目を伏せた。後白河院もあえて返事は求めなかった。

「余のものになると申すか」

予測していた問いかけがなされた。

「それをお答えする前に、一つお尋ねしたいことがあるのでございますが」

「何なりと申すがよい」

「私のことを『災いを呼ぶ凶相』とおっしゃったはずですが……」

隆季の言葉に、後白河院は驚きの色一つ浮かべなかった。どうしてそれを知っているのかと問うこともなかった。

「あれが信頼とそちの仲を裂くための方便か、それとも本心から言ったのか、それを知りたいということか」

「いいえ、災いを呼ぶ私でよろしいのか、という意味でございます」

「よくなければ訊きはせぬ。今一度問うが、これが最後ゆえ心して答えよ。余のものになると申すのか」

「はい――」

今度は間を置かず答えた。それ以外の答えはない。

「では、話は後だ」

後白河院は立ち上がって、促すように御帳台の方へ足を向ける。

「長き道程《みちのり》であった……」

隆季の立ち上がる衣擦れの音に、後白河院の深い満足げな溜息が重なった。

「やっと極上の甘露を手に入れられるか」

「上皇さまはすでに、成親を手に入れておいででしょうに……」

「あれは、頭がよすぎるわりに、人柄が軽すぎてのう。面白みが無いのよ」

くっくっと笑う声は、今様を謡う時の声と違って、やや高すぎて耳障りであった。

「信頼殿はいかがでございましたか」

隆季は尋ねた。

後白河院の口から出てくる次の言葉で、信頼の運命は決するだろう。

「あれは、可愛《かわゆ》い奴よ」

躊躇うことなく、後白河院は言った。

「信西や悪左府（頼長）のごとき学問もなく、そなたや家成のごとき忍耐もない。といって、成親のように人に取り入る算段もできぬ。そのくせ、野心だけは人並み以上にある」

再び、後白河院はくっくっと笑った。

「それゆえに、その愚かしさが童《わらわ》のようで、可愛くもあったのじゃが……」

その先は言われないでも分かる。後白河院には信頼を助けようという意思がない。

「何がおかしいか」

後白河院が問うた。自分では意識していなかったが、後白河院の目には隆季が笑っていると見えたようだ。

「いいえ、あまりにおそれ多きことを考えておりましたので」

「申してよい。咎めはせぬ」

「では、申し上げましょう。おそれ多きことながら、私と上皇さまは今、同じことを考えているものかと――」

後白河院の顔にゆるゆると笑みが浮かんだ。

「さようかのう」

後白河院は太い首をかしげてみせた。

我らは信頼を見殺しにしようとしているのだ――いずれの口からもその言葉は漏れなかった。

「つまらぬことを申し上げました」

隆季は静かに目を伏せた。その顎に太い指がかけられ、有無を言わせぬ強さで仰向かされる。

「蘭陵王《らんりょうおう》の面か」

隆季の無表情の顔を見据えながら、後白河院はつまらなそうに言い捨てた。

「先ほど笑っていると見えたのは、気のせいか。そなたはいつも面を被っておる」

隆季は抗弁しなかった。

「北斉の蘭陵王は醜い面を被った。そなたは美しき面を被り、人の目から己を隠した。なぜそうする？　誰かからそうせよと言われたか」

「お尋ねであれば、お答えいたしますが、上皇さまのお父上さまでございます」

後白河院が弾けたように笑い出した。

「さもあろう。父院さまのおっしゃりそうなことだ」

ようやく笑い収めてから、続けて言う。

「されど、そなたは余のものになると申した。ならば、これからは余の申すことに従ってもらおう」

傲然とした口ぶりで告げた後、

「余の前にて、その面を脱いでみせよ」

と、後白河院は厳《おごそ》かに命じた。笑みでもいい怒りでもいい涙でもいい――本心を見せよと言う。これに対してはすぐにうなずかず、

「正直にお答えしますと、私は故院のご命令で蘭陵王の面を被り、次いで己の意思でそれを脱がぬと決めました。我が身と我が一族の安泰が確かなものとなるまでは、と――」

と、隆季は恭《うやうや》しく答えた。

「なるほど」

では――と、後白河院は面白いことを思いついたという様子で言い出した。

「余がそれをしかと約そう。治天の君であるこの余が約するのじゃ。それでは、足らぬか」

「いえ、滅相もないことでございます」

隆季はゆっくりと首を横に振った。それから目を閉ざし、再びゆっくりと目を開けた時、その顔には鮮やかな笑みが刻まれていた。

「ほう、蘭陵王の面を剝《は》いだ白面の笑みか」

体を揺すって笑う声に、衣擦れの音が混じり込む。

「信頼見捨てる悲しさに、涙するかと思うたが……」

「お望みとあらば、泣いて御覧に入れますが……」

「いや」

したたかな男は嫌いではない——という満足げな声に続いて、

「そちの笑い、余より他の者の前にさらしてはならぬ」

さらなる命令が後白河院の口から漏れた。

呈子の姿が脳裡にふと浮かび上がる。涙河の歌を吟じた時の強くてまっすぐな眼差し、箏を弾かぬと決めた過去を語りながら隠した涙。隆季の笑顔を一生忘れないと語った少女の頃の明るい声も——。が、野分のように吹き荒れるそれらすべてを強引に吞み込むと、隆季は逆らうことなく
「……御意」と答えた。

信頼はもはや助からないであろう。

合戦中、矢に射抜かれ、その傷がもとで亡くなった頼長と同じ運命が待ち受けている。そうでなければ、敵に捕縛された上に死罪という、もっと悪い事態に陥るのかもしれない。

頼長は三十七歳で逝った。信頼はまだ二十七歳である。

ここで、信頼の命乞いをしないことは、信頼を見捨てたと言われても仕方がない。そして、その

悲しさに涙するわけでもない。

冷たい面を被り、それを脱いだ後にはしたたかな白面。

(それが、私だ)

こう生きることを余儀なくされ、多くのものを失い、自分自身も変わった。

それでも、最後まで捨てられず守りたいものがあった。それは、末茂流の家門であり、息子の無事と幸いであり、そして――。

不意に、雨に濡れた隆季の直衣の袖が、強い力で引かれた。

その時、冬の雨がざあっと大きな音を立てるのを、隆季は聞いた。葉末《はずえ》の雨露が風に吹かれて一斉に地面に落ちたのか、強い雨を降らせる雲が仁和寺の上を通り過ぎたのか。

灯火が消えた。辺りは一瞬で夜陰に包まれてしまう。

(この世は闇中《あんちゅう》にある)

この闇が明ければ、暁光の中で白く輝く酔芙蓉を見ることが叶うはずだ。

今こそ、はっきりと分かった。

(私は……白き酔芙蓉を見るために、この憂世を生きてきたのだ、と)

太い腕が絡み付き、闇の中で隆季は組み伏せられた。

酔芙蓉は闇の中でも凜として咲き続けている。

冴えた頭で、隆季はそう思い続けていた。


十二月二十六日早朝、洛外北西にある仁和寺の大門を出た時には、すでに空は明るく晴れ渡っていた。供も連れず、一人馬で来た隆季は、帰る時も一人である。

春も近い明け方の空の下、一路南へ向けて駆けた。

双ヶ岡《ならびがおか》に至ると、馬を止め、丘上から東側の洛中を望んだ。

洛中は、六波羅の平家軍と、朝敵となった信頼、義朝軍が、一触即発という緊張状態にある。だが、こうして誰もいない丘上に立っていると、そうした憂世の沙汰が遠い出来事のように思われた。

後白河院は確かに約した。

戦後、信頼と成親にいかなる処分が下されようとも、末茂流の隆季一門に害が及ぶことはない、と。そして、隆季の心を見透かしたかのごとく、こう付け加えたのだ。

「この先、世の中がどう動こうと、そなたは父親のごとく振る舞うには及ばぬ」

「いかなる意味でございますか」

「そなたの息子を、余のもとへ送り出す必要はないということだ」

昨夜のそなたに免じてな――と、後白河院は含み笑いを漏らして告げた。

すべてを見抜き、将来までも見通したようなその言葉に、もう恐怖は湧いてこなかった。

治天の君が請け合ってくれた以上、我が子は少なくとも自分が味わった苦悩を味わわされることはない。

成人した隆房が、叔父の信頼や成親のごとく、進んで権力者の閨に侍《はべ》ろうとするならば、それはそれでよい。ただ、我が子には自分や呈子のような思いをしてほしくないと、切実に望むだけだ。

（終わった……）

実際の戦闘が始まるのはこれからだというのに、隆季の胸に去来するのは、すべてが終わった後の荒涼とした虚しさであった。

蘭陵王の美しく冷たい面はもう必要ない。これからは、白面でも情緒に流されずしたたかに生きていける。

だが、本物の――心からの笑顔を見せるのはただ一人だけ。

――あの時、見せてくださった笑顔が、私にはとても嬉しかったのですもの。

かつてそう言ってくれた人の前だけでありたい。

白き酔芙蓉を「ともに見ばや」と文に書いて送ったあの日から、はや十四年。

(私が、白き酔芙蓉を好きだと言ったのは……)

――かの花があなたを偲ばせるからです。

そう告げることは、もはや叶わぬ夢であるが……。

「呈子……」

隆季は震える声で、初めてその人の名を声に出して呼んだ。

眼裏《まなうら》の酔芙蓉はその声に応《こた》えるかのように、かすかに震える。

清らかな白い花と、凛として婉《うつく》しい女人の面影は、隆季の中で一つになった。

四

二十六日早朝、仁和寺から六波羅へ引き返すと、六波羅はすでに大勢の公卿、殿上人たちでごった返していた。

二条天皇の行幸に成功した結果、人々が六波羅に詰め寄せてきたのである。昨晩、隆季が基実を連れてここを訪れた時とは、騒々しさが雲泥の差であった。

「隆季殿」

この時、隆季はちょうどひと月ぶりに、清盛と二人だけで言葉を交わした。

「主上をこちらへお迎えした以上、もはや我が軍の勝利は確実です。保元元年の折より心安くお待ちくだされ」

出陣を控え、清盛は告げた。

「いよいよ天に昇る時が来ましたな」

保元元年の折、胸に飲み込んだ言葉を、今こそ隆季ははっきりと口にした。あの折と異なり、今度の合戦を動かすのは清盛である。その武勲が朝廷の今後を左右するだけのものとなるのは、明らかだった。

「それは、貴殿も同じこと」

共に高みに昇るのですぞ——清盛の言葉に、隆季は深々とうなずき返した。

「貴殿はひと月前より変わられたな」

不意に、隆季の顔をじっと見つめながら、清盛は少し目を細めて言った。

「そうですか」

「何があったかは聞きませぬ。ただ、貴殿が初めて我が家へ来られた折の、蒼ざめたお顔はもう、私の目には映っていない」

それだけ言うと、清盛は立ち去ろうとした。

「清盛殿」

行きかけた清盛を、隆季は呼び止め、

「合戦が終わったら、ある女のことで願いの儀があるのですが……」

と、急いで告げた。清盛は足を止めて振り返ると、無言で隆季を見つめ返す。

「貴殿がおっしゃることなら聞き容れましょう」

女というので合戦とは無関係と判断したのか、清盛は内容を聞きもせず答えた。

「かたじけない」

隆季は静かに頭を下げ、出陣する清盛を見送った。


清盛率いる平家一門の軍勢は、信頼方が立てこもる内裏を合戦場とするのを避け、敵方を六波羅におびき寄せるという戦法を取った。

内裏周辺での小競り合いを経て、合戦場は六条河原へと移される。

この合戦で、事実上、敵軍を率いる源義朝は清盛に敗北した。

義朝は本拠地である坂東を目指して敗走し、自ら鎧を着て参戦した信頼は成親と共に、後白河院のいる仁和寺へ出頭した。

しかし、後白河院との対面は叶わず、信頼と成親は捕らわれの身となった。

関白基実の主宰により、臨時で開かれた公卿僉議《せんぎ》によって、その処分は決せられることになる。

隆季は忠雅と共にこれに参席した。

この席で、信頼は六条河原にて斬首されること、成親は助命の上、解官されることが決まった。逃亡中の源義朝の処分については議題に上らなかったが、

「保元の折の先例から、処刑は免れまい」

僉議が終わって二人きりになった時、忠雅は言った。

いずれ捕縛されるか出頭してきた後、また改めて公卿僉議が開かれるか、清盛に処分が委ねられるらしい。僉議の場では平家一門の昇進についても話題になった。清盛の弟たちや息子たちの昇進が決まっている。

「いよいよ清盛殿の時代になるな」

感慨深そうに言う忠雅に、

「では、兼雅を婿入りさせますか」

と、隆季は問うた。

「そうだな。保子も反対はしまい」

忠雅はまんざらでもなさそうな顔つきで答えた。それから、ふと気づいたという様子で、まじまじと隆季の顔を見つめると、瞬きもせずに言った。

「そなた、少し変わったか」

「さようですか」と何気なく言い返す隆季に、「うむ、間違いない」と忠雅は確信した様子で言う。

「うまくは言えないが、そうだな。どことなく、亡き義父上《ちちうえ》のお顔を思わせるというか」

忠雅の言葉に、隆季は無言を通した。忠雅はかまうことなく、独り言のように先を続ける。

「頼り甲斐がありお優しくもあるが、芯のところでは非情であった。いや、非情になることができ

た。あの義父上のお顔に、そなたも似てきたということか」

それだけ呟くと、それがよいとも悪いとも言わず、また隆季の返事を聞くこともなく、忠雅は立ち去っていった。


信頼と成親の処分が行われた頃、尾張国へ逃亡していた源義朝はその地で殺害された。義朝と共に逃げていた息子たちの探索が行われ、まだ合戦に参加していなかった幼い息子たちも探索の対象とされた。

義朝の妻の一人である常盤には、三人の息子たちがいる。

子供たちを連れ、都を離れていた常盤は、母が捕らわれの身になったのを聞き、都へ舞い戻ってきた。六波羅へ出頭する前にまず身を寄せたのは、かつて仕えていた呈子の御所である。

「よくぞ、ここへ参ってくれた」

呈子は常盤と子供たちを邸の中に入れ、その身をいたわった。

「私はどうなっても、幼子たちの命だけはお救いくださいませ」

疲労と恐怖で半ば錯乱していた常盤の手を取り、優しく励ましたのは呈子であった。

「大事ない。お子たちにもそなたにも、決して危害の及ぶことはありませぬ」

その温もりのある声が常盤の耳に入り、心の奥に届いた瞬間、常盤の胸の中に温かいものがあふれ返った。

「ああ……」

呈子が自分の手を握っていてくれたことに気づいたのは、さらに時が経ってからのことである。

「こ、皇太后さまの美しいお手が――」

我に返った常盤が慌てて自らの手を引くと、「そなたの身に災いが降りかからぬように」と祈るように呟いてから、呈子はそっと手を離した。

落ち着きを取り戻した常盤が身なりを整えてもらい、幼子たちの世話をする女もつけられて、六波羅へ送り出されたのは、それからしばらくして後のことである。

六波羅へ出頭すると、いったん拘束という形で一晩、留め置かれた。

その常盤のもとへ一人の男がやってきて面会を求めたのは、翌日のこと。

「あなたさまは……」

一人別室で、男と対面した常盤は驚きの声を上げた。

忘れようはずもない。遠い昔、呈子を訪ねてきた美しい公達、名前はそう、「隆季」と呼ばれていた。あの時、そう呼んでいたのは、この邸の主人である平清盛だった。

面識のある清盛と顔を合わせることはあるかもしれぬと、心構えはできていたが、隆季に会うとは思ってもいなかったので、常盤は混乱した。

「左京大夫藤原隆季と申す。そなたとは一度会ったことがあるが……」

「覚えております。皇太后さまの御もとで……」

口を滑らしたことに気づき、慌てて口をつぐんだが、目の前の美しい男はわずかに頬をゆるめただけであった。

「皇太后さまのもとから参ったのはよかった。すでに、皇太后さまのご意向は伝わっている」

「あの、それでは……。私の子供たちは――」

私はどうなってもよいのです、子供たちさえ助けていただければ——常盤は必死に訴えた。

「そなたにもお子たちにも処罰はない。無論、留め置かれていたそなたの母君も——」

「ああ……」

常盤の口から安堵の声が漏れた。

「ただし」

隆季は少し厳しい調子の声で続ける。

「お子たちは皆、僧籍に入っていただく。一番末のお子だけは手元に残してよいが、七つになったら寺へ預けるように」

「命さえ助かるのであれば、異存はありませぬ」

常盤は泣き崩れるようにして言い、続けて「ありがたいことでございます。御恩は決して忘れません」とくり返し礼を述べた。その常盤に向かって、

「我々には縁があるからな」

と、隆季は静かな声で不意に言い出した。

「酔芙蓉の花の縁が——」

「酔芙蓉の縁……?」

常盤には、隆季の言葉の意味が分からなかった。

酔芙蓉の花が好きなのは呈子だ。呈子と自分ならともかく、どうして隆季と自分の間にあの花が関わるのか。

そう思った時、ふと気づいてしまった。

（もしや、皇太后さまが酔芙蓉を好きとおっしゃったのは……）

あの美しい花に、この美しい公達を見立てていたからではないか、と――。

そう思った瞬間、その推測は常盤の中で、事実と同じ確かさで刻み込まれた。

やがて、六波羅から釈放された常盤は、新しい家を与えられ、そこで末子の牛若《うしわか》と共に暮らし始めた。

その家を用意したのが清盛であると、常盤は後に知ったが、これに驚きはしなかった。清盛がその家を訪ねてくるようになることは、それ以前から何となく予感していたからである。

――常盤か、覚えておくぞ。

――五年も過ぎた頃にまた会おうぞ。

歯を見せて笑った清盛の笑顔も、自信に満ちたその声も、忘れてはいなかったし、清盛を受け容れることは、あの時点で定まっていた己の運命であるという気さえした。

あの日、同じ場所にいた隆季と呈子との間に、切っても切れない絆があるように。

不思議なことに、常盤が清盛を受け容れた時、考えていたのはそのことだった。

あの夜、鳥羽院の御所田中殿に居合わせた四人の男女は、初めから宿命の糸で結び合わされていたのだと――。

清盛の愛妾となってからの常盤は、呈子の御所を訪ねるようになった。

呈子と顔を合わせる時もあったが、御所の庭先へ回り、雑仕女だった頃のように庭の草花の手入れをして帰ることもあった。

「今のそなたがさようなことをしては……」

御所の人々からも止められたが、

「私にやらせてくださいませ」

と、常盤は頼み込んだ。

「皇太后さまのお目に触れる庭は、私に手入れさせていただきたいのでございます」

常盤の丁寧で行き届いた仕事ぶりに、やがて人々は何も言わなくなった。

やがて、秋の訪れを感じるようになった頃――。

常盤は御所の庭に、懐かしい薄紅色の花を見つけた。

（あれは、酔芙蓉――）

忘れようはずもない。

呈子がかつて好きだと教えてくれた花。

聞けば、呈子は初秋になってから、よく明け方に庭を散策するという。

（きっと白い酔芙蓉を御覧になっておられるのだ）

常盤はすぐにそれと気づいた。

そして、酔芙蓉の咲く季節の間、許す限り朝早く御所へ伺い、庭の様子を検《あらた》めるようになった。

五

平治の乱から半年余が過ぎた、永暦《えいりゃく》元（一一六〇）年の初秋。

いつものように、明け方、呈子の御所を訪ねた常盤は、酔芙蓉の前に立つ人影を見出して息を呑んだ。

一瞬、呈子が早くも庭を散策しているのかと思ったが、立っているのは直衣《のうし》を着た男である。

「左京大夫さま……？」

常盤は振り返った男に、そう声をかけていた。

（明け方にいらしたのか。それとも、お帰りになるところなのか）

常盤は一瞬、混乱した。それを見抜いたのか、

「少し前に参ったばかりだ」

と、隆季は微笑みながら答えた。

（あの皇太后さまが、御仏に背く行いをなさるはずがないのに……）

自分の想像を常盤は恥じた。一方で、想い合う二人の寂しさが伝わってきて、やるせない気持ちに駆られずにはいられなかった。


「お文を……お届けいたしましょうか」

常盤の声を聞いた時、隆季ははっと驚いたような表情を浮かべた。

「私ごとき者では皇太后さまのおそば近くには参れませんが、簀子の端に置いてくるだけでよろしければ――」

簀子の端に置いてきてくれ――とは、かつて、躊躇う常盤を必死に説き伏せようとした隆季の言葉であった。

常盤の言葉の意図を察し、隆季はうなずき返した。

「それでけっこう。さすれば、皇太后さまのお目に止まることもあろうから――」

はっきりとは覚えていなかったが、たぶん、こんなようなことを言ったのではなかったか。

それから、隆季は懐紙と携帯用の筆を取り出すと、文をしたため始めた。

何を書こうと決めていたわけではない。

だが、あの時もそうだった。当時は呈子から贈られた酔芙蓉の歌を書き、最後に「逢はむ」と書き添えたのではなかったか。今にして思えば、大胆なことを書いたとは思うが、あの時はそれより他に言いたいことはなかった。

(では、今は……?)

「逢はむ」と書くのはふさわしくない。男と女として逢うことは永遠に叶わず、ただ顔を合わせるだけなら、すぐにも叶うのだから。

「花客、参る」

とだけ、隆季はしたためた。

「他の方が見つけてしまったら、どういたしましょう」

わざと困ったような顔で尋ねる常盤に、隆季は穏やかな笑顔で答えた。

「それでもかまわぬ。読まれて困るようなことが書いてあるわけではない」

「それでは、置くだけは置いてみますけれど……」

隆季の結び文を受け取るべく、常盤が手を差し伸べてきた。

あの時は、ここで清盛が止めに入ったのだ。

だが、今朝は誰も止める者などいない――はずであった。

そう信じていた二人の耳に、

「おやめなさい」

という声が飛び込んできたのはその時だった。

「その必要はありませぬ」

続けられた声は、かつての夜に聞いた雄々しい男の声ではなく、凜とした女人の声であった。

「皇太后さま」

常盤が振り返って驚きの声を放つ。

「常盤よ」

呈子が常盤だけを呼んだ。常盤は結び文を手に呈子の前へ寄る。

「そのお文はそなたがお預かりしたのね」

見せて御覧というように手を差し出して、呈子は言った。

あの時は持たなかった結び文を、今、常盤はしかと呈子の手にのせる。

「ただ今、お履物をご用意いたします」

慌てて言う常盤の言葉に、呈子は黙ってうなずいた。

常盤が履物を持って階《きざはし》の下にそろえるまでの間に、呈子は結び文を解いて、中に目を通していたようであった。

文を読み終わると、それを畳み直して懐へ入れ、常盤に手を取られながら呈子は階を降りてきた。

呈子の足が地面につくのを目にした時、なぜか常盤は全身が震えた。

月ほども遠い場所にいるかぐや姫が、ついに地上へ舞い降りた瞬間だった。その後、呈子は常盤の手を離し、一人で酔芙蓉の花咲く方へ――隆季のいる場所へ向かって歩き出した。

呈子が隆季の前で足を止めると、二人は一瞬目を見交わし、何を語るでもなく、同時にその眼差しを白い花へ転じた。

明け方の澄明《ちょうめい》な光の下、酔芙蓉の花は凜と佇んでいる。

夕方の花のように恥じらう気配はどこにも見られなかった。

(お二人の、なんてお美しいこと……)

白き酔芙蓉の清らかな美しさに負けず劣らず――。

――初めてお顔を拝した時から、この常盤には中宮さまが誰よりも美しゅう見えまする。

そう申し上げたのは、いつの時だったか。

呈子がまだ中宮と呼ばれていた頃、常盤が呈子のもとを去る時のことであった。

だが、今の呈子はあの時よりももっと美しい。

常盤は熱い涙をそっと拭うと、思い出したかのように息を一つ静かに吐いた。

終の章

隆季が呈子の御所の花客となってから、十五年余の歳月が過ぎた。

安元《あんげん》二（一一七六）年九月十九日、酔芙蓉の季節が終わるのを見届けたかのように、九条院《くじょういん》呈子はひっそりと逝った。享年四十六。

隠居していた平清盛が福原から上洛し、後白河法皇を幽閉して政権を掌握する「治承《じしょう》三（一一七九）年の政変」が起きたのは、その三年後のことであった。

政変の折、隆季はすでに父家成の極官である中納言を超え、権《ごんの》大納言の職にあったが、さらに親王任官とされる大宰帥《だざいのそち》を兼官して世間を驚愕させた。

一方、この政変により、花山院家の当主兼雅《かねまさ》は春宮大夫の職を解かれ、蟄居《ちっきょ》に追い込まれている。

その父忠雅が義弟隆季に執り成しを頼むも拒絶され、雨の中、帰っていったその日は十九日――呈子の月命日であった。

「どちらへ行かれるのですか、主《あるじ》さま」

雷雨の中、ものに憑《つ》かれたような目をして邸を飛び出してきた隆季の姿に、従者は目を剝いた。

「花山院家の大殿（忠雅）ならば、この雨の中、すでに牛車を出して帰られましたが……」

隆季の様子から、忠雅に言い残したことでもあって、慌てて後を追ってきたかと思ったのだ。しかし、隆季は従者の言葉など耳に入らぬという様子で、厩《うまや》の方に進んでいく。

「馬を出せ」

隆季は従者に命じた。

「今、でございますか」

従者が雨の降りしきる暗い空を見上げ、躊躇いながら訊き返した。

「早くいたせ」

隆季の返事はそれだけだった。

口数の少ない主人に、それ以上問うても無駄だと知る従者は、言われた通り、馬を牽《ひ》き出した。が、この雨の中、主人が馬に乗って出かけるつもりなのかどうかは、まだ半信半疑であった。

その従者の前で、隆季は馬にまたがるや、あっという間に雨の中を駆け出していく。跳ね返る泥を慌てて避けながら、

「主さま、お待ちください。どちらへ――」

従者は慌てて叫んだ。が、その声は地を打つ雨の音に消されたのか、主人からの返事はなかった。

それからも、雨はなかなかやまなかった。

安楽寿院《あんらくじゅいん》にある近衛天皇陵の傍らにある小さな陵《みささぎ》の前に、隆季が参じた時もなお、雨は弱まり

ながら降り続けていた。

「女院《にょいん》さま……」

隆季はそっとささやくように呼びかけた。

それは、その人の最後の呼称であり、それ以前は「皇太后さま」であり「中宮さま」であった。

さらに、それより前は――。

「姫」

それが、隆季にとっては最もなじみのある呼び方であった。

「御覧になっておられますか。私は大宰帥になりましたぞ」

返事はない。ただ小雨が隆季の烏帽子に、肩に降り注ぐばかりであった。

「親王任官の職を、臣下であるこの私が――諸大夫と蔑《さげす》まれた家の私が頂戴したのです。これで、私も――」

隆季は一度息を継いでから、語り続けた。

「皇后の養女となられたあなたに、似つかわしい男と認めてもらえるでしょうか」

隆季がまだ十九歳、呈子が十五歳の秋のことだ。大人たちには知らせず、ひそかに逢おうと約束を交わした。酔芙蓉の花が咲く季節。隆季は花を贈り、呈子はその花弁を一枚とって送り返してきた。今からもう三十五年近くも前のことである。

「今ならば、私があなたに懸想《けそう》しても、皇后も父上も忠雅殿も私を阻んだりはしないのだろうか」

今さら何を口走っているのか――と、自嘲する声が心のどこかから聞こえてきて、隆季は「ははっ」と乾いた笑い声を漏らした。

一度、口から漏れた笑い声は、箍《たが》が外れたように収まることがない。隆季は声を上げて笑い続けた。が、その笑い声は自分の意志とは無関係に、突然やんだ。

続けて、胸の奥底から熱いものが込み上げてくる。

「どうして、私より先に逝ってしまわれたのです。どうして、私が今の職を手に入れるまで生きていてくださらなかった！」

この世にあなたがおられなければ……

「人もうらやむ昇進とて、何の意味があるものか！」

ただ御覧になっていただきたかった。たとえこの世で結ばれることのない仲であろうと、今の自分の姿を、ただあなただけには――。

口に出して語りかけているのか、胸の内で叫んでいるのか、いつの間にか区別はつかなくなっていた。隆季はそのまま陵の前に立ち尽くしていた。

それから、どれほどの時が経ったのか、雨はいつしかやんでいた。隆季は誘われるように空を仰いだ。

――隆季さま。

曇天はうっすらとした光を取り戻しつつある。

――私が生涯を通じて望んだのは、あなたが無事でおられることだけ。あなたが無事でおられるのなら、私はそれで十分なのです。

薄墨色の衣を剝いでいくように、空には柔らかな光が広がっていく。その淡い光の中から、懐かしい人の声が聞こえてくる気がした。

「ああ……」

隆季は溜息を吐くような声を漏らし、すっかり濡れた顔を手で覆った。

十一月の今は、酔芙蓉を共に見ることが叶わない。

陵の一隅には、故人の遺志により、酔芙蓉の一叢《ひとむら》が植えられていた。

（次は、酔芙蓉の咲く季節の十九日、明け方にまた参ります）

隆季はそう胸の中で語りかけると、指貫《さしぬき》に泥がつくのもかまわずその場に膝をつき、額《ぬか》ずくほどに深く頭を下げた。


その日の夜も更けた頃、帰宅した隆季を待ち受けていたのは、息子の隆房《たかふさ》だった。

「どうなさったのですか、父上」

ずぶ濡れになった隆季の姿に、わずかに目を瞠《みは》っている。

この年、三十二歳。平清盛の娘を妻とし、すでに子も生まれていた。

「雨が降っていたのはずいぶん前のことではありませんか。雨の中、お出かけになられたのだとしても、今の今までお着替えもなさらないなんて、一体、どこへ行っておられたのです」

隆房は矢継ぎ早に質問してきたが、隆季は無視して、母屋へ向かった。隆房は何のかのと言いながら、隆季の後についてくる。

「着替えてくるから、ここで待っていよ」

隆季は息子にそう言い置いてから、着替えをしに奥へ入っていった。

やがて、着替えを終えて母屋へ戻ると、隆房が物問いたげな顔つきで座り込んでいる。気を利かせた女房が隆季のために火桶を持ってきた。

「お体は大事ありませんか」

あれこれと言い続けていた息子の問いかけは、ここへきてようやく父親の体を案ずるものになった。

「……大事ない」

震えがくるような寒さであったが、隆季はそう答えた。火桶に手をかざすと、かじかんだ手にほんの少しずつ温もりが戻ってくる。

「伯父上を追い返されたそうではありませんか」

隆房は不服そうな物言いで言い出した。伯父と呼ぶのは花山院忠雅のことである。

「どうして兼雅殿を助けてやらないのです？　あの方は私の兄上も同じですのに」

忠雅が隆季に何を頼みに来たのかは、すでに知っているようであった。

「そなたがそうも軽薄で、女に手が早いのは、兼雅殿を見習ったせいではないのか」

隆季は息子に目をやりながら、言い返した。

同い年の従兄弟同士。兼雅の方が先に生まれたから、兄と慕うのはよいのだが、隆季の目から見れば、どちらも軽々しさの抜けない若者たちだった。二人とも清盛の婿となり、その絶大な後ろ盾を背景に、大した苦労もなく生きてきてしまったせいか。

「兼雅殿はともかく、私は別に……」

隆房は、自分は違うとでも言いたげである。隆季はあきれた。

「小督《こごう》の一件をもう忘れたのか。あれで、入道相国のお怒りを買い、私がどれほど恐縮したことか」

隆季はめずらしく声を高くした。

隆房は宮中一の美女に手を出して、世間を騒がせた挙句、清盛夫妻の怒りを買った。

特に、清盛の正妻時子が娘をないがしろにされたと怒ったので、離縁されはしまいかと、隆季は気を揉んだものである。幸いそうなる前に、隆房が小督と別れることで何とか無事に収まったのだが……。

隆房もあの時は痛い目を見たはずだが、もうそのことは忘れたのか、

「でも、あの時、私のことを入道相国に執り成してくれたのは兼雅殿ですよ」

などと、のんきなことを言い出した。苦労知らずの息子はどこまでもおおらかだった。

自分の若い頃とはまったく違う。危なっかしいと思うこともあるが、その一方で、息子にこうなってほしいと望んだのは、まぎれもなく自分なのだという気持ちもあった。

苦労を知らぬまま育ってほしい。どれほど切ない思いで、そう望んだことか。

そして、その通りに育ったのだから、それをとやかく言っては罰《ばち》が当たるのかもしれない。

小督の一件が発覚した時、清盛が怒った——もしくは怒ってみせたのは、そんな苦労を知らぬ隆房を戒めようという気持ちからだったのかもしれない。

ならば、今度も同じだ。

兼雅はおそらく自分が清盛の婿であることに安住し、ついうかうかと後白河院近臣たちと一緒になって、平家一門の陰口でも漏らしたのだろう。

清盛を敵に回す度胸など兼雅にありはしないのだから、少し灸をすえてやる——というのが清盛

の思惑といったところか。直に聞いたわけではないが、盟友の胸中は察することができた。

「兼雅殿は大事あるまい。逆に騒ぎ立てて入道相国を怒らせない方がいい」

と、隆季は息子に告げた。

「兼雅殿はすぐに許されるということですか」

隆房はたちまち声を明るくして訊いた。

「まあ、今年中は無理だろうが……」

「父上がそうおっしゃるなら、兼雅殿は来年早々には出仕できますね」

今年など、もうひと月余りしかない。本当にそうなれば、甘い仕置きだ。

何のかのと言っても、清盛が隆季の息子や甥に甘いのは、昔交わした盟《ちかい》があるからだろう。

龍が天へ昇るほどの権勢を得た今も、義理堅いお人だと、隆季は思った。

つと、懐かしい記憶がよみがえった。ずたずたになった心を抱えて、清盛の邸を訪ねた夜のことを――。

息子は何も知らない。あの夜、自分と清盛がどんな思いで盟を交わしたか。

そして、十九日、今日が誰の月命日で、隆季が今までどこにいたのかということも。


間もなく年が変わり、治承四（一一八〇）年が明けると、蟄居していた花山院兼雅は出仕が許された。

隆季はその後も、盟友清盛と共に平氏政権を支え、清盛の死を見送った翌養和《ようわ》二（一一八二）

年、権大納言を極官として出家。

大蔵合戦で死んだ源義賢《よしかた》の息子義仲《よしなか》（駒王丸）が、都へ押し寄せ、平家一門が都落ちをするのはその翌年のこと。

後白河院は比叡山に身を隠して、平家一門と行を共にすることを拒んだ。隆季の息子隆房も甥の花山院兼雅もこの時、平家との縁を切って後白河院に従う。

この判断により、四条家《しじょうけ》（隆季・隆房の家）は近衛少将、中将を経て大納言まで昇る羽林家《うりんけ》の、花山院家は太政大臣まで昇る清華家《せいがけ》の家格を守り、明治維新までその命脈を保つこととなった。


そうした世の動乱を余所に、九条院呈子の眠る陵では、秋になると酔芙蓉の花が変わることなく咲き続けている。

隆季はその季節の十九日の明け方には必ず陵に参じ、白い酔芙蓉を見届けてから帰った。

それは、隆季の出家後も三年ばかり続けられた。

元暦《げんりゃく》二（一一八五）年一月十一日、隆季は五十九歳の生涯を閉じる。常盤の子である源義経《よしつね》（牛若丸）によって、平家一門が壇《だん》の浦《うら》に滅ぼされる、わずかふた月ほど前のことであった。

【引用詩歌】

為楽当及時　何能待来茲　『文選』（新釈漢文大系　明治書院）

上下往来百度功（以下略）　『台記』（増補史料大成　臨川書店）

いはばこれ御手洗川の早き瀬に　速く願いを満つの社か　『台記』（増補史料大成　臨川書店）

吾如南土汝参北（以下略）　『台記』（増補史料大成　臨川書店）

遊びをせんとや生まれけん（以下略）　『梁塵秘抄』（新日本古典文学大系　岩波書店）

舞へ舞へ蝸牛　舞はぬものならば（以下略）　『梁塵秘抄』（新日本古典文学大系　岩波書店）

【参考資料】

『台記』（増補史料大成　臨川書店）
『十八史略』（新釈漢文大系　明治書院）
『今鏡』上・中・下（講談社学術文庫）
『愚管抄』（日本古典文学大系　岩波書店）
『保元物語　平治物語　承久記』（新日本古典文学大系　岩波書店）
『平家物語』上・下（新日本古典文学大系　岩波書店）
『吾妻鏡一』（岩波文庫）

【主要参考文献】

橋本義彦『藤原頼長』（人物叢書　吉川弘文館）
橋本義彦『平安の宮廷と貴族』（吉川弘文館）

元木泰雄『藤原忠実』（人物叢書　吉川弘文館）
安田元久『後白河上皇』（人物叢書　吉川弘文館）
五味文彦『平清盛』（人物叢書　吉川弘文館）
五味文彦『院政期社会の研究』（山川出版）
角田文衛『平安の春』（講談社学術文庫）
角田文衛『王朝の明暗』（東京堂出版）
東野治之「日記に見る藤原頼長の男色関係」（「ヒストリア」八四号）

本書は書き下ろしです。
編集協力・遊子堂

篠綾子（しの・あやこ）
一九七一年、埼玉県生まれ。東京学芸大学卒業。二〇〇〇年、『春の夜の夢のごとく 新平家公達草紙』で第四回健友館文学賞を受賞し、デビュー。〇五年、「虚空の花」で九州さが大衆文学賞佳作、一七年、「更紗屋おりん雛形帖」シリーズで第六回歴史時代作家クラブ賞シリーズ賞をそれぞれ受賞。他の著書に「江戸菓子舗照月堂」「絵草紙屋万葉堂」シリーズ、『白蓮の阿修羅』『青山に在り』などがある。

酔芙蓉《すいふよう》
二〇一九年五月二十八日　第一刷発行

著者　篠綾子《しのあやこ》
発行者　渡瀬昌彦
〒一一二-八〇〇一　東京都文京区音羽二-一二-二一
電話　出版　〇三-五三九五-三五〇五
　　　販売　〇三-五三九五-五八一七
　　　業務　〇三-五三九五-三六一五
本文データ制作　株式会社新藤慶昌堂
印刷所　株式会社新藤慶昌堂
製本所　株式会社若林製本工場

N.D.C.913 360p 19cm ISBN 978-4-06-515559-2